2 filles + 3 garçons − les parents = 10 choses que nous n'aurions pas dû faire

Sarah Mlynowski

2 filles + 3 garçons – les parents = 10 choses que nous n'aurions pas dû faire

Traduit de l'anglais (américain)
par Claudine Richetin

wiz
Albin Michel

Du même auteur chez Albin Michel Wiz :

Sortilèges et sacs à main

Crapauds et Roméos

Tout sur Rachel !

Deux sorcières pour un garçon

Parle-moi !

Titre original :
TEN THINGS WE DID (AND PROBABLY SHOULDN'T HAVE)
(Première publication : HarperTeen,
an imprint of HarperCollins Publishers, New York, 2011)

À Farrin Jacobs
Éditeur génial et véritable ami

Samedi 28 mars

Le lendemain matin

Je m'éveille en sursaut. C'est la sirène d'une voiture de police.

La police est devant chez moi. Prête à m'arrêter pour rassemblement illégal de mineurs en goguette, abus de flirt et bain chaud collectif.

Mais attendez.

Mon cerveau se met en marche. Non, ce ne sont pas les flics. Juste mon téléphone. La sonnerie d'appel de mon père.

C'est encore pire.

Je tâtonne sous la couette à la recherche du téléphone. Au lieu de quoi je tombe sur une jambe. La jambe d'un mec. Posée sur ma cheville. Une jambe qui n'appartient pas au garçon avec qui je sors.

Non, c'est pas vrai. Qu'est-ce que j'ai fait ?

PINponPINponPINpon !

Là-haut. Le bruit de sirène provient de là-haut, l'étage principal de la maison de Vi.

Peut-être que si je ferme les yeux, juste une toute petite seconde... Non. Pas de doute. Le téléphone sonne. Je suis au lit avec quelqu'un qui n'est pas mon copain. Je parviens à m'extraire du futon sans le déranger et euh... où est donc mon pantalon ? Pourquoi suis-je au lit sans pantalon avec un inconnu ?

Au moins, j'ai encore mes sous-vêtements. Et un tee-shirt à manches longues. Je jette un coup d'œil aux alentours à la recherche d'un pantalon. Le seul vêtement à proximité est la robe rouge de Vi que je portais hier soir.

Une robe d'enfer.

Je monte l'escalier quatre à quatre, jambes nues. En haut, je manque de m'évanouir.

Un vrai champ de bataille. Des gobelets en plastique vides jonchent le parquet. Le tapis est constellé de miettes de chips mexicaines, comme des punaises sur un tableau d'affichage. Une énorme tache – de punch ? de bière ? de quelque chose qu'il vaut mieux que je ne cherche pas à identifier ? – marque la partie inférieure du rideau bleu pâle. Un soutien-gorge de dentelle blanche est suspendu au cactus candélabre.

Brett, en short de surfeur, dort à plat ventre sur le canapé. Avec la nappe de lin mauve en guise de couverture. Zachary ronfle sur l'une des chaises de la salle à manger, la tête en arrière, coiffé d'une tiare en papier d'alu. La porte du patio est ouverte... et une flaque d'eau a inondé le tapis.

PINponPINponPINpon ! La sonnerie du téléphone se fait plus distincte. Plus proche. Mais où ? Sur le comptoir de la cuisine ? Oui, sur le comptoir de la cuisine, niché entre une soucoupe pleine de mégots et une bouteille de schnaps vide ! Je plonge dessus.

– Allô ?

– Bon anniversaire, princesse, dit mon père. Je te réveille ?

– Tu me réveilles ? je répète, le cœur battant à tout rompre. Bien sûr que non. Il est déjà… (Je repère l'horloge du micro-ondes de l'autre côté de la pièce.)… neuf heures trente-deux.

– Tant mieux, alors, parce que nous sommes presque arrivés, Penny et moi.

– Presque arrivés à New York ?

– Presque à Westport. Presque chez toi.

Je suis paralysée de terreur.

– Qu'est-ce que tu veux dire ?

Mon père éclate de rire.

– On a décidé de te faire une surprise pour ton anniversaire. En fait, c'est Penny qui a eu l'idée.

– Attends. C'est vrai ?

– Bien sûr que c'est vrai ! Surprise !

J'ai la tête qui tourne et une soudaine envie de vomir, qui ne doit rien aux nombreux, bien trop nombreux verres de punch que j'ai bus hier soir. Mon père ne peut pas voir la maison dans cet état. Impossible. Non, non, non.

Catastrophe. J'avais violé cent dix pour cent des règles établies par mon père. Comme en témoignaient les preuves accablantes qui m'environnaient.

Non, j'étais en train de faire un cauchemar. Ça ne pouvait pas m'arriver. J'allais tout perdre. Si, après la nuit passée, j'avais encore quelque chose à perdre. Je fais un pas et une chips se plante dans mon pied nu.

Ouille !

– Super, papa, me forçai-je à dire. Alors, vous êtes à LaGuardia ?

Il leur fallait au minimum une heure pour venir jusqu'ici. Était-il possible de rendre cette maison présentable en une heure ? D'abord, trouver un pantalon. Ensuite, évacuer les bouteilles, les gobelets et les mégots, aspirer les chips, virer le soutien-gorge et peut-être même Brett et Zachary...

– Non, nous venons de traverser Greenwich. On devrait arriver d'ici vingt minutes.

Vingt minutes !

Un grognement émerge du canapé. Brett se retourne sur le dos en disant :

– Punaise, ça caille là-dedans.

– April, il n'y a pas de garçon chez toi, dis-moi ? demande mon père.

D'un geste menaçant, je fais signe à Brett de la fermer.

– Quoi ? Non ! Bien sûr que non ! C'est la mère de Vi qui écoute la radio.

– On vient de passer devant le terrain de golf de Rock Ridge. Apparemment, nous allons plus vite que je ne le pensais. On sera là dans un quart d'heure. J'ai hâte de te voir, princesse.

– Moi aussi, dis-je d'une voix étouffée avant de raccrocher.

Je ferme les yeux. Puis les rouvre.

Deux garçons à moitié nus dans la salle de séjour. Dont un coiffé d'une tiare.

D'autres garçons arborant la même tenue dans les chambres.

Une centaine de bouteilles d'alcool vides.

Et la mère de Vi qui brille par son absence.

Je suis une princesse morte.

nº 1 : mentir à nos parents

Trois mois plus tôt

– Qu'est-ce que tu dirais de faire ta terminale au lycée de Cleveland ? me demanda un jour mon père, pendant les vacances de Noël de mon année de première.

Comme ça, sans prévenir.

Très bien. Peut-être que ce n'était pas complètement imprévisible.

Trois mois, une minute et trente secondes plus tôt

– April, tu peux t'asseoir ? Il faut qu'on te parle de quelque chose d'important.

Ce qui aurait dû me faire comprendre qu'il y avait anguille sous roche. Mais, à ce moment-là, j'étais bien trop préoccupée par d'autres choix pour percevoir le signal. C'était un jeudi soir, à dix heures moins cinq, et Marissa venait de me ramener juste avant ma ridicule permission de dix heures (même pendant les vacances de Noël). J'étais devant le frigo, hésitant entre raisin et pomme pour combler un petit creux, et *en même temps* je me demandais si finalement le lendemain soir était le bon moment pour faire l'amour avec Noah.

Je penchais pour la pomme. Même si ce qui m'aurait vraiment fait plaisir, c'était un gâteau au chocolat. Mais comme Penny était anti malbouffe, et surtout anti gâteau au chocolat, la probabilité d'en trouver dans notre frigo était à peu près aussi forte que de découvrir une licorne dans notre jardin.

Quant à la deuxième préoccupation... celle qui me donnait envie de sauter dans mon lit et de me cacher sous les couvertures... le temps était venu. J'aimais Noah. Il m'aimait. Nous avions assez attendu. Nous avions pensé faire ça pendant les vacances, mais mon frère Matthew était resté à la maison jusqu'à ce matin. Ce soir, Noah était obligé d'aller à une soirée avec ses parents, et samedi il partait pour Palm Beach.

Demain était la seule possibilité. En outre, mon père et Penny étaient invités à un dîner à Hartford, à une heure de voiture, et la maison serait donc libre de six heures à minuit. Ça ne nous prendrait pas plus de six heures, quand même ?

J'imaginais que nous en aurions pour trente minutes maximum. Ou peut-être une heure. Ou trois minutes.

J'étais prête. En tout cas, c'est ce que j'avais dit à Noah. Je m'étais persuadée que j'étais prête. Prête à faire l'amour avec Noah. Noah qui avait des fossettes quand il souriait. Avec qui je sortais depuis deux ans.

Je saisis la pomme, la rinçai, puis y mordis à belles dents.

Mais était-ce une bonne idée de faire ça la veille de son départ à Palm Beach pour une semaine ? Et si je pétais les plombs le lendemain pendant qu'il était à l'autre bout du pays ?

– Tu fais tomber des gouttes, dit ma belle-mère, ses yeux vigilants faisant la navette entre le fruit et le carrelage blanc. S'il te plaît, prends une assiette et assieds-toi.

Penny était une obsédée de la propreté. Comme d'autres ont toujours leur portable à la main, Penny tenait un paquet de lingettes désinfectantes.

Je pris une assiette et m'assis à table en face d'eux.

– Alors, qu'est-ce qui se passe ?

– Et un set de table, ajouta-t-elle.

C'est là que mon père intervint :

– Qu'est-ce que tu dirais de faire ta terminale au lycée de Cleveland ?

J'avais l'impression qu'il ne parlait pas une langue connue. Ce qu'il disait n'avait aucun sens pour moi. Je n'allais pas à Cleveland. Je n'étais jamais allée à Cleveland. Pourquoi est-ce que j'irais au lycée là-bas ?

– Hein ?

Mon père et Penny échangèrent un rapide coup d'œil avant de se refocaliser sur moi.

– J'ai accepté un nouveau poste, dit-il.

Il faisait soudain quarante degrés dans la cuisine.

– Mais tu as déjà un emploi, expliquai-je posément.

Il travaillait pour une agence de fonds spéculatifs ici à Westport, dans le Connecticut.

– C'est un meilleur poste, dit-il. Très lucratif. Extrêmement, même.

– Mais pourquoi as-tu besoin de deux emplois ?

Rétrospectivement, je me rends compte que je n'avais pas vraiment l'esprit vif. Mais ils me balançaient des infos comme des bombes. Cleveland ! Nouvel emploi ! Set de table !

– Je n'ai pas besoin de deux emplois, dit-il lentement. Et je quitte donc Torsto pour être embauché par KLJ à Cleveland.

Mon cerveau refusait de traiter l'information.

– Tu déménages à Cleveland ?

– *Nous* déménageons à Cleveland, corrige-t-il en nous incluant tous les trois d'un geste de la main.

Mon père. Penny. Et moi.

Je m'étranglai avec un morceau de pomme.

Quoi ? Moi ? À Cleveland ? Non, non, non. Impossible. Je m'agrippai aux bras du fauteuil. Pas question de bouger. Ils ne pourraient pas me le faire lâcher.

– Nous partons tous à Cleveland, ajouta Penny d'une voix flûtée, le 3 janvier.

Dans neuf jours. Ils voulaient que je déménage dans neuf jours ? Attendez. Hein ?

– Vous me demandez si ça me dirait de faire ma terminale à Cleveland. La réponse est non. Ça ne me dit pas.

Ils échangèrent un nouveau regard.

– April, dit Penny, mes parents t'ont déjà trouvé des écoles super pour...

Tandis qu'elle poursuivait allégrement, je sentis la panique me serrer la gorge comme dans un étau. Je ne voulais pas aller à Cleveland. Ni laisser ma vie ici. Quitter Marissa. Vi. Je ne voulais pas quitter Noah. Je n'allais pas partir de Westport au beau milieu de l'année de première. Impossible. Pas question.

– Non, merci, parvins-je à articuler d'une voix grinçante et bizarre.

Penny eut un petit rire nerveux avant d'ajouter :

– Nous avons trouvé une très belle maison dans...

Je mordis à nouveau dans ma pomme en m'efforçant de ne pas l'entendre. *Lalalère.*

Si je n'avais pas quitté Westport pour Paris avec maman et Matthew, ce n'était pas pour partir à *Cleveland* avec eux. Et pourquoi Cleveland ? Les parents de Penny y habitaient, alors il fallait qu'on y aille aussi ? Il n'y avait qu'elle qui comptait ? Je commençais à avoir la tête qui tournait.

– ... merveilleux, tu vas arriver juste à temps pour le second semestre...

– Je. Ne. Pars. Pas, dis-je avec toute l'énergie dont j'étais capable.

Ils me dévisagèrent, sans savoir visiblement comment réagir. Penny tendit la main vers moi et tripota le coin de mon set de table.

Je ne pouvais pas partir. Impossible. *Impossible.* En clignant des paupières, je m'efforçai de chasser les mouches noires qui s'étaient soudain mises à danser devant mes yeux. Il y avait obligatoirement une issue. Une échappatoire.

– Je reste ici, dis-je vivement. Je peux rester ici, non ?

Oui. C'était la solution. Ils n'avaient qu'à partir. Moi je restais. Et voilà ! Problème résolu.

– Tu ne peux absolument pas rester ici toute seule, dit Penny.

Mais, je peux. Je peux. S'il vous plaît.

Mon père se pencha vers moi, les coudes sur la table et le menton dans la main.

– Nous allons louer la maison jusqu'à ce que le marché immobilier s'améliore, et ensuite nous avons l'intention de la vendre.

– Ne la louez pas ! Ou alors louez-la-moi ! Je reste ici !

Je n'avais pas le moindre sou, évidemment. Mais c'était tout ce qui me venait à l'idée.

– Tu ne restes pas ici sans nous, dit ma belle-mère. C'est ridicule. Et dangereux.

Une seconde. J'inspirai un bon coup, la colère prenant le dessus sur la panique. Je lançai un regard furieux, paupières plissées, en direction de mon traître de père.

– Voilà pourquoi vous êtes allés à Cleveland le mois dernier ?

Il acquiesça, un peu penaud.

– Je croyais que vous alliez voir les parents de Penny. Pourquoi ne m'as-tu pas dit que tu y allais pour un job ?

Je ne m'étais doutée de rien, ravie de passer le week-end dans la famille de Marissa. Pauvre naïve que j'étais !

Nouvel échange de regards avec Penny.

– Nous ne voulions pas t'inquiéter.

Bien sûr, pourquoi aurais-je eu besoin d'un peu de temps pour me faire à l'idée ? Mieux valait me la présenter comme un diable sortant d'une boîte, sans nul doute.

– Mais alors maintenant, tout est décidé ?

– Oui, dit-il. J'ai donné mon préavis hier.

Donc Penny, les parents de Penny, jusqu'à la boîte de mon père étaient au courant avant moi. C'est comme ça qu'on donne à sa fille l'impression d'être importante ! Et Matthew, est-ce qu'il le savait ? Et maman ?

– C'est une très belle ville, April, tu sais, ajouta Penny en se frottant les mains comme si elle les savonnait. J'ai adoré y habiter. Et culturellement, c'est très intéressant. Tu savais qu'il y a le musée du rock and roll, par exemple ?

La panique revenait.

– Je ne peux pas partir d'ici, dis-je en luttant pour reprendre ma respiration. C'est impossible, c'est tout.

– C'est à cause de Noah ? demanda-t-elle.

– Non, il ne s'agit pas de Noah.

Évidemment que c'était à cause de Noah. Noah, qui avait empli ma chambre de cinquante ballons gonflés à l'hélium le jour de mon seizième anniversaire. Noah, qui m'avait aidée à transbahuter toutes mes valises et mes cartons mal ficelés de la maison de ma mère à celle de mon père. Noah, qui avait les mains les plus douces que j'avais jamais tenues. Noah, qui m'appelait sa jolie minette.

Mais il ne s'agissait pas *uniquement* de Noah. Il y avait aussi Marissa, et Vi, et tout le reste de ma vie. Je ne pouvais pas abandonner tout – tout le monde. Mon père et moi étions très proches, mais désormais il avait Penny, et Penny et moi... disons que nous n'avions pas beaucoup d'atomes crochus. Elle faisait des efforts, j'en faisais aussi, mon père essayait de favoriser le courant entre nous, mais c'était un peu comme si nous avions des talkies-walkies branchés sur des fréquences différentes. Si je partais avec eux dans l'Ohio, j'étais sûre de me sentir seule. Trop seule.

– Tu vas rencontrer plein de nouveaux garçons, dit Penny.

– Il ne s'agit pas de Noah, répétai-je, plus fort, pour surmonter le bruit qui résonnait dans ma tête.

Qu'est-ce que j'allais faire ? Je ne pouvais absolument pas partir pour Cleveland dans neuf jours ! Il me fallait un plan. Vite. Dans quatre secondes, ils m'embarquaient avec armes et bagages pour me balancer au fin fond du pays.

– Toutes mes amies sont ici. J'ai... (Qu'est-ce que j'avais d'autre ?)... le foot, le lycée.

Je m'accrochais aux brindilles, mais il fallait que je réussisse à leur faire comprendre. Je venais à peine de retrouver une impression de stabilité. Je ne pouvais pas déménager maintenant. *Respire. Respire à fond.*

– Tu vas te faire de nouveaux amis. Et la saison de foot est terminée, dit Penny en se penchant pour me toucher la main, avant de décider visiblement de n'en rien faire. Tu pourras jouer dans une nouvelle équipe l'an prochain à Cleveland. Et rien ne t'empêche de garder le contact avec tout le monde ici.

Je ne voulais pas *garder le contact.* Je savais très bien ce que signifiait *garder le contact* et j'avais horreur de ça. Et il faudrait désormais que j'en sois là avec Noah et tous mes amis ? Est-ce que Cleveland était seulement dans le même fuseau horaire que le Connecticut ? C'était où exactement, Cleveland, en fait ?

Les mouches noires m'envahissaient à nouveau le coin des yeux. Si je partais à Cleveland, j'allais me réveiller tous les matins en regrettant de ne plus être à Westport. Je me réveillerais dans un trou noir sans fond. Impossible. Il devait y avoir une autre solution. Je pourrais peut-être habiter chez quelqu'un ? Marissa ? Je me redressai. Oui ! Peut-être. Non. En théorie, ses parents seraient ravis de m'accueillir, mais ils n'avaient vraiment pas la place. Marissa partageait déjà sa chambre avec sa sœur. Je ne pouvais pas dormir dans son lit gigogne jusqu'à la fin de l'année.

Noah ? Ah. Bien sûr, je l'aimais et je m'entendais bien avec ses parents et ses frères et sœurs, mais je ne me voyais pas partager la salle de bain avec eux.

Ce qui laissait... Vi.

Attendez. Voilà.

– Je peux habiter avec Vi !

Oui ! Oui !

– Tu veux aller chez ton amie Violet ? demanda mon père.

– Oui ! m'exclamai-je. (Je sentais mes poumons gonfler à mesure que l'espoir me revenait.) Je peux m'installer chez Vi.

– Tu ne peux pas aller habiter avec une *amie*, dit Penny, accentuant le mot *amie* comme si elle parlait d'une nichée d'anacondas.

– Pas seulement avec une amie, me hâtai-je d'expliquer. Avec une amie et sa mère.

J'étais sûre que ça pouvait marcher. Sûre. Vi habitait une super baraque sur Mississauga Island, en plein sur le détroit de Long Island. Des fenêtres de son living-room, on avait une vue directe sur l'estuaire.

– Je ne trouve pas que ce soit très convenable d'aller vivre dans une autre famille, dit mon père. Et je doute que la mère de Vi soit d'accord.

Bon, mais moi je ne trouvais pas que c'était très convenable – ni juste – de leur part de me faire changer d'école en catastrophe au milieu de mon année de première.

– La mère de Vi sera tout à fait d'accord. L'année dernière, elles avaient proposé de loger un étudiant étranger dans le cadre d'un échange, mais ça n'a pas marché. Suzanne est super cool.

Haussement de sourcils paternels.

– Quand même pas *trop* cool, ajoutai-je très vite. En plus, leur sous-sol est déjà aménagé en chambre d'amis. Avec salle de bain et tout. Je pourrais demander, en tout cas, non ? Et ensuite on en reparle ? On pourrait l'envisager, quand même ?

Penny fronça le nez.

– Tu veux t'installer dans un sous-sol ? Les sous-sols sont humides, en général, et pleins de courants d'air.

– Ça m'est égal.

Un sous-sol à Westport valait dix fois mieux que n'importe quelle chambre à Cleveland.

– Je ne sais pas... dit Penny en remuant la tête.

Ce n'est pas toi qui décides, avais-je envie de rétorquer, mais je m'abstins. Je regardai ostensiblement mon père et fis de mon mieux pour avoir l'air raisonnable et mûre. En parlant lentement, je déclarai :

– Il n'y a aucun intérêt à ce que je parte à Cleveland maintenant. Il me reste six mois de première. Laisse-moi finir l'année ici. À Hillsdale. J'adore ce lycée. Je serai très bien chez Vi. Elle sera ravie de m'accueillir.

Le front de mon père se plissa.

– Allez, papa...

– Mais l'année prochaine ? Vi est bien en terminale, non ? interrogea mon père.

– Occupons-nous d'abord de cette année. Si je dois déménager l'an prochain, nous verrons. (Pas question que je parte l'an prochain non plus. Mais qui sait quelle serait la situation à ce moment-là ? Il était une fois un temps où j'habitais avec ma mère, mon père et mon frère au 32 de la rue Oakbrook, mais tout avait changé.) Qui sait ? Peut-être que vous aurez pris Cleveland en horreur et que vous aurez envie de revenir ? Ou peut-être que Vi sera encore ici. (Bon, d'accord, Vi avait des projets qui incluaient une fac très, très éloignée de Westport.) Est-ce qu'on ne peut pas essayer l'option Vi pour ce semestre ? S'il vous plaît ?

Sur le *s'il vous plaît* final, j'avais les larmes aux yeux et la lèvre tremblotante.

Personne ne disait rien.

Je ne sais pas trop ce que j'espérais. Je doutais qu'ils me laissent habiter avec une copine. À leur place, je ne me serais pas donné l'autorisation. Comme le silence se poursuivait, j'en conclus que c'était râpé.

– Je suppose que nous pouvons en parler à la mère de Violet, dit finalement mon père.

Je bondis de ma chaise et lui sautai au cou.

Petite complication

Je laissai deux messages sur le portable de Vi le jeudi soir mais elle ne me rappela pas. Elle avait probablement une fête ou quelque chose de ce genre. Nous sommes juifs, et pour moi c'était juste le jour de l'Annonce du Déménagement, mais pour la majorité des gens, c'était le jour de Noël. Je ne lui avais donné aucun détail, uniquement que je devais absolument lui parler.

Elle me rappela le vendredi matin à onze heures.

– Tout va bien ? demanda-t-elle. Je viens seulement d'écouter ma messagerie. Ma mère m'a emprunté mon téléphone, hier, et elle ne savait plus où elle l'avait posé.

Je la mis au courant, puis je retins mon souffle. Et si après tout Vi ne voulait pas de moi chez elle ?

– Bien sûr que tu peux venir habiter chez nous ! Évidemment que ma mère n'y verra pas d'inconvénient ! Je ne peux absolument pas te laisser partir à Cleveland ! Pas question, punaise !

Ouf... J'exhalai un immense soupir de soulagement.

– On va être colocataires ! s'écria-t-elle.

Pour ma part, j'aurais utilisé le mot *coloc*, mais *colocataire*, c'était le style de Vi. C'était plus sophistiqué. *Coloc*, c'était pour les ados. Vi détestait aussi qu'on la traite de «jeune fille». C'était une femme, s'il vous plaît. Elle buvait du vin, avait les cheveux coupés en carré court, faisait de la gym tous les matins et lisait le *New York Times* tous les jours. Vi assurait.

Vi et moi étions dans la même classe en maternelle. À cette époque, les trois et quatre ans étaient regroupés. Toutes les deux, nous nous étions liées d'emblée. Nos mères aussi. Au fil des années, ma mère et Suzanne s'étaient perdues de vue, mais Vi et moi étions restées amies, même si nous n'étions pas dans les mêmes classes, même si nous ne fréquentions pas les mêmes copains. Parfois, nous nous retrouvions, comme le soir du fameux Incident. Mais généralement, nous restions dans nos cercles sociaux respectifs, sans que cesse notre amitié.

– On va s'éclater! poursuivit-elle.

Sûr qu'on allait s'éclater. Vivre avec Vi et Suzanne ne ressemblerait en rien à ma vie avec mon père et Penny.

Prenons une seconde pour comparer.

Chez moi, il fallait que tous les lits soient faits au carré. On me demandait d'utiliser un oreiller si je voulais m'adosser à la tête de lit, qui était recouverte de tissu. En revanche, Vi et sa mère avaient des lits avec matelas d'eau. Je n'avais jamais vu le lit de Suzanne autrement que défait. La maison de Vi sentait l'encens à la cannelle. La mienne fleurait la lingette désinfectante. Depuis le soir de l'Incident, je devais être rentrée à dix heures. Suzanne ne croyait pas aux permissions restrictives. De toute façon, elles auraient été difficiles à appliquer car ses spectacles duraient généralement jusqu'à onze heures et elle-même était rarement rentrée avant une heure du matin.

Un dernier élément de comparaison entre mon père et Suzanne : Suzanne était spontanée. Elle lançait à la dernière minute des invitations à dîner à la bonne franquette ou à des soirées ciné marathons. Mon père et Penny faisaient l'amour selon un agenda établi. Tous les mardis et samedis à onze heures. Je m'arrangeais pour être endormie. Ce n'était pas vraiment inscrit sur le calendrier, mais j'entendais le CD de Barry Manilow démarrer avec une précision d'horloge. Vous imaginez ? Faire l'amour selon un agenda ? Y avait-il moins romantique ?

D'accord, Noah et moi essayions de prévoir le moment – ce soir-là justement – mais c'était évidemment pour des raisons bien différentes. Nous ne pouvions pas dénicher à l'improviste un lieu pour nous retrouver seuls.

– Ça tombe bien, poursuivit Vi. Tu n'as pas idée à quel point. On vient justement de proposer à ma mère le rôle-titre dans la tournée de *Mary Poppins.*

J'éclatai de rire.

– C'est ta mère qui joue Mary Poppins ?

– Oui. L'ironie de la situation ne m'échappe pas.

– Pendant combien de temps ?

– C'est un contrat de six mois. Le spectacle débute à Chicago pendant six semaines et ensuite tourne dans tout le pays. Elle va être soulagée si j'ai quelqu'un avec moi.

J'étais sidérée.

– Toutes les deux… chez toi ?

Toutes les deux. Dans sa maison en bord de mer. Sans nos parents.

– Évidemment ! C'est super, non ?

– Et ta mère est d'accord pour te laisser seule ?

– Chérie, c'est dur de trouver du boulot ces temps-ci, et ma mère ne rajeunit pas, pas plus qu'elle ne maigrit. Elle est deux fois plus grosse qu'avant. Si on lui propose de jouer *Mary Poppins* en tournée, elle prend ce qu'on lui donne.

Suzanne avait été une star de Broadway de moyenne importance. Puis elle avait été séduite par un bel Angliche. Puis le bel Angliche l'avait laissée tomber pour une belle Australienne. Suzanne était revenue à Westport pour que sa mère puisse l'aider à s'occuper de Vi, qui était toute petite. Elle avait pris un job de serveuse et joué dans les troupes locales. Quand Vi était entrée au lycée, Suzanne avait recommencé à jouer dans les théâtres new-yorkais. Des petits rôles. Un rôle-titre était une aubaine. J'aurais donc dû être ravie pour Suzanne – et je l'étais d'une certaine façon –, mais si elle devait jouer *Mary Poppins* à Chicago... alors moi je jouerais *Les Misérables* dans l'Ohio.

Je m'écroulai sur le lit.

– Vi, mon père ne me laissera jamais habiter chez toi si ta mère n'est pas là.

Silence à l'autre bout de la ligne.

– Pourquoi ?

– Mon père est un grand adepte de la supervision.

– Mais ce serait trop bien.

– Trop bien, répétai-je tristement. Zut zut zut, il va falloir que je parte. (Les mouches noires revenaient dans mon champ de vision. Je me couvris les yeux des deux mains.) Pourquoi faut-il que mon père me sabote la vie ? Quel genre de parents décident de déménager comme ça ?

– Les miens.

Exact.

– Pourquoi est-ce qu'on n'a pas des parents normaux ?

Nouveau silence.

– Peut-être que ma mère pourrait convaincre ton père de nous laisser essayer ?

– Vi, mon père ne me permettra jamais de rester avec toi toute seule. Il ne me laissera jamais s'il n'y a pas un adulte responsable dans la maison. Je ne suis même pas sûre que ce soit légal.

– Je ne dirais pas vraiment que ma mère est une adulte responsable. Hier soir, elle a invité au moins trente acteurs, ils étaient tous bourrés et ont passé la soirée à chanter des airs du spectacle.

– Ce n'est pas en disant ça à mon père que ça va arranger mon cas. C'est râpé.

– Mais non, voyons. Il suffit d'expliquer que ce n'est pas grave. Ma mère va l'appeler quand elle se lèvera.

– Il est onze heures.

– Elle s'est couchée tard. (Elle laissa échapper un long soupir de réflexion.) Peut-être que ma mère et ton père au téléphone, ce n'est pas le bon plan. Ma mère a tendance à être un peu expansive. Alors voilà ce qu'on va faire : c'est moi qui lui parlerai.

– Tu ne réussiras pas à le convaincre, Vi.

Elle était bonne, mais pas à ce point-là. L'année dernière, elle avait gagné le concours d'expression oratoire du lycée. Le sujet qu'elle avait traité était « Comment gagner un concours oratoire ». Elle s'était montrée très convaincante.

– Et s'il me prenait pour ma mère ?

– Pardon ?

J'en avais les orteils qui se recroquevillaient dans mes chaussettes.

– Il appelle à la maison. Il croit que c'est elle qui répond. Je lui dis que je suis ravie que tu viennes habiter avec nous et j'évite simplement de parler de la tournée de théâtre.

Euh.

– On évite simplement de lui en parler?

– Exactement. Ce qu'il ignorera...

– Oh non, c'est dingue. Je ne peux pas faire ça.

J'en perdais la respiration. Ce n'était pas du tout mon genre de faire des trucs comme ça.

– Alors va à Cleveland.

Je ne pouvais pas aller à Cleveland. Pas maintenant. Pas neuf jours après avoir fait l'amour pour la première fois. Pas au milieu de l'année. Jamais, en fait.

Je m'entendis répondre :

– À quel numéro doit-il appeler?

L'Incident

C'était au début de l'année de seconde.

Je ne savais pas encore à quel point la sangria peut être forte. D'accord, ça a le goût du jus de fruits, mais avant que vous n'ayez le temps de dire ouf, vous vous roulez sur le sable en vous prenant pour une sirène.

Vi, Marissa, Joanna, une amie de Vi, et moi avions pris une cuite sur la plage de Compo. Lucy Michaels nous avait filmées avec son iPhone et avait montré la vidéo à sa mère.

Malheureusement, il se trouvait que la mère de Lucy était la nouvelle conseillère d'éducation.

Après que Mme Michaels eut tout raconté à nos parents – et leur eut montré la vidéo –, voilà ce qui s'était passé :

Joanna allait au lycée Andersen, ça n'avait donc eu aucune conséquence pour elle.

Marissa fut privée de sortie pendant une semaine.

La mère de Vi dit : « Et alors ? Elles n'ont pas pris le volant après, non ? » (Exact. C'est Dean, le copain de Vi, qui était venu nous chercher.)

Mais moi ? Moi, j'avais été privée de sortie pendant une semaine, et en plus forcée – indéfiniment – de rentrer avant dix heures du soir.

D'accord, j'étais celle qui s'était roulée dans le sable en se prenant pour une sirène. Et qui avait demandé à Dean de s'arrêter pour que je puisse vomir, mais mon père n'avait pas de preuves visuelles de ce charmant épisode.

Ce qui n'avait sûrement rien arrangé, c'est que j'avais emménagé chez mon père à peine six jours plus tôt.

Penny et lui avaient eu maintes conversations privées et finalement, il avait été décidé que je devais être rentrée tous les soirs avant dix heures, même pendant le week-end, afin de ne pas m'attirer d'autres ennuis. Comme si les ennuis n'arrivaient qu'après dix heures du soir.

– Est-ce que tu te rends compte à quels dangers s'expose une fille qui boit ? m'avait demandé mon père en secouant la tête. Je te croyais plus sensée.

– Je m'en rends compte, avais-je répondu. Je t'assure.

Les genoux serrés contre ma poitrine, j'aurais voulu disparaître au fond de mon lit.

Il avait le ton acerbe de la déception.

– Je ne comprends *vraiment* pas. Je sais que tu n'agissais pas comme ça quand tu étais chez ta mère. En tout cas je l'espère.

– Non, dis-je.

Ce qui était vrai. J'avais toujours été sage. Évidemment, j'avais déjà bu quelques gorgées d'alcool, mais c'était la première fois ce soir-là sur la plage de Compo que je m'étais vraiment pintée.

– Alors, pourquoi tu fais ça maintenant ?

Parce que ça m'avait semblé une idée marrante ? La plage ! Le vin ! La sirène ! Et aussi parce que j'en voulais à Noah (à cause du cas Corinne) et que je tenais à lui montrer que je pouvais passer une soirée à m'éclater sans lui.

– Je ne sais pas, répondis-je. Je te demande pardon, papa.

– Penny pense que tu réagis ainsi parce que tu en veux à ta mère d'être partie.

Je fis non de la tête, sans réellement répondre à la question.

Pourquoi Lucy Michaels nous avait dénoncées

Qui pouvait le dire ? Elle traînait toujours seule, et passait son temps à dévisager les gens. Elle avait de grands yeux bleu marine qui ne cillaient jamais. En cours, on pouvait l'observer pendant un quart d'heure sans jamais voir cligner ses paupières. À l'époque de l'Incident, elle était avec moi en seconde, mais elle venait d'arriver à Westport alors que j'y avais vécu toute ma vie.

Ce n'était pas une stratégie géniale pour se faire des amies de nous dénoncer la semaine de son arrivée à Hillsdale.

Retour à Cleveland

Mon père et moi étions dans le living-room, assis à chaque bout du canapé en daim, quand il appela « Suzanne ».

Je mourais d'envie de m'approcher pour entendre ce que Vi

allait bien pouvoir raconter, mais je me dis que si j'écoutais l'intégralité de la conversation, j'allais avoir un arrêt cardiaque.

– Allô, Suzanne, c'est Jake Berman, le père d'April. Comment allez-vous ? entonna mon père.

Même sans entendre la réponse de Vi, j'étais déjà en train de faire un mini infarctus.

– Parfait, parfait, je suis ravi... poursuivit-il. Oui, je vous remercie. En ce qui concerne April, et le fait que vous puissiez l'accueillir...

Mes mains se mirent à trembler comme si j'avais bu des litres de café. Vu que je n'arrivais pas à les calmer, je me dis qu'il valait mieux quitter la pièce avant de me trahir. Si jamais mon père soupçonnait qu'il parlait à Vi au lieu de Suzanne, tout était perdu.

Je me précipitai dans la cuisine en m'efforçant de ne plus l'entendre.

– ... quelque inconvénient que ce soit...

Blablabla.

– ... nous payerons sa pension, bien sûr...

Voilà qui semblait prometteur.

– ... oui, c'est une responsabilité...

Ne pas écouter. Faire les cent pas. Oui, me dis-je. D'un bout à l'autre de la cuisine. Mais sans faire trop de bruit. Avoir l'air occupée. Très occupée. Ouvrir et refermer le frigo. Salut, frigo. Salut, les pommes. Salut, les raisins. Salut, mozzarella allégée. Je pourrais peut-être me laver les mains. Pour couvrir le son. Je fis couler l'eau, bien distinctement, puis me savonnai et me rinçai. Puis re-savonnai et re-rinçai. Je n'arrivais pas à croire ce que j'étais en train de faire. Mentir à mon père. Mais habiter chez Vi était bien la bonne solution, non ? Et si mon père refusait ? Et s'il acceptait ? Quand je fermai le robinet, tout était silencieux. Je réfrénai mon envie de me précipiter dans le living-room.

– Papa ? lançai-je prudemment.

Pas de réponse. Les boules. Il avait tout compris. Vi avait craqué. J'étais fichue. Je m'armai de courage pour entrer dans la pièce.

Il pianotait sur son BlackBerry, mais s'interrompit en me voyant.

– Bon, ma princesse... (Il souffla comme s'il était légèrement surpris.) On dirait que tu vas pouvoir faire ce que tu veux. Tu as la possibilité de rester chez elles pour finir l'année. Suzanne m'a dit que la meilleure façon de la joindre était par e-mail, alors je lui envoie mes coordonnées.

Ah bon ? Quoi ?

– Elle va jouer dans une production de *Chicago* au printemps et a proposé de nous prendre des billets pour quand nous reviendrons en ville.

– C'est sympa ! balbutiai-je.

– Tu es bien sûre que c'est ce que tu souhaites ? demanda-t-il en levant les yeux.

En croisant son regard, je me rendis compte que désormais, ce serait avec lui qu'il faudrait *garder le contact.*

Ah.

Mais je ne pouvais pas aller à Cleveland. Tout simplement impossible. Bien sûr, j'avais le cafard de voir mon père partir, mais dans l'ensemble j'étais plutôt soulagée. Je restais. Je regardai mes mains et répondis :

– Oui.

Règlement

Je relus le message de Noah : *J'ai hâte d'être à ce soir... À quelle heure veux-tu que je vienne ?*, avant de répondre : *Ne viens pas. Je suis désolée mais il faut remettre à plus tard. Une fois de plus. Bouleversement total dans ma vie. Est-ce qu'on peut aller dans un endroit cool à la place, au* Burger Palace *par exemple ?* Au moment où je tapais le dernier mot, mon père frappa, ouvrit la porte et me tendit un papier. L'en-tête indiquait : RÈGLEMENT.

Je t'expliquerai plus tard, me hâtai-je d'écrire avant de refermer mon ordinateur.

– Premièrement, dit papa en lisant son exemplaire du RÈGLEMENT, tu dois maintenir tes notes à leur meilleur niveau.

– Mes notes, répétai-je en faisant pivoter mon fauteuil pour être face à lui. Je les maintiens. C'est bon.

Naturellement, j'allais tout faire pour conserver mon niveau. J'avais une moyenne de 16 et je n'avais pas la moindre intention de baisser. Pas pendant ce semestre, qui était primordial.

– Si ta moyenne baisse *si peu* que ce soit, tu prends le prochain avion pour Cleveland.

– Tout à fait. C'est compris.

– Deuxièmement, poursuivit-il, pas de garçons dans la maison.

Je battis des cils.

– Je suis censée empêcher Vi – et Suzanne – de recevoir des visiteurs masculins ?

Il éclata de rire.

– N'essaie pas de jouer au plus malin.

– C'est difficile à contrôler.

– Interdiction d'avoir Noah dans ta chambre. Et d'être seule avec lui dans la maison.

C'était déjà sa règle chez nous.

– Alors ça ne concerne que Noah ? Je peux inviter tous les autres garçons que je veux ?

Il haussa le sourcil.

– Je plaisante, papa. Pas de garçons dans la maison, d'accord. Surtout pas Noah. Continue.

– Troisièmement, pas d'alcool.

– Pas d'alcool, répétai-je en rougissant. Je suppose que les imitations de sirènes sont également interdites ?

Sourire.

– Oui. Règle numéro quatre : tu devras toujours rentrer avant dix heures.

Il rigolait ou quoi ? Il voulait maintenir mon couvre-feu de dix heures alors qu'il habitait dans une autre ville ?

– Voyons... papa...

Il secoua la tête en signe de dénégation, le visage sévère.

– Je suis sérieux. L'interdiction de rentrer après dix heures est maintenue. J'en ai parlé avec Suzanne.

J'étais sûre que Suzanne prendrait le maintien de mes interdictions très au sérieux.

– D'accord, dis-je à contrecœur.

– Je te fais confiance, April. Tu as fait tes preuves depuis un an et demi, c'est certain.

J'acquiesçai de la tête en m'efforçant d'ignorer le sentiment de culpabilité suscité par le mot *confiance*.

Il m'entoura l'épaule de son bras et la serra.

– Ce ne sont pas toujours les succès qui sont les plus révélateurs, mais la façon dont on gère ses erreurs, et je dois dire, April, que je suis très fier de la façon dont tu as accepté cette contrainte. Je crois que tu n'as pas été en retard une seule fois.

– C'est vrai, dis-je, sincère.

Enfin, sauf lorsque je passais la nuit chez Marissa. Du moment qu'elle téléphonait à ses parents toutes les deux ou trois heures et qu'elle allait les embrasser en rentrant, elle n'avait pas d'obligation horaire. Ses parents lui faisaient confiance – et gardaient avec elle un contact étroit. Ils avaient la même attitude avec leurs cinq enfants. Ils dînaient toujours tous ensemble. Le vendredi soir, le dîner de shabbat incluait les grands-parents, les cousins et les amis proches. J'y avais une invitation permanente, sans compter que j'adorais la mère de Marissa.

Donc, voilà ce qu'il en était. Maintenir mes notes, ne pas boire d'alcool, ne pas recevoir de garçons, et couvre-feu à dix heures ? C'était faisable. Ou du moins simulable.

– Et comment je fais pour acheter des choses ? demandai-je. Par exemple si j'ai besoin de vêtements ?

Il s'éclaircit la voix.

– Je déposerai de l'argent sur un compte ouvert à ton nom au début de chaque mois. Deux cents dollars pour le loyer plus deux cents pour la nourriture. Tu donneras cet argent directement à Suzanne. Et tu auras une somme personnelle supplémentaire.

– Oh, m'exclamai-je, surprise. Combien en tout ?

– Mille dollars par mois.

Quoi ? Il plaisantait ? Mille dollars par mois ? Je savais que mon père gagnait bien sa vie... mais quand même, c'était impressionnant.

Mon air perplexe le fit rire.

– Ce n'est pas seulement pour que tu achètes des jeans de marque, April. C'est pour le loyer, ta nourriture, tes livres, la cantine scolaire, les sorties, l'essence...

– L'essence ? Pourquoi ? (Attendez.) J'aurai une voiture ? m'exclamai-je.

Il me serra à nouveau l'épaule.

– Ce ne serait pas sympa pour toi d'avoir à compter sur Suzanne et Violet pour te véhiculer.

– Oui ! Génial ! Merci merci merci !

Je lui sautai au cou.

– Ne me remercie pas, dit-il en m'embrassant sur le front. Remercie Penny. Elle pense que tu ne dois pas dépendre des autres pour te déplacer. Elle a proposé de te laisser sa voiture, ajouta-t-il, radieux. Je lui en achèterai une neuve dans l'Ohio.

Mon père essayait toujours de me prouver à quel point Penny était attachée à moi. Mais si elle m'aimait tant que ça, elle n'aurait probablement pas cherché à emmener mon père à Cleveland.

Quand même. Si elle pouvait se montrer généreuse, moi aussi.

– Merci Penny, dis-je.

Et ça m'était sincèrement égal si elle avait une voiture neuve et si j'héritais de la vieille Honda de dix ans qu'elle avait déjà avant d'épouser mon père. J'avais de la chance d'avoir une voiture. Même jaune canari et empestant la lingette désinfectante. Au moins, elle était propre.

J'avais une voiture à moi ! Un compte en banque régulièrement approvisionné ! Un sous-sol pour moi toute seule ! Sans cloison mitoyenne ! J'étais la fille la plus heureuse du monde et même si j'éprouvais un tout petit pincement de culpabilité, je m'efforçais de le repousser le plus loin possible. Jusqu'à Cleveland, par exemple.

– Je veux que tu m'envoies un budget tous les mois, avec la trace de chacune de tes dépenses. Ce sera pour toi une excellente expérience. Il va te falloir acquérir le sens des réalités.

– D'accord pour le budget. Alors c'est tout? demandai-je, brûlant d'envie de danser. On a tout passé en revue?

– On a tout passé en revue.

Quand mon père eut enfin quitté la pièce, j'ouvris mon ordi pour voir si Noah avait répondu. Non, rien. J'étais sûre qu'il serait déçu que le grand soir ne soit pas ce soir, mais il aurait tôt fait de retrouver le moral en apprenant la bonne nouvelle. Je ne lui avais pas encore soufflé mot de Cleveland, ni de mon installation chez Vi. J'avais attendu que tout soit réglé pour ne pas l'inquiéter sans raison. Tel père telle fille, je suppose.

Je virevoltais sur mon fauteuil, sans parvenir à croire ce qui m'arrivait. Que mon père acceptait de me laisser chez Vi. Il avait demandé à parler à Suzanne en personne, mais Vi lui avait dit qu'elles partaient à Los Angeles jusqu'à la fin des vacances.

C'était incroyable qu'il accepte si facilement. Si j'étais parent, je... enfin, je ne sais pas ce que je ferais. En tout cas, je ne divorcerais pas. Évidemment, ce n'était pas à mon père que je pouvais reprocher la décision. Mais quand même. Si je me marie, je ferai en sorte que le mariage dure.

Le mariage, c'est pour la vie. Peu importe ce que fait mon conjoint.

Faire le légume devant la télé ou se demander en mariage ?

– J'aime bien faire le légume devant la télé, dis-je à Noah.

C'était un samedi, un an plus tôt. En janvier, l'année de seconde. Dehors, il faisait un froid de canard. L'air était si glacial qu'on avait l'impression d'avoir les poumons en feu quand on respirait. Nous étions chez lui, dans le sous-sol, sur le canapé marron en daim et sous une couverture de laine. J'étais blottie au creux de son bras. Je sentais sous ma joue la douceur de son pull en polaire. Nous n'avions pas bougé depuis deux heures.

Il jouait avec une de mes mèches de cheveux.

– J'aimerais qu'on reste toujours comme ça.

– Il va peut-être falloir manger, quand même.

– On n'a qu'à commander par téléphone.

– On sera obligés d'aller jusqu'à la porte, dis-je en mimant le déplacement du bout des doigts.

– Mes parents iront ouvrir et nous apporteront la commande.

– Et pour le lycée ?

– On suivra des cours par correspondance.

– Mon père finirait par se demander où je suis.

– Tu n'auras qu'à lui dire qu'on s'est enfuis pour se marier.

J'éclatai de rire.

– Il t'aime bien, mais pas à ce point-là.

Il me serra fort contre lui.

– Tu imagines ?

Mon cœur s'arrêta. J'ouvris grand les yeux.

– S'enfuir pour se marier, tu veux dire ?

– Oui. (Il se tourna pour me faire face.) Je pourrais passer toute la journée avec toi. Ici, sur ce canapé.

Tout mon corps fut soudain envahi d'une sensation de chaleur. De sécurité. D'amour. Je suivis du doigt l'arête de son nez, jusqu'à son menton.

– Je t'aime, soufflai-je.

Une partie de moi pouvait l'envisager. S'enfuir et se marier. Oui. Mais l'autre partie... l'autre partie se demandait si je pouvais vraiment faire confiance à quelqu'un. Si *n'importe qui* pouvait vraiment faire confiance à quelqu'un. Si toutes les relations amoureuses étaient vouées à l'échec.

Mais évidemment, je ne pouvais pas le dire à Noah.

– Il y a juste un détail... c'est que nous avons quinze ans, ajoutai-je pour tenter d'alléger l'ambiance.

– Et alors ? objecta-t-il, les yeux brillants. Je t'aime, moi aussi. C'est une excellente raison, non ? Ce serait marrant. Et génial !

– Et illégal. Je crois qu'il faut avoir dix-huit ans pour avoir le droit de se marier. (Je levai les bras pour m'étirer.) Et il faudrait aussi descendre de ce canapé.

Il pressa sa main à plat contre la mienne.

– Je parie qu'on pourrait demander à un rabbin de venir ici.

– Je ne suis pas sûre de pouvoir me marier en pantalon de yoga. Peut-être que s'il n'était pas noir, mais blanc...

– Bon, d'accord. (Il m'embrassa sur le front.) Je le ferais, tu sais.

Je me blottis dans la tiédeur de sa polaire.

– Moi aussi, murmurai-je afin de le rassurer.

Quand j'annonçai la nouvelle à Noah

– Tu ne croiras jamais ce qui m'arrive, dis-je au moment même où je montais dans la voiture de Noah.

Ses cheveux bruns et ondulés avaient un effet mouillé, exactement comme j'aimais. Ce soir-là, il portait un jean gris et sa doudoune jaune fluo qui sur lui réussissait à donner une allure plutôt cool. Il était mince et un peu complexé par son physique – ce qui n'était pourtant pas justifié – et aimait paraître plus costaud qu'il ne l'était. Il me planta un gros baiser sur les lèvres.

– Laisse-moi deviner : tu as l'intention de me séduire sur la banquette arrière ?

– Ha ha ! ricanai-je. Non, désolée, je n'ai pas la tête à ça ce soir. J'ai une vie trop dingue !

– D'accord, dit-il, perplexe et visiblement un peu déçu.

– Figure-toi qu'hier, mon père me fait asseoir et m'annonce que nous déménageons tous à Cleveland. Cleveland ! Pas aussi loin que la France, mais quand même, tu imagines ? Mes parents ont un truc qui ne tourne pas rond, ou quoi ?

Son sourire s'évanouit totalement.

– Tu déménages ?

– Tu crois que je te quitterais ? Pas question ! (Je tendis la main et posai le doigt sur son genou.) Je ne bouge pas d'ici.

– Alors ils ne déménagent pas ?

– Si. Mais ils me laissent habiter chez Vi !

– Chez Vi ? répéta-t-il d'un air surpris.

– Oui !

– Tu vas aller habiter chez Vi ?

– Oui !

– Et ton père et Penny ?

– Ils s'en vont.

– Et te laissent chez Vi. Jusqu'à quand ?

– Jusqu'à la fin de l'année scolaire. Au moins. Je reste à Westport !

– Tu restes à Westport... à cause de moi ?

– Oui ! (Attends. Enfin, presque. Je plaisantais, mais je ne voulais pas le vexer.) Surtout à cause de toi. Mais aussi de Marissa, du lycée et tout... tu comprends. Ma vie, c'est ici.

Il en restait bouche bée.

– Waouh.

– Comme tu dis ! Je vais habiter chez Vi !

Il pencha la tête sur le côté :

– April, je sais que tu vois Vi comme une sorte d'incarnation divine...

Quoi ?

– Pas du tout !

– Si, c'est vrai. Mais elle est un peu spéciale. Tu es sûre que tu as envie de vivre avec elle ?

– Oui, lançai-je. C'est une de mes meilleures amies. Et de toute façon, je n'ai pas beaucoup de choix.

– La mère de Vi n'est pas un peu bizarre ? interrogea Noah.

– Non, elle est cool, mais ça n'a d'ailleurs pas d'importance. Parce que c'est ça le plus fou : elle ne sera pas là. Elle va être à Chicago pendant un certain temps. Puis à Tampa ou je ne sais où. Mais mon père l'ignore, évidemment.

Il secoua la tête, éberlué.

– Quoi ?

J'expliquai tout le scénario, de plus en plus enthousiaste.

– Alors, tu vas être toute seule avec Vi ? dit-il quand j'eus terminé.

– Oui.

– C'est... stupéfiant, articula-t-il en écarquillant ses yeux verts.

– Je sais.

– Quand ton père et Penny partent-ils ? Quand est-ce que tu t'installes chez Vi ?

– Le 3 janvier, probablement. Le jour où tu rentres de vacances.

Je détestais l'idée qu'il s'en aille, qu'il ne soit pas là pour le Nouvel An. Il me laissait toujours seule pour le Nouvel An.

– Tout ça est complètement dingue, dit-il en m'entourant de son bras. Mais je ne vois toujours pas pourquoi on ne pourrait pas faire l'amour ce soir chez tes parents.

Je levai les yeux au ciel.

– Parce que je suis trop stressée. Et si jamais mes parents nous surprenaient, pour une raison ou pour une autre, ils m'obligeraient à partir avec eux à Cleveland et je ne te reverrais plus. Et puis, dans huit jours, on aura un sous-sol entier pour nous tout seuls.

Il sourit.

– Un sous-sol entier, c'est vrai ? On pourra faire l'amour dans tous les coins, alors ?

– Oui, mais nous ferons probablement ça au lit.

Je l'attirai par son anorak pour l'embrasser. Ses lèvres étaient douces. Familières. Je l'embrassai encore, plus fort cette fois.

– On peut quand même s'installer sur ta banquette arrière, ce soir. Mais sans faire l'amour, c'est tout. Et pas devant chez moi. Je ne peux pas courir le risque que mes parents t'enlèvent à moi.

Il me prit la main.

– On fait un petit tour en voiture, et ensuite on se mange un hamburger ?

– D'accord, on fait ça. Enfin, pas *ça*, je veux dire. Je t'aime, ajoutai-je en lui envoyant un baiser.

– C'est toujours ce que tu dis, rétorqua-t-il d'un ton qui se voulait amusant, mais sans y parvenir.

Je clignai les paupières.

– Si, c'est vrai !

Pensait-il vraiment que c'était parce que je ne l'aimais pas que je repoussais notre projet de faire l'amour ?

– Je *sais* que tu m'aimes, dit-il avec un signe de tête. Moi aussi, je t'aime.

– Plus que huit jours et je suis toute à toi, insistai-je.

Il acquiesça et démarra la voiture.

Procédure en cinq étapes pour mentir à ses parents

1. Créer deux fausses adresses mail.
2. Transmettre à Jake la fausse adresse de Suzanne.
3. Transmettre à Suzanne la fausse adresse de Jake.
4. S'en tenir à de brefs messages en y incluant des détails imprécis.
5. Éviter de se faire prendre.

E-mails entre le vrai Jake Berman et la fausse Suzanne Caldwell

De : Jake Berman / Jake.Berman@comnet.com
Date : Vendredi 26 décembre, 15 h 10
À : Suzanne Caldwell / Suzanne_Caldwell@pmail.com
Sujet : Coordonnées

Suzanne,
Voici mes coordonnées : vous pouvez me joindre à tout moment par e-mail ou sur mon portable au 203-555-3939. Je ne sais comment vous remercier d'accueillir April pendant le prochain semestre. Avec tout ce qui s'est passé ces dernières années, je crois qu'elle est très attachée à Westport et à sa vie ici, et je comprends qu'elle soit si réticente à partir. Je suis ravi d'avoir trouvé cette solution. J'approvisionnerai le compte en banque d'April chaque premier du mois et elle vous donnera quatre cents dollars pour le loyer et la nourriture. Je vous remercie également de faire en sorte qu'elle respecte mes consignes, en particulier concernant son obligation de rentrer avant dix heures du soir. Nous vivons dans un monde dangereux. Et, comme nous le savons, les adolescents ont besoin d'un cadre structuré.
Cordialement, Jake.
Envoyé par BlackBerry

De : Suzanne Caldwell / Suzanne_Caldwell@pmail.com
Date : Samedi 27 décembre, 12 h 15
À : Jake Berman / Jake.Berman@comnet.com
Sujet : RE : Coordonnées

Cher Jake,
April est adorable, nous sommes vraiment ravies de l'avoir avec nous. Et ne vous faites aucun souci. Si jamais elle rentrait cinq minutes après l'heure, je vous contacterais au plus vite. Cependant, il me faut vous dire que l'usage des téléphones portables est déconseillé au théâtre. Si vous

avez des questions ou des inquiétudes, le meilleur moyen, et le plus rapide, est de me contacter par e-mail.

Bonne chance pour votre déménagement à Cleveland.

Suzanne

E-mails entre la vraie Suzanne Caldwell et le faux Jake Berman

De : Suzanne Caldwell / Primadonna@mindjump.com
Date : Dimanche 28 décembre, 14 h 00
À : Jake Berman / Jake.Berman@pmail.com
Sujet : April

Jake,

Vi m'a communiqué vos coordonnées et je dois vous dire à quel point je suis ravie qu'April soit chez nous pendant que je serai en tournée ! Elle tiendra compagnie à Vi et j'espère qu'elles parviendront à s'empêcher mutuellement de faire des bêtises ! Mais Vi est très raisonnable, en fait. Elle a beaucoup plus le sens des responsabilités que je ne l'avais à son âge, c'est certain. Vous n'imaginez pas toutes les bêtises que j'ai faites. Enfin, peut-être que si. Tout d'abord, je suis tombée enceinte de Vi. Très drôle, non ? Mais sérieusement, comme je l'ai dit à Vi, il n'est pas nécessaire que vous payiez un loyer. La présence d'April est déjà une très bonne chose. Vi devient morose quand elle est seule trop longtemps ! Elles peuvent peut-être faire les courses à tour de rôle ? Appelez-moi quand vous voulez sur mon portable au 203-555-9878.

Haut les cœurs !

Suzanne

De : Jake Berman / Jake.Berman@pmail.com
Date : Dimanche 28 décembre, 21 h 10
À : Suzanne Caldwell / Primadonna@mindjump.com
Sujet : RE : April

Suzanne,
Merci de votre message. Je vous félicite pour votre projet de tournée. Mary Poppins me semble pour vous le rôle idéal. Vous êtes très généreuse de ne pas vouloir de loyer, sachez que j'apprécie beaucoup votre geste. Je tiens à ce qu'April puisse payer sa nourriture, ainsi qu'une part des factures de chauffage et d'électricité. Je laisserai Vi effectuer les calculs, il me semble qu'elle en est grandement capable. Et j'ai du mal à l'imaginer morose, sa compagnie est toujours si agréable. Elle est si intelligente et a tant d'assurance ! Vous pouvez vous réjouir d'avoir une fille aussi merveilleuse. Continuez à me contacter par e-mail si vous avez des questions ou le moindre souci, c'est le moyen le plus rapide de me joindre.
Meilleurs sentiments,
Jake

J'en restais sans voix !

Vi était un vrai génie. Morose ? Gonflée. Un vrai mauvais génie.

n° 2 : jouer à « Je n'ai jamais... »

J'emménage

– Alors, c'est tout ? demanda mon père après avoir lâché le dernier carton sur les deux autres posés sur le plancher de ma nouvelle résidence.

Le plafond était bas, les murs d'un blanc éclatant (pratiquement fluorescent), la pièce sentait vaguement le yaourt périmé, et la fenêtre donnait sur la poubelle de tri. Mais c'était chez moi. Rien que chez moi. Je n'avais cessé d'avoir des palpitations au niveau de l'estomac depuis le début de la matinée.

Mon père se pencha en avant et joignit les mains devant lui pour s'étirer le dos.

– Tu es sûre que tu n'as pas besoin d'aide pour déballer tes affaires ? J'ai le temps, ma chérie. Je serais content de le faire.

– Non, non. Vi et Marissa sont là pour me donner un coup de main. Tu peux retourner à tes propres cartons. (J'avalai ma salive.) Je veux dire, les déménageurs ont sûrement des questions à te poser.

Ils partaient en avion le soir même.

Assise en tailleur sur mon futon, Vi leva discrètement le pouce en signe d'appréciation. Elle portait un jean noir moulant et un pull vert qui lui découvrait les épaules. Je lui répondis par un petit sourire sans pouvoir réprimer un pincement de solitude.

– Je sais, je sais... (Mon père m'attira contre lui pour m'embrasser. Il avait une odeur chaude et musquée, comme d'habitude.) Oh, tu vas me manquer, princesse.

Tu n'as qu'à pas partir à Cleveland, alors, faillis-je dire. Mais je me retins. Parce que, d'accord, mon père allait me manquer, mais c'était lui qui avait décidé de partir. De me laisser. Et de plus, j'étais sur le point de réaliser un rêve d'ado. Une maison sur la plage. Pas de parents. Fêtes à volonté. Garçons à volonté.

– Tu vas me manquer, toi aussi, dis-je.

– C'est vraiment dommage que je n'aie pas pu parler à Suzanne, ajouta-t-il, le front plissé.

Il jeta un coup d'œil en direction de l'escalier du sous-sol, comme s'il espérait que la mère de Vi y apparaîtrait soudain, tandis que Vi, Marissa et moi regardions simultanément par terre. Très intéressant, ce vieux plancher recouvert de moquette beige plutôt élimée.

– J'espérais revoir avec elle quelques détails techniques, expliqua mon père. Directement.

– Bien sûr, répondit Vi. Elle regrettait tant de ne pas pouvoir vous voir. Mais, comme je vous l'ai dit, ma grand-tante est tombée et s'est cassé le col du fémur, et ma mère a été obligée d'aller la voir.

– Quelle nièce dévouée, dit mon père.

– C'est vrai, confirma Vi en hochant la tête. Elle m'a répété au moins cinq mille fois de vous dire qu'elle était désolée.

– Dis-lui que je regrette beaucoup de l'avoir manquée, moi aussi, insista mon père.

Il remonta l'escalier, nous trois sur les talons. Quand j'arrivai en haut, j'avais la tête qui tournait, peut-être parce que j'étais montée trop vite, mais plus vraisemblablement sous l'emprise d'une crise de panique inattendue. Une vraie, avec les poumons bloqués, les mouches noires dansant devant les yeux et tout le reste.

Si jamais mon père se rendait compte de ce que nous mijotions... ?

Je m'agrippai à la rampe pour reprendre mon équilibre. *Calme-toi*, me dis-je. *Respire. Il n'y a aucune raison qu'il s'aperçoive de quoi que ce soit, si tu ne lui en donnes pas l'occasion.*

– Elle est très courriel, lança Vi. Vous voulez que je lui dise de vous joindre dès qu'elle rentrera ?

– Oui, je veux bien, approuva mon père. (Il se tourna vers moi.) Alors, ça y est ?

Les larmes me montèrent aux yeux, me prenant au dépourvu. Je me forçai à sourire.

– Ça y est, oui. Euh... tu sais, papa, ça me fait très plaisir que tu me fasses confiance, et tout. Merci.

– N'oublie pas de rentrer avant dix heures. Et pense à démarrer la voiture tous les jours, même si tu ne t'en sers pas. Surtout en hiver. J'ai mis une lampe torche dans la boîte à gants, au cas où. Et tu as ton téléphone portable, de toute façon.

Comme il était gentil ! C'était une vraie torture.

– Oui, papa.

Il m'embrassa encore une fois avant de partir.

– Sois sage, princesse. Pas d'imprudence.

J'acquiesçai d'un signe de tête, faute de pouvoir prononcer un mot. *Ça ira mieux quand il sera parti*, tentais-je de me persuader, mais cette séparation, à cause de l'énorme poids invisible que j'avais mis entre nous, était plus dure que je ne l'avais prévu. Si jamais mon père découvrait que j'avais manigancé ce gigantesque bobard, il serait furieux. Mais pire encore, il aurait de la peine.

Je ne l'avais vu pleurer qu'une fois, et c'est à cela que je pensais quand, après un dernier baiser, il monta dans sa voiture. Je lui fis au revoir de la main et refermai enfin la porte quand il se fut éloigné, tout en me remémorant ses yeux remplis de larmes qui peu à peu dégoulinaient sur ses joues comme des gouttes de pluie.

Marissa et Vi ne remarquèrent rien de tout cela, Dieu merci. Dès que la porte se referma, elles se lancèrent dans une interprétation personnelle de danse endiablée. Marissa valsait en faisant tournoyer sa robe de coton bleu tandis que Vi avait plutôt l'air de nager le crawl. Je m'efforçai de reprendre pied. Tout irait bien, pour moi comme pour mon père. Il serait heureux à Cleveland. Ne découvrirait jamais la vérité. Je ne lui laisserais jamais la soupçonner. J'étais capable de me débrouiller toute seule.

– Quelle veine vous avez, les filles, dit Marissa.

Vi redescendait déjà les escaliers quatre à quatre.

– Il est temps de défaire tes valises. Et tu fais fissa, ma petite.

– Ah bon, pourquoi ?

– On fait ta pendaison de crémaillère ce soir, nous cria-t-elle du sous-sol. Et ça commence à sept heures !

L'unique fois où j'ai vu pleurer mon père

Nous étions à la cafétéria et je me dépêchais d'avaler ma soupe au poulet. C'était le lendemain de mon quatorzième anniversaire, le 29 mars. Ma mère tripotait sa fourchette.

– April, Matthew. Votre père va quitter la maison.

Elle parlait d'une voix calme. Trop calme. J'avais envie de lui hurler qu'elle pouvait au moins faire semblant d'être triste.

Mon père émit un son et je me tournai vers lui, m'attendant à ce qu'il dise quelque chose. Mais au lieu de parler, il s'efforçait de déglutir comme s'il retenait des sanglots. Les larmes dégoulinaient sur ses joues. Il tenta de les essuyer avant que nous puissions les voir. Comme si c'était possible.

Sauf que ça a dû marcher, parce que Matthew n'a rien compris.

– Il va dormir sous la tente dans le jardin ? demanda-t-il. Je peux dormir sous la tente, moi aussi ? Oh oui, papa, s'il te plaît.

Mon père fit non de la tête. Je savais qu'en dépit de tout, il ne voulait pas nous quitter. J'aurais voulu bondir de mon siège et le prendre dans mes bras et lui dire que tout allait s'arranger, comme il le faisait pour moi quand j'étais petite.

J'avais envie de hurler.

De pleurer.

De renverser ma soupe au poulet sur la tête de ma mère.

De dire à mon père que même si la femme avec qui il vivait depuis plus de dix ans avait couché avec un autre, même si elle se foutait visiblement de lui, moi je l'aimais encore.

Mais ça me faisait mal rien que de le regarder. Alors j'ai fusillé ma mère du regard et j'ai passé mon bras sur les épaules de Matthew. J'ai continué à la fixer jusqu'à ce que, finalement, ses yeux se remplissent de larmes et qu'elle les baisse vers son assiette.

28 mars

Oui, je vous assure : je suis née le 28 mars, et pourtant je m'appelle April. J'étais censée naître le 14 avril, mais je suis arrivée avec deux semaines et demie d'avance et ma mère a décidé qu'on n'était pas obligé de prendre le nom au pied de la lettre. Ça pouvait être une métaphore. Une nouvelle saison. Une nouvelle famille.

Heureusement, ils ne m'avaient pas appelée Mars.

Lost in translation

Matthew : Tu ferais bien de rappeler maman. Elle cherche à te joindre. Elle s'est rongé tous les ongles.
Moi : J'emménage chez Vi aujourd'hui ! Je l'appellerai plus tard. Bisous
Matthew : Quoi ?
Moi : Tu sais que papa part à Cleveland.
Matthew : Ah oui, c'est vrai.
Moi : Tu n'as pas dit à maman qu'il déménageait ?
Matthew : J'ai oublié. Et toi ?

Pas ce genre de mère

Pourquoi n'avais-je pas parlé à ma mère de mon changement de vie ?

Dans une relation traditionnelle mère-fille, la fille aurait probablement appelé sa mère pour discuter d'une décision de ce genre. Et dans une relation traditionnelle mère-fille, une ado vivrait avec sa mère.

Mais ma mère habitait Paris avec son nouveau mari Daniel (prononciation à la française). Elle était partie depuis un an et demi, depuis l'été précédant mon entrée en seconde.

À dire vrai, il ne m'était pas venu à l'idée de la consulter.

Ce que je n'aurais pas dû lui dire en ces termes précis.

– Comment as-tu pu ne pas m'en parler ? me demanda-t-elle au téléphone, d'une voix légèrement hystérique.

– Ce n'est pas si grave, dis-je. Papa et Penny déménagent dans l'Ohio – ils partent ce soir – alors je me suis installée chez Vi.

– Attends... Tu t'es installée, ce qui veut dire que c'est déjà fait ?

Je jetai un coup d'œil autour de moi. Toutes mes affaires étaient rangées. Vi est tout sauf inefficace.

– Oui, aujourd'hui même. Je pends la crémaillère dans quelques heures. En fait, je sors de la douche, alors je n'ai pas trop de temps. Je crois que Noah doit venir.

– Mais... mais... tu ne peux pas faire ça comme ça, sans prévenir !

– Je crois que si, dis-je.

Si mon ton était distant, tant pis. Je ne voulais pas expressément me montrer distante, mais il fallait regarder les choses en face : c'était mon père qui avait ma garde. Elle avait la garde de Matthew. Ils s'étaient mis d'accord quand elle avait décidé de quitter Westport pour aller à Paris avec Daniel. Elle était toute contente de ne plus avoir de souci de pension, de ne plus avoir de comptes à rendre à mon père. « Tu n'imagines pas à quel point c'est pénible d'avoir à justifier jusqu'au prix du jus d'orange », m'avait-elle dit. *Et tu n'imagines pas la peine que tu as faite à tout le monde*, avais-je rétorqué, mais seulement dans ma tête. Je m'en moquais bien du jus d'orange.

– Je crois que tu as perdu ton droit de parole quelque part au-dessus de l'Atlantique, ajoutai-je.

Il y eut un silence.

– Je suis toujours ta mère. J'ai toujours mon mot à dire. (Elle poussa un soupir.) Je regrette que tu ne puisses pas venir habiter avec nous en France.

– Non, merci, dis-je sèchement.

Prise de remords, j'ajoutai :

– Je ne pourrais jamais terminer mes études secondaires en français.

Pour je ne sais quelle raison, je me sentais coupable chaque fois que je parlais avec ma mère. Est-ce que ça n'aurait pas plutôt dû être l'inverse ? C'était elle qui m'avait quittée, non ?

– Je préfère être ici, dis-je calmement. Avec mes amis.

– Je n'arrive pas à croire que ton père ait accepté une situation pareille, enchaîna ma mère. Suzanne n'a pas un sens très développé de la responsabilité maternelle. Je me souviens quand elle vous avait laissées partir à pied toutes les deux jusqu'au centre-ville pour manger des glaces, alors que vous aviez neuf ans. Neuf ans !

Je penchai la tête sur le côté pour m'appliquer du gel sur les cheveux.

– Ne t'inquiète pas pour Suzanne. Elle ne sera même pas là. Elle part en tournée.

– Quoi ? Quoi ?

Je grimaçai. Pourquoi est-ce que j'avais dit ça ?

– Elle tient le rôle-titre dans *Mary Poppins*. N'en parle pas à papa.

Non, elle ne dirait rien à mon père. Elle ne lui parlait même pas. Et, de toute façon, j'étais son *amie*. Quand vos parents divorcent et que votre mère se met à sortir, c'est ce qui se passe. En tout cas, c'est ce qui s'était passé pour nous. Les mères ont besoin de quelqu'un avec qui discuter de leur amoureux et, que ce soit convenable ou pas, vous êtes là.

– April...

– Quoi ? lançai-je.

– Je n'aime pas l'idée de te savoir seule.

– Je ne suis pas seule. J'habite avec Vi. Tu ne vas pas faire d'histoires, non ? Ce n'est pas dramatique.

Mais pourquoi est-ce que je lui en avais parlé ? Quelle idiote ! Est-ce que je voulais l'inquiéter ? Est-ce qu'inconsciemment, je souhaitais qu'elle appelle mon père ?

– Je ne vais pas le dire à ton père, mais je n'aime pas ça du tout.

Le soulagement m'envahit.

– Merci, maman. J'apprécie ta compréhension. On sera sages, je te le jure.

– Je te fais confiance, April, mais promets-moi de m'appeler si tu as un quelconque problème. Non, avant même d'avoir un problème.

La sonnette retentit. Noah. J'espérais que Vi lui ouvrirait la porte.

– Écoute, maman, il faut que j'y aille. Noah est là-haut et je suis à peine sortie de la douche. Et au fait, il n'est pas au moins minuit, là-bas ? Matthew dort ?

– Tu peux m'appeler demain, s'il te plaît ?

Sa voix trahissait la défaite, ce qui m'agaça et raviva simultanément ma culpabilité.

– Oui, d'accord. Fais un bisou à Matthew pour moi.

Il était venu passer une semaine avec nous pendant les vacances de Noël, et à la seconde même où il était reparti sur le vol Air France, avec son étiquette de « Mineur non accompagné », j'avais eu l'impression qu'on m'enlevait une partie de moi-même. J'avais pleuré en lui disant au revoir. Comme toujours. La plupart des sœurs trouvent leur petit frère agaçant, mais pas moi, jamais. J'emmenais Matthew partout avec moi. On jouait à cache-cache tous les deux, on bâtissait des châteaux forts avec des cartons vides et on se parlait en latin de cuisine pour que nos parents ne nous comprennent pas.

– Demain sans faute, d'accord ? reprit-elle. Pas comme il y a quinze jours, quand tu m'avais promis de m'appeler le lendemain et que j'ai rappelé le jour même pour m'apercevoir que ton téléphone était éteint.

– D'accord. Excuse-moi. J'ai eu beaucoup de choses à faire.

– Visiblement.

Nouveau soupir. C'est étonnant comme j'entendais distinctement les soupirs malgré les milliers de kilomètres d'océan qui nous séparaient. Je lui dis au revoir, raccrochai, enfilai mon jean et mon tee-shirt et mis la musique à fond, histoire de couvrir toute évocation des soucis maternels.

Il fallait que j'aille piquer des fringues dans la penderie de Vi. Elle avait des masses de vêtements branchés. Des tee-shirts cool, des talons aiguilles sexy, et une robe rouge particulièrement ravageuse. Courte, à manches longues et très décolletée. Une véritable manière de clamer, entre autres : « Regardez-moi ! » En m'installant chez Vi, j'avais en prime l'autorisation de lui emprunter tout ce que je voulais, non? Et j'avais trop envie de porter cette robe rouge. Pas ce soir, mais bientôt.

On frappa trois coups à la porte du sous-sol.

Je lançai mon portable sur le lit.

– Entrez, dis-je en essayant de prendre une voix douce et dégagée.

– C'est encore moi, lança Marissa en dévalant les escaliers.

Elle portait une robe grise en tricot, avec des collants noirs et des ballerines. Marissa était toujours en robe, en hiver comme en été, avec des collants ou jambes nues. C'était probablement la seule ado qui détestait les jeans. Elle aurait mis une robe pour jouer au foot si elle avait pu.

– Tu n'as pas eu besoin de moi? J'étais partie depuis plus d'une heure. Tu as vu que Vi a affiché le règlement de ton père sur le frigo? C'est trop marrant.

– Ouais, dis-je.

– Qu'est-ce qu'il y a, je ne suis pas assez drôle pour toi? demanda-t-elle.

– Non, tu es... bien sûr que si. C'est juste que je m'attendais à voir Noah.

Il était arrivé à l'aéroport le matin même et je me disais qu'il aurait déjà pu être là. Est-ce que ce n'était pas le grand soir, aujourd'hui? Premier soir ensemble depuis qu'il était parti, premier soir dans ma nouvelle maison... et première fois... qu'on ferait l'amour. Je me sentais neuve et indépendante. Et la nouvelle moi indépendante était prête à cent pour cent à faire l'amour.

– Est-ce qu'il t'a téléphoné? demanda Marissa.

– Pas encore, avouai-je. Je lui ai laissé un message. Pour lui dire de venir à la soirée.

– Je suis sûre qu'il est aussi impatient que toi, dit-elle en agitant la main.

Je me sentais loin de lui. Noah m'avait appelée deux ou trois fois de Palm Beach mais c'était dur d'avoir une vraie discussion car il était avec toute sa famille chez son grand-père.

Je me mis en quête de mon eye-liner noir et observai mon reflet dans le miroir en pied que nous avions appuyé contre le mur. Pas mal. Mes cheveux longs étaient parfaitement ondulés au lieu d'être frisés, et j'avais la peau bien lisse. Je dessinai le bord intérieur de mes paupières, dans l'espoir de faire ressortir mes yeux bruns.

– Je ne sais pas comment tu fais, dit Marissa en se lovant sur mon futon.

– C'est Penny qui m'a appris, répondis-je. La seule chose pour laquelle on s'entend bien, c'est le maquillage. Tu veux que je te montre ?

– Ah non, ça me donne la chair de poule rien que de te regarder.

Ensuite, le mascara.

– Désolée de mettre aussi longtemps. J'ai presque fini.

– Prends ton temps, rien ne presse. (Elle eut un sourire rêveur.) Je vais m'allonger en imaginant que c'est ma chambre. Je vais peut-être faire un petit somme.

– Si tu veux, je pourrais avoir un lit gigogne.

– Attends que Noah voie ton nouvel appart. Il va être fou.

– On le saura s'il daigne venir un jour.

Mais où était-il donc passé ?

– Il est probablement allé t'acheter des fleurs ou un truc comme ça. Pour te faire plaisir. Tu sais la chance que tu as, j'espère ? Tu as un copain génial qui habite à dix minutes, et en plus tu as ton propre appart.

Aaron, le copain de Marissa, habitait à Boston.

Je me passai du brillant à lèvres.

– Tu oublies une des choses les plus importantes.

– C'est quoi ?

Je fermai la bouche pour finir d'appliquer le brillant, puis je m'approchai d'elle et l'embrassai. J'aimais vraiment Marissa. Sans elle, je ne serais probablement jamais sortie de mon effroyable chagrin.

– J'ai la chance de t'avoir, toi.

Coup de pied

Deux ans et demi plus tôt, en septembre de notre première année de lycée, Marissa avait décidé qu'il fallait absolument que nous fassions partie de l'équipe de foot.

– Mais nous ne sommes pas des athlètes, lui avais-je fait remarquer.

Nous mesurions toutes les deux à peu près un mètre soixante et n'étions pas particulièrement sportives.

– Et alors ? Au contraire, le sport pourrait nous faire du bien. À notre confiance. Notre moral. Notre ligne.

Nous savions toutes deux ce qu'elle voulait dire : que le sport pourrait être un moyen de me sortir de ma déprime.

Même si le foot était un plaisir, ça ne m'empêchait pas de pleurer tous les soirs dans mon oreiller, parce que ma mère trompait mon père, le faisait pleurer, parce que l'ambiance à l'heure du dîner était sinistre – au McDo les trois quarts du temps –, parce que mon père sortait avec toutes les femmes possibles, et parce que ma mère voulait me faire des confidences sur ses charmants collègues de bureau.

Marissa trouvait génial que ma mère ait envie de bavarder avec moi comme avec une copine, mais moi ça me donnait seulement la migraine. Marissa était passée au plan B.

– J'ai dit à Noah Friedman de venir déjeuner avec nous au *Burger Palace*, me dit-elle un jour.

– Qui ça ?

Je croyais savoir qui c'était, sans en être sûre.

– Noah. Il est dans le même cours d'anglais que moi. Je suis certaine qu'il va te plaire.

– Pourquoi ? demandai-je en m'appuyant sur mon casier.

– Il est mignon. Il est gentil. Et en plus il est intelligent. Je crois que vous feriez un beau couple, conclut-elle.

Nous nous étions retrouvés tous les trois devant le portail du lycée. Cheveux bruns ondulés, yeux verts. Plus grand que moi, mais pas beaucoup. Il avait les joues roses, comme s'il avait couru pour nous rejoindre. Il sentait bon le frais, comme un chewing-gum à la menthe. Nous avions descendu la rue jusqu'au *Burger Palace*, Marissa entre nous deux.

La serveuse était venue prendre nos commandes. Marissa avait choisi des beignets de poulet. Moi, un hamburger. Noah, assis en face de nous, avait commandé un hamburger, des frites, un croque-monsieur et un milk-shake.

– Ça fait beaucoup ! avait dit Marissa.

– Je suis en pleine croissance, avait-il répondu.

– Je vais partager les frites avec toi, avais-je proposé. Sans ça, tu vas éclater.

Il m'avait souri. Il avait des fossettes. J'avais eu envie de tendre la main pour les toucher.

– Heureusement que tu es là pour prendre soin de moi. Mais où étais-tu passée il y a quinze jours quand j'ai effectivement éclaté, chez *Bertucci* ? J'ai mangé trois fois trop de pizza.

Il était trop drôle. Assise là avec Noah, j'avais l'impression d'être à ma place. J'en oubliais d'être triste à cause du divorce de mes parents. J'en oubliais d'être en colère.

La serveuse revenait vers nous.

– Désolée, les jeunes, mais nous n'avons plus de bœuf haché.

– Mais... on est au *Burger Palace*, non ? dis-je.

Elle haussa les épaules.

– Vous voulez un burger à la dinde ? Un burger végétarien ? À l'agneau ? Nous avons toutes sortes d'autres viandes.

– Euh...

– D'accord, dit Noah. À la dinde, ça me va.

– Et vous ? me demanda la serveuse.

– Un burger à la dinde, d'accord. Merci.

J'attendis qu'elle se soit éloignée pour râler :

– Comment un restaurant spécialisé dans les hamburgers peut-il ne plus avoir de hamburgers ?

– Ils en ont, mais pas au bœuf, c'est tout. Tu n'aimes pas la dinde ? demanda Noah.

– Si. Mais j'ai du mal à changer mes plans comme ça. J'ai besoin de temps pour réorganiser mes attentes gustatives, déclarai-je en claquant les lèvres de manière exagérée. Et voilà, ça y est, c'est reprogrammé.

– Tes attentes gustatives, tiens donc ? dit-il en riant. Tu es trop mignonne.

J'avais senti mes joues rougir. *Toi aussi,* m'étais-je dit, *tu es mignon.*

Sous la table, Marissa m'avait pressé la main.

Mieux vaut tard que jamais

Noah était arrivé le dernier à la soirée.

Vi s'affairait à remplir des verres de bière ou de vin pour les invités, et Joanna les faisait passer à la ronde. Ça me faisait un drôle d'effet de voir servir de l'alcool. Comme si nous étions des adultes qui habitaient New York et buvaient des cocktails. Dean et son frère Hudson finissaient déjà les dernières chips.

Nous avions laissé la porte ouverte et je remplissais le saladier de chips quand j'aperçus Noah dans l'entrée.

– Salut ! dis-je en posant le sachet et en me frayant un passage parmi les autres pour m'approcher, tandis qu'il me souriait.

Ce n'étaient pas les retrouvailles intimes dont j'avais rêvé, mais au moins, il était venu.

– Salut tout le monde, dit-il avec un regard circulaire.

Il était craquant, comme toujours quand il rentrait de Floride. Légèrement bronzé, les joues un peu hâlées. Il portait un nouveau pull vert que ses parents avaient dû lui acheter là-bas. Je ne l'avais jamais vu.

– Qu'est-ce qui se passe ? lança RJ depuis le canapé.

RJ jouait avant-centre dans la même équipe de basket que Noah, au lycée. Par rapport au mètre quatre-vingt-dix et à la stature de colosse de RJ, nous avions tous l'air de nains.

Je passai les bras autour du cou de Noah, qui avait encore la fraîcheur de l'extérieur. Ses joues étaient rouges.

– Salut, répétai-je.

– Salut, dit-il doucement en regardant autour de lui.

Sur la pointe des pieds, je posai un baiser léger sur ses

lèvres. Il avait la taille idéale pour moi, juste quelques centimètres de plus.

– Tu m'as manqué, soufflai-je.

Il sentait le shampooing.

– Toi aussi, dit-il en me rendant mon baiser.

– Prenez une chambre, s'il vous plaît, hurla Dean.

Noah rougit.

– Alors, dit-il en regardant une nouvelle fois autour de lui. C'est ici chez toi ?

– C'est chez moi, oui, répétai-je en essayant de croiser son regard. Comment s'est passé ton vol de retour ?

– Pas de problème.

Il observait le décor, les meubles de cuisine style années soixante-dix, l'immense table de salle à manger rectangulaire, la nappe mauve, l'énorme canapé bleu en daim, l'épais tapis, la profusion de lampes et de bougies qui ne m'appartenaient pas. Derrière les vitres, l'océan et les lumières au bout de la rue.

– C'est dingue.

– Comme tu dis.

Je savais que ça devait être bizarre pour lui de me voir dans ce nouvel environnement, cette nouvelle maison. Pour moi aussi, c'était étrange. Mais ce qui était également curieux, c'était qu'il ne m'ait pas appelée en arrivant à l'aéroport. Pourquoi n'était-il pas venu directement me voir ? Pourquoi ne voulait-il pas me regarder ?

Peut-être que ce n'était que l'effet de mon imagination. Ou parce que tout le monde nous regardait. Corinne, entre autres.

– Viens t'asseoir, dis-je en l'entraînant vers les autres.

– À mon tour, dit Vi. Je n'ai jamais embrassé une fille.

Les quatre garçons – Noah, RJ, Dean et Hudson – ainsi que Joanna burent à cette affirmation. Ce qui n'était pas une surprise.

Dean passa son bras autour de Vi.

– Maintenant, mesdemoiselles, si vous voulez essayer, que notre présence ne vous gêne pas.

Vi lui donna un coup de poing dans le bras.

– Bien sûr, c'est ce que nous allons faire, nous donner en spectacle pour vous faire plaisir, messieurs les voyeurs.

Ils étaient installés tous les deux dans le même fauteuil.

– Excellent ! lança Dean avec un rire sonore qui se répercuta dans toute la pièce.

Dean et Vi étaient de très proches amis depuis leur rencontre en première année de lycée. Pour l'instant, il avait les mains sur les hanches de Vi. On aurait dit qu'il lui fallait toujours quelque chose à toucher. Un ballon, un coussin, la taille d'une fille.

J'étais assise sur le canapé, entre Marissa et Noah, qui avait Joanna de l'autre côté.

Joanna était en terminale au lycée Andersen. Elle portait un jean vintage et un chemisier en dentelle qu'elle avait à l'évidence achetés dans une vraie friperie, et non pas dans un magasin comme tout le monde. L'année prochaine, elle partait en Australie avec un sac à dos au lieu d'entrer à la fac. C'était également la seule personne de ma connaissance qui affichait ouvertement son homosexualité, et sans doute la seule personne homosexuelle que je connaissais, d'ailleurs. L'année dernière, elle avait invité son amie de Stamford (désormais ex) au bal de promo. Joanna habitait à quelques rues de chez Vi, sur Mississauga Island, mais près du club nautique.

– À moi, dit Dean. Je n'ai jamais eu de relations sexuelles.

Et il s'empressa de boire. Dean avait été le premier garçon de sa classe à perdre sa virginité quand il était en troisième, avec une lycéenne. Ce qui avait fait de lui une sorte de légende. Il avait toujours été mignon : il avait les cheveux bruns, courts et en bataille, des joues rondes et le sourire vif. Mais ce n'était pas son physique qui séduisait les filles, c'était son humour.

– Ah non, pas question, s'écria Vi. Tu ne peux pas annoncer quelque chose que tu as fait et boire ensuite.

– Pourquoi ? dit-il en avalant.

– C'est la règle.

– *Ta* règle, nuança-t-il.

– La règle de la maison, rétorqua-t-elle.

– Alors, du coup, je dois boire ou pas ? demanda RJ en levant son verre.

– Ça dépend si tu as déjà fait l'amour, dit Vi.

Il ne but pas. Corinne non plus. Elle était assise en face de nous et passait ses doigts pâles dans ses cheveux roux, regardant si nous allions boire.

Joanna, Hudson et Vi burent.

Personne d'autre ne toucha son verre. Il y avait une séparation nette entre les premières et les terminales, entre mes copains et ceux de Vi.

J'ignorais avec qui Joanna et Hudson avaient fait l'amour, mais je savais que Vi avait perdu sa virginité au bénéfice d'un certain Frank, un beau gosse de la fac qui avait joué dans un des spectacles de sa mère.

J'avais espéré changer mon statut ce soir-là, supposant en quelque sorte que c'était le programme.

Mais… apparemment, les projets de Noah n'étaient pas les mêmes que les miens.

Vingt minutes plus tôt

– Allez, tout le monde, c'est l'heure de jouer à « Je n'ai jamais… », avait clamé Vi en faisant passer des gobelets.

– Je conduis, avait dit Noah en refusant le sien.

– J'hallucine ! s'était exclamée Vi. Je croyais que tu dormirais ici.

– Impossible, avait-il répondu.

– Et pourquoi ? avait interrogé Vi.

– Parce que… avait commencé Noah, l'air gêné.

– Parce que quoi ?

– Parce que mes parents veulent que je rentre, avait répondu Noah.

Elle s'était tournée vers moi :

– Mais c'est le petit garçon à sa maman, dis-moi ?

J'avais eu envie de rire, mais je m'étais abstenue car Noah avait l'air agacé. C'est vrai que c'était le petit garçon à sa maman. La mère de Noah était du genre à n'ignorer aucun détail des vies de ses deux fils, de leurs examens futurs à l'état de leurs sous-vêtements. D'accord, peut-être pas à ce point ; elle n'était pas envahissante. Mais elle savait effectivement quand ils avaient besoin de changer de sous-vêtements parce que des boxers neufs apparaissaient dans leur placard.

– Un peu, répondis-je.

– Un garçon qui traite bien sa mère sera gentil avec sa femme, dit Marissa.

– Il est gentil avec sa copine, c'est sûr, affirmai-je en l'embrassant sur la joue.

– Tu peux jouer quand même, dit Vi. Je vais juste te donner autre chose à boire. (Elle posa les verres sur la table et retourna dans la cuisine.) Du lait de soja... ça te va ?

Noah haussa les épaules, l'air toujours contrarié. Il cessa de regarder Vi et passa le bras autour de ma taille. Étant donné que mon amitié avec Vi était complètement séparée du reste de ma vie sociale, Noah et Vi ne s'étaient jamais beaucoup vus. Je m'étais dit qu'ils s'entendraient bien. Et pourquoi pas ? Je les aimais tous les deux.

– Du lait de soja ? C'est dégoûtant, déclara Dean.

Il tripotait l'un des chandeliers à sept branches qui étaient aussi sur la table basse.

– C'est tout ce que nous avons. April, il faut vraiment qu'on aille faire les courses demain. Tu préférerais de l'eau ?

– Ça m'est égal, dit Noah.

– Ce sera donc de l'eau. Et du chardonnay pour tous ceux qui ne conduisent pas. Merci, maman, de m'avoir laissé un bar bien approvisionné.

Retour au jeu

– Alors mon pote, dit Dean en se tournant vers Noah, tu ne l'as jamais fait ? Ça va changer maintenant. Ta copine a son propre appart. Au fait... (Il leva son verre.) Je n'ai jamais eu d'appart perso.

Vi et moi bûmes.

La main sur la hanche, enhardie par l'effet de l'alcool, je lançai :

– Tu ne voulais pas dire : je n'ai jamais été abandonné par mes parents, plutôt ?

Dean rougit et fit non de la tête. Marissa me pressa l'épaule. Hudson éclata de rire.

Je le regardai et souris :

– Au moins, il y en a un qui me trouve drôle.

Hudson était lui aussi en terminale. C'était bizarre qu'il soit dans la même classe que Dean, alors qu'il avait dix mois de plus. Il était vraiment beau gosse, alors que Dean était juste mignon. Hudson avait des cheveux blond foncé, des pommettes très saillantes et des yeux bleus qui étincelaient depuis l'autre bout de la pièce. Il ne ressemblait en rien à son frère. Et, d'après ce que je voyais, il gardait les mains dans ses poches. Il gardait d'ailleurs beaucoup de choses pour lui. Il était sorti avec Sloane Grayson pendant la plus grande partie de l'année dernière mais ils avaient rompu pendant l'été quand elle était partie à la fac. Le bruit courait qu'il dealait. Sans doute une rumeur, mais il avait tout de même acheté une Jeep neuve, prétendument sans l'aide de ses parents. On disait aussi qu'il « travaillait », mais personne ne pouvait dire ce qu'il faisait au juste.

– Je n'arrive pas à croire que vous allez habiter toutes les deux, s'exclama Joanna. Quelles veinardes !

– Moi, mes parents m'auraient *obligée* à déménager avec eux, dit Corinne.

– Nos parents, eux, espèrent toujours que c'est nous qui allons partir, déclara Dean. Vi, pourquoi est-ce qu'April ne s'est pas tout simplement installée dans la chambre de ta mère, plutôt que dans le sous-sol ?

– Ma mère va revenir le week-end de temps en temps. C'est encore sa maison, quand même.

Ah bon ?

– C'est un peu comme si April avait son propre appart, en fait, dit Marissa.

– Mais April, tes parents, je ne sais pas... ne vont pas te manquer ? demanda Corinne, sans me regarder mais en lorgnant Noah.

De toute évidence, ce n'était pas ce que je ressentais qui la préoccupait. Elle aurait été ravie de me voir prendre le prochain avion pour la France ou l'Ohio. Ou n'importe où, sauf dans les parages. Elle se lécha les lèvres après avoir parlé. Elle se passait toujours la langue sur les lèvres. Peut-être croyait-elle que ça lui donnait l'air sexy. Ou peut-être avait-elle simplement les lèvres desséchées et désespérément besoin de les humidifier.

D'une certaine façon, je la plaignais – ce devait être horrible d'être si visiblement et publiquement amoureuse du copain d'une autre depuis le début du lycée – mais pas au point de lui passer la main. Désolée, Corinne. Continue à te lécher les lèvres.

– Elle va trop s'amuser pour que ses parents lui manquent, dit Marissa.

RJ s'étira le bras droit en le faisant craquer.

– Qu'est-ce qui va se passer si jamais le père d'April cherche la mère de Vi sur Google et s'aperçoit qu'elle est à Chicago ?

Silence.

– Alors je suis foutue, dis-je.

Je bus une gorgée de vin.

– Revenons au jeu, décréta Marissa, en me donnant un petit coup de genou complice. Je n'ai jamais porté de cravate.

Tous les garçons burent.

RJ regarda Corinne.

– Jamais je n'ai jamais porté de bikini, dit-il.

Vi s'esclaffa.

– « Jamais je n'ai jamais » ?

– C'est comme ça qu'on dit chez nous, se défendit RJ.

– Ça a l'air complètement ridicule, fit remarquer Vi. Mais comme j'ai déjà porté un bikini, je bois.

RJ observait Corinne, qui buvait une gorgée. Il essayait probablement de la soûler afin d'avoir une chance. Elle semblait le fasciner depuis le début de l'année. Il l'invitait partout. Mais s'il lui avait plu, Corinne aurait déjà accepté de sortir avec lui. Visiblement, Noah l'intéressait encore.

– Je ne suis jamais allé en Europe, dit Hudson.

Je bus. Noah but. Corinne idem. Fantastique. Peut-être qu'on pourrait faire un voyage tous les trois. Non ?

– Je ne suis jamais allée à Disneyland, dit Joanna.

Je bus une fois de plus. J'avais horreur de Disney. Plus précisément, je détestais le parc d'Epcot. La brûlure du vin dans ma gorge m'aida à balayer ce souvenir.

Marissa me poussa de nouveau du genou. Elle connaissait tout de l'histoire Epcot.

– Je ne suis jamais allée à Danbury, dit Corinne.

Je ris dans mon verre. Sans blague ?

Joanna prit l'air incrédule.

– Comment est-ce possible ? C'est à moins de quarante minutes d'ici.

– Je n'ai jamais eu de raison d'y aller, dit Corinne en haussant les épaules.

– Et la fête foraine de Danbury, alors ? Ça, c'est une bonne raison, intervint Marissa.

Corinne secoua la tête et se pourlécha.

Le portable d'Hudson se mit à sonner. Il le prit, jeta un coup d'œil au numéro affiché et marmonna : « Excusez-moi » en allant dans la salle de bain pour répondre.

– À qui parle-t-il ? demanda Joanna à Dean. Pourquoi tant de mystères ?

– Il faudrait que tu lui poses la question, dit Dean avec un sourire.

Je me demandais s'il sortait toujours avec Sloane ou si c'était un truc plus louche.

– Est-ce qu'il doit faire une livraison ? interrogea RJ en chuchotant ostensiblement.

– Ouais, pour ta mère, répondit Dean.

Il remplit tous les verres vides puis vint s'insérer entre Marissa et l'accoudoir du canapé.

– Euh, qu'est-ce que c'est ? dit-elle en riant et en s'écartant vivement.

Vi leva les yeux au ciel.

– Essaie de ne pas brutaliser les nouveaux arrivants, le gronda-t-elle. Et Marissa a un copain, je te préviens.

– Où est-il, alors ? demanda Dean.

– À Boston. Nous allons en camp de vacances ensemble.

– C'est clair, il te faut un copain ici, à Westport, dit Dean.

Hudson reprit sa place.

– C'est à moi de jouer, intervint Vi. On ne m'a jamais plaquée.

– Tu n'as jamais eu de relation sérieuse avec un garçon, dit Dean en buvant.

– Et alors ? N'empêche qu'on ne m'a jamais plaquée.

Corinne, Joanna, RJ et Hudson burent. Je me demandai qui de Noah ou de moi devrait finalement boire à cette éventualité.

– Qui est-ce qui t'a plaqué ? demanda Joanna à Hudson. Ce n'était pas Sloane, si ?

– C'est une question personnelle, répondit Hudson en s'adossant.

– C'est un jeu personnel, rétorqua Joanna.

– On devrait jouer une version encore plus personnelle, dit Dean. Plus strip-tease. On se déshabille au lieu de boire.

– Je suis partant, lança RJ en regardant Corinne.

– Pas question, trancha Vi. Gardez vos pantalons. Pourquoi est-ce que vous ne pensez toujours qu'à une chose, les mecs ?

– Même pas vrai, se défendit RJ. On aime bien la bière, aussi. Et le football sur ordinateur.

– Ne l'écoute pas, dit Dean à Marissa. Je suis un homme de la Renaissance, moi. J'aime un tas de choses. Les fleurs par exemple. Et les orphelins.

On éclata tous de rire, mais Vi n'en avait pas fini avec lui.

– S'il te plaît, dit-elle. Même si tu avais une relation stable avec quelqu'un, si tu trouvais dans ton lit une superbe fille nue, tu ne la virerais pas.

– Mais bien sûr que si, s'écria Dean en joignant les mains sur son cœur d'un air faussement outragé.

– Je t'adore, mon grand, mais tu n'en ferais rien.

Noah roula des yeux excédés.

– On continue, OK ? proposai-je, la nuque tendue. C'est à qui le tour ?

– Ça sonne quelque part, dit Corinne.

Au loin, j'entendis un portable. Le mien. Zut, je l'avais laissé en bas. Tous mes copains étaient présents. Ce qui signifiait que ce ne pouvait être que... ma mère, mon père ou Matthew. Mais ma mère et Matthew dormaient probablement à l'heure qu'il était.

Je m'éclipsai et descendis les marches quatre à quatre.

Le temps que j'arrive, le téléphone avait cessé de sonner. Je vérifiai l'origine de l'appel. Mon père. Trois fois. Aïe. Je m'apprêtais à rappeler quand la sonnerie reprit. C'était encore lui.

– Bonsoir, dis-je.

– J'étais sur le point de reprendre l'avion. Tout va bien ?

Mon cœur bondit d'angoisse.

– Non ! Oui ! Enfin, je veux dire, tout va bien. J'étais en haut, c'est tout, je n'ai pas entendu le téléphone.

– Je pense que tu devrais toujours l'avoir sur toi. Pour que tu puisses nous joindre. Et qu'on puisse nous aussi te joindre à tout moment.

– Tu voudrais que j'aie une de ces ceintures avec un téléphone accroché ? Pour qu'on me prenne pour une trafiquante de drogue ?

Et, au fait, à propos de trafiquants de drogue, il y en a un là-haut. Peut-être.

– April, ce n'est pas drôle. Si je t'appelle et que je n'ai pas de réponse, je m'inquiète. Je suis ton père, c'est normal.

– D'accord, d'accord, je garderai mon téléphone sur moi.

– La prochaine fois, si tu ne réponds pas, j'appelle la police.

– Mais, papa, c'est fou ! Et si jamais je suis sous la douche ? Je n'ai pas envie que la police fasse irruption dans la maison !

– Alors, réponds au téléphone.

Pourquoi j'ai choisi une sirène de police comme sonnerie d'appel de mon père.

Voir plus haut.

Retour à « Je n'ai jamais... »

Deux minutes plus tard, j'étais revenue à ma place sur le canapé, entre Noah et Marissa. Joanna, qui était toujours assise à côté de Noah, leva son verre :

– Je n'ai jamais eu d'animal domestique, dit-elle.

– Une souris, est-ce que ça compte ? demanda Dean.

Hudson gémit.

– Michel-Ange la souris. Elle a squatté son placard pendant six mois.

– Tu ne pouvais pas mettre une souricière pour l'attraper ? demanda Vi.

– Et assassiner son animal favori ? dit Hudson en riant.

Vi frappa sur le canapé du plat de la main.

– Tais-toi ! Et pourquoi est-ce que je n'ai jamais entendu cette histoire ?

Dean soupira.

– C'était bien avant toi, ma chérie.

– Noah avait un adorable chien, déclara Corinne.

Je ne pus réprimer un pincement de haine.

– Merci, dit-il en posant la main sur mon genou. April avait aussi un très joli chat.

– Avait ? remarqua Hudson. Ça a l'air... triste.

– Oh non, Libby n'est pas morte, dis-je vivement en posant

la main sur celle de Noah. Quand ma mère est partie à Paris, elle n'a pas pu l'emmener, à cause des problèmes de douane. Et ma belle-mère n'aime pas les chats, alors... on l'a donnée.

– Eh bien, c'est quand même triste, conclut Hudson.

Je levai les yeux et me rendis compte qu'il me fixait. Quels yeux ! Waouh !

– C'est vrai, dis-je en me demandant s'il parlait de mon chat ou de ma mère qui était partie à Paris.

Noah retourna sa main pour que nos paumes se joignent. J'avais la peau toute collante à cause du vin.

Dean leva à nouveau son verre.

– Je vais suivre les règles du jeu, maintenant, d'accord ? Je ne suis jamais sorti avec quelqu'un présent dans cette pièce. (Il se rapprocha de Marissa.) Peut-être que je pourrai boire à celle-là avant la fin de la soirée ?

Tout le monde éclata de rire, y compris Marissa. Elle était trop amoureuse de son Aaron pour prendre Dean au sérieux, de toute façon.

Noah but. Moi aussi.

Corinne but. Et sourit.

Noah rougit.

Le cas Corinne

Cela s'était passé l'été précédant l'entrée en seconde, quand j'étais partie avec ma mère en France. Elle déménageait, et moi, j'en profitais pour l'accompagner.

Noah et moi avions eu une discussion avant mon départ. Nous ne rompions pas, mais nous étions d'accord que si quelque chose se passait pendant l'été, ce ne serait pas la fin du monde. Cela avait paru sensé sur le moment. Pour moi, en tout cas. Noah et moi sortions ensemble depuis moins de huit mois, je partais en Europe pendant deux mois, et je supposais qu'il y aurait de beaux Européens avec qui je pourrais flirter. Je voulais avoir une aventure. Étant donné que nous n'avions que quinze ans, ça paraissait un peu idiot de rester fidèle pour l'été. Nous finirions par nous en vouloir mutuellement, etc. etc.

Évidemment, quand j'avais fait la suggestion d'une rencontre éventuelle, j'avais imaginé que ce serait moi qui rencontrerais quelqu'un d'autre. Pas lui. Et surtout pas quelqu'un qui fréquentait le même lycée que nous.

Je n'avais pas prévu qu'il me manquerait tant.

Je m'étais dit : La France ! Le romantisme ! Le chocolat ! Les petits Français qui m'embrasseraient sous la tour Eiffel ! Je ne m'attendais pas à me sentir si dépaysée. Je ne m'attendais pas non plus à ce que la barrière de la langue soit si difficile à franchir. Ni à ce que ma mère et mon frère soient si absorbés par la mise en place de leur nouvelle vie qu'ils n'avaient plus une minute à me consacrer. Je n'avais pas prévu que mes e-mails et mes appels téléphoniques à Noah soient aussi vitaux pour moi. Comme nous nous appelions tous les soirs, je pensais qu'il se tournait les pouces en m'attendant et qu'il se sentait aussi seul que moi. Rétrospectivement, je me suis rendu compte que je l'appelais toujours avant d'aller me coucher, ce qui devait être à peu près cinq heures de l'après-midi pour lui. Mais pas une fois pendant nos conversations téléphoniques, il ne m'avait dit : « Oh, au fait, tu sais où était ma langue il y a deux minutes ? Dans la bouche de Corinne ! »

Nous avions des projets pour le soir de mon retour. Penny avait déballé toutes mes affaires pendant mon absence. Mes vêtements. Mes bouquins. Mon pot à crayons en céramique. Tout était bien rangé dans les meubles de mon père et de Penny. Je m'assis sur le lit à baldaquin qu'elle m'avait choisi quand ils avaient emménagé, et je regardai autour de moi, avec l'impression d'être à la fois dépaysée et réconfortée. Puis je bondis sous la douche pour me préparer.

Quand Noah arriva en vélo dans notre allée, je sortis comme une flèche et l'embrassai avant même qu'il ne puisse mettre pied à terre.

Nous avons retrouvé nos copains sur la plage de Compo. Corinne était présente. Je ne m'aperçus de rien. J'étais sympa, douce et triomphante dans le genre : « Je rentre de mon voyage super glamour en France, et toi, tu as fait quoi cet été ? Visite de la galerie marchande ? Comme c'est original ! » Ma coupe de cheveux parisienne et mon teint ambré parlaient d'eux-mêmes. Je n'avais peut-être pas eu d'aventure française, mais j'avais réussi à revenir de France avec un look sexy. Tandis que ma mère et mon frère s'installaient dans leur nouvelle vie, j'avais pris le soleil dans le jardin ou en me baladant dans le voisinage. J'étais bronzée, je m'étais fait faire une super coupe de cheveux et j'étais restée mince en dépit des kilos de pain et de fromage de Brie que j'avais ingurgités. Les Françaises ne grossissent pas, c'est connu.

Je virevoltais sur la plage comme une idiote.

C'est ce que Corinne avait dû se dire. Que j'étais une pauvre idiote qui n'avait rien compris. Elle ne cessait de se lécher les lèvres et de jouer avec ses cheveux et je n'avais pu m'empêcher de me demander ce qu'elle mijotait.

Plus tard, de retour devant chez moi, j'avais dit à Noah :

– Je ne suis sortie avec personne en France. Je ne veux que toi, tu sais.

J'attendais qu'il réponde : « Moi non plus, bien sûr. Je suis fou amoureux de toi ! » Un simple « Moi non plus » m'aurait suffi.

Au lieu de quoi, il regarda ses baskets en rougissant, puis serra et desserra les poings d'un air gêné. Et je compris. Je compris avec qui, en plus. J'étais presque aussi furieuse qu'il ne me l'ait pas dit immédiatement – et m'ait laissée me ridiculiser publiquement – que de ce qui s'était passé. Presque.

J'hallucinais ! Il était à côté de moi quand j'avais demandé à Corinne si elle avait passé de bonnes vacances ! Elle avait vécu un été inoubliable. Elle était sortie avec mon copain !

Les larmes roulaient sur mes joues pendant qu'il me racontait.

– Tu vas finir par me faire pleurer, dit-il, les larmes aux yeux.

– Tant mieux !

– Pardonne-moi, m'implora-t-il. Quel idiot ! Je m'étais simplement dit que tu sortais avec plein de Français... et Corinne était là... Zut. Je suis désolé.

– C'est vrai ? demandai-je.

J'avais l'impression que mon monde basculait, comme si tous ceux en qui j'avais confiance me trahissaient, et ce n'était pas la première fois.

– Tu ne me l'aurais même pas dit si je n'avais pas abordé le sujet, si ?

– Si ! assura-t-il, en fixant ses chaussures. J'allais te le dire.

– Ce soir ?

– Oui... peut-être...

– Peut-être ?

– Je suis si heureux que tu sois revenue !

– N'importe quoi. Tu vas probablement la retrouver chez elle tout à l'heure.

– Non, bien sûr que non ! April... c'est toi qui avais dit qu'on devait sortir avec d'autres personnes.

J'insistai pour avoir des détails. Je croyais que c'était une bonne idée, sur le moment.

Qu'est-ce que vous avez fait exactement ? (On s'est seulement embrassés.) Pas de main sous le tee-shirt ? (Un peu, mais pas trop.) Un peu, c'est déjà pas mal. Et au-dessous de la ceinture ? (Rien, rien du tout.) Pourquoi est-ce que je te croirais ? (Je ne vois pas pourquoi je mentirais.) Combien de fois ? (Pas beaucoup.) Combien de fois *exactement* ? (Deux, peut-être trois. Quatre maximum.) Ça s'est passé où ? Chez toi ? (À la plage.) La plage de Compo ? Où nous étions tout à l'heure ? (Oui.) Chaque fois ? (La plupart du temps.) Donc pas toujours. Où ailleurs ? Chez toi ? (Non, jamais. Chez elle.) Tu es allé chez elle ? Dans sa chambre ? (Dans le living-room.) Quoi, tu as rencontré sa famille ou quoi ? (Juste une fois.)

Les mouches noires papillonnaient devant mes yeux. J'avais le cœur serré. Je coulais à pic.

Je n'étais jamais retournée en France depuis. Évidemment, il faudrait que j'y aille un jour ou l'autre. Ma mère et Matthew y habitaient. Et j'irais forcément les voir. Bientôt. Ce n'était pas uniquement parce que je ne voulais pas laisser Noah sans surveillance, je le jure. Mon frère était venu passer Noël à Westport, si bien que ç'aurait été absurde que j'y aille dans l'immédiat. Et ma mère et mon frère étaient venus me voir l'été dernier. Elle voulait que j'y aille l'été prochain. Elle y comptait.

Peut-être que j'irais. Ou peut-être pas. Beaucoup de choses se passaient, vous comprenez.

Et ce n'était pas parce que je ne faisais pas confiance à Noah. Pas du tout.

Quand nous avions commencé à sortir ensemble, je lui avais demandé s'il était capable de tromper quelqu'un.

– Jamais je ne le ferais, avait-il dit. Et toi ?

– Jamais, avais-je répondu. Jamais, au grand jamais.

nº 3 : sécher les cours

Les jumeaux diaboliques

Nous n'avons pas séché les cours le jour de la rentrée du deuxième semestre, mais il se trouve que nous étions *extrêmement* en retard.

Pourquoi ?

Parce que, figurez-vous qu'il y a une différence entre le produit pour lave-vaisselle de marque Seventh Generation et le détergent liquide de cette même marque. Différence impossible à remarquer en regardant les flacons. Les deux sont blancs. Avec une étiquette vert et bleu représentant une prairie sous le soleil. Pour l'observateur distrait (moi, disons), les deux flacons peuvent passer pour des jumeaux identiques. Le style de jumeaux qui s'amusent à porter les mêmes vêtements rien que pour vous embrouiller.

Avant le fiasco lessiviel, je me préparais tranquillement à partir au lycée. Je m'étais levée à l'aube. En partie parce que le sous-sol était équipé de stores et non pas de rideaux opaques, en partie parce que la maison ne m'était pas encore familière. Nouveau lit. Nouveau plafond. En partie parce que j'entendais

Vi marcher à l'étage au-dessus et enfin parce que je suis le genre d'élève impatiente de retourner en classe le jour de la rentrée.

J'avais même préparé ma tenue sur mon bureau : l'un des pulls gris décolletés de Vi, son pendentif en cristal de roche sur un ruban de daim noir, et mon jean préféré.

Au rez-de-chaussée, Vi était encore en survêt et rangeait un bol dans le lave-vaisselle.

– Bonjour ! dit-elle. Tu pourrais lancer le lave-vaisselle quand tu auras fini ?

– Bien sûr, répondis-je. Tu faisais de la gym ?

– Oui, avec les vidéos HardCore 3000. Tu les as déjà essayées ? C'est incroyable. Tu devrais en faire avec moi demain matin.

– Ouais... peut-être.

J'avais tendance à rester inactive en dehors de la saison de foot. Mais peut-être que la pratique sportive de Vi allait m'inspirer. Je verrais.

– Il y a quelque chose à manger pour le petit déjeuner ?

– Pas grand-chose, dit-elle. Il y a du pain aux raisins et à la cannelle dans le congélateur. Il faut absolument qu'on aille au supermarché après les cours.

Nous avions prévu de le faire la veille, mais il avait neigé toute la journée. Enfin... disons aussi que notre gueule de bois nous avait empêchées de sortir. Pas une gueule de bois dans le vilain sens du terme, nous étions juste fatiguées et contentes. La soirée de samedi avait été trop géniale. D'accord, c'était un peu bizarre avec Noah. Étant donné qu'il avait reconduit les copains chez eux, nous n'avions pas été seuls un instant. Mais nous aurions tout le temps pour ça.

– On se retrouve ici vers cinq heures et on y ira ensemble,

d'accord ? demanda-t-elle. J'ai une réunion du *Point* après les cours, sinon on aurait pu prendre une seule voiture.

– D'accord, on se retrouve ici.

Le Point était le journal du lycée. Tous les mois, ils choisissaient un nouveau thème et chaque article devait traiter de ce sujet. Le semestre précédent, il y avait eu la famille, le sport, la santé et les vacances.

– Quels sont les prochains numéros ? demandai-je.

– Il n'y en a pas en janvier, mais en février ce sera le thème des brimades et je crois qu'en mars ce sera le sexe, dit-elle en disparaissant dans la salle de bain.

Le sexe ? Je ne serai pas le sujet du reportage principal, je suppose.

Après avoir déjeuné, je rangeai mon assiette dans le lave-vaisselle et évaluai la situation. Je n'avais jamais fait marcher un lave-vaisselle, en fait. C'était ma mère qui s'en chargeait, puis Penny ou mon père. Moi, ma spécialité, c'était débarrasser la table.

Ça ne devait pas être bien sorcier ?

D'abord, le produit. Sans doute sous l'évier. Gagné ! Produit vaisselle Seventh Generation ! Je sortis le flacon blanc, versai dans le petit logement prévu, refermai la porte et appuyai sur DÉMARRER. Et voilà. Je redescendis, me brossai les dents, me maquillai et saisis mes clés de voiture.

Puis...

Quand j'arrivai en haut de l'escalier, je trouvai Vi à quatre pattes avec un torchon à vaisselle, entourée d'une mare de mousse blanche.

– Qu'est-ce qui s'est passé ? demandai-je.

– Je crois que tu t'es trompée de produit, dit-elle calmement.

– Je suis désolée. (J'avais les joues en feu et l'impression d'être totalement idiote.) Laisse-moi faire. Où sont les essuie-tout ?

– Sous l'évier. Mais je crois qu'un vrai torchon irait beaucoup mieux.

J'ai pris le deuxième torchon et me suis accroupie à côté d'elle. Nous avons épongé en silence le reste de l'inondation. Super début d'année, April !

Quand on a eu fini, elle m'a dit :

– Peux-tu juste mettre ces torchons dans la machine ? Je ferai une lessive en rentrant.

– Je peux... commençai-je, mais elle me lança un regard qui me persuada que c'était peut-être un bon plan d'envisager un cours rapide sur les différents appareils ménagers, compte tenu des circonstances. D'accord.

Le temps que je descende en courant à la machine à laver (qui était dans ma salle de bain, au sous-sol) et que je remonte, Vi avait pratiquement repris la maîtrise de la situation.

– Tu n'as qu'à y aller. Il va te falloir un moment pour déneiger ta voiture.

– Oui, c'est vrai. Merci, dis-je. (C'était un garage à une place et ma voiture était juste devant, dans l'allée.) À tout à l'heure, au lycée.

J'enfilai mes bottes, fermai mon blouson et me préparai à affronter le froid. Elle était bien là. La voiture de Penny. Ma voiture. Enfouie sous plus de cinquante centimètres de neige. Excellent. Je dégageai la neige avec mes gants, puis utilisai un grattoir pour le pare-brise. Quand mes gants furent bien trempés, mes poignets gelés, j'avais fini, et je lançai mon sac sur le siège passager avant de monter. Ça faisait un drôle d'effet d'être à la place du conducteur dans la voiture de Penny. Quand je conduisais, ce qui était rare, je prenais toujours la voiture de mon père, me disant que les liens du sang avaient des chances de tempérer les réactions violentes en cas d'accrochage du véhicule.

J'introduisis la clé de contact et la tournai. Je recommençai.

Rien.

Encore une fois, pour tenter la chance.

Toujours rien.

Non ! Je me tapai la tête sur le volant. Mon père avait raison. J'aurais dû démarrer la voiture pendant le week-end. J'étais nulle ou quoi ? Comment allais-je pouvoir me débrouiller seule si j'étais incapable de faire marcher un lave-vaisselle ou de démarrer ma voiture ?

Je pris une profonde inspiration d'air glacé.

Je pouvais toujours partir avec Vi et me faire ramener par Noah. Même si c'était exactement la raison pour laquelle j'avais cette voiture : ne pas dépendre des autres dans mes déplacements.

Si j'appelais Noah immédiatement, nous pourrions au moins parler. Le trimestre dernier, il m'avait emmenée tous les jours au lycée. Mais j'étais sur son chemin, alors qu'aujourd'hui, c'était loin d'être le cas. De toute façon, ça paraissait plus logique de partir avec Vi, puisque nous habitions ensemble.

La porte du garage s'ouvrit. Le moteur de la voiture de Vi tournait. Je vis sur-le-champ qu'il y avait un hic à mon plan. Ma voiture bloquait la sienne.

Dans son rétroviseur, je la vis se frapper le front de la main.

Vi n'allait pas tarder à maudire le jour où elle m'avait proposé de venir vivre chez elle.

Voyage en voiture

Vi appela Dean et Hudson pour leur demander de venir nous chercher.

– Je suis vraiment désolée, dis-je quand Dean baissa la vitre de la Jeep.

– Tu rigoles ? rétorqua-t-il. C'est le plus beau moment de ma journée. Je me transforme en chevalier à l'armure étincelante !

– Techniquement, c'est moi le chevalier, intervint Hudson. Puisque c'est moi qui conduis.

– Dean, passe derrière et laisse-moi la place devant, dit Vi. Deux mecs devant, c'est ridiculement macho.

– Mais c'est notre voiture, protesta Dean.

– Ma voiture, dit Hudson. Techniquement parlant.

– Peu importe à qui est la voiture, déclara Vi.

Du doigt, elle fit signe à Dean de descendre.

– D'accord, dit celui-ci en ouvrant la portière de la Jeep. Mais si je me mets derrière, toi aussi.

– Super ! Je monte devant, lançai-je avec enthousiasme.

Tandis que nous nous installions à nos places respectives, je jetai un coup d'œil à Hudson. Quelles pommettes ! Waouh ! C'était presque du gâchis pour un garçon. Si je n'avais pas eu Noah, je crois que je n'aurais pas pu regarder Hudson sans frémir.

– Merci d'être mon chevalier, lui dis-je.

– C'est un plaisir, répondit-il en souriant. Tu veux que j'essaie de démarrer ta voiture ? J'ai des câbles.

– Oh, oui, merci. Mais je ne voudrais pas vous mettre encore plus en retard. Tout à l'heure, peut-être ? Je suis vraiment désolée. Mon père m'avait prévenue que je devais obligatoirement démarrer ma voiture tous les jours en hiver, mais j'avais envie de me rebeller.

– Te rebeller contre des parents avec qui tu n'habites même pas. J'aime ça.

Il enclencha une vitesse et démarra.

– C'est plus facile de se rebeller quand il n'y a personne pour le voir. Je suis plutôt trouillarde, tu vois.

Il secoua la tête.

– Tu m'as l'air assez gonflée, au contraire. Je ne connais pas beaucoup de filles qui choisiraient d'habiter seules à seize ans.

Je fronçai les sourcils. Gonflée ? Moi ? J'habitais chez Vi parce que j'avais peur de changer de vie. J'étais tout le contraire de gonflée. Au lieu de l'admettre, je me redressai.

– Je ne suis pas vraiment seule. Il y a Vi.

– Et Zelda, ajouta Vi.

– C'est qui, Zelda ? demandai-je.

– Je ne t'ai pas parlé du fantôme qui loge dans le four ?

Je me retournai pour lui faire face.

– Non, pas vraiment.

– Personnellement, je crois que les craquements viennent du fait que la cuisinière date de 1972, mais ma mère est persuadée qu'il y a un fantôme. Zelda, plus exactement.

– Quelqu'un est mort dans la maison, ou quoi ?

– Non, ma mère est folle, c'est tout. Elle est persuadée que nous avons un fantôme chez nous. Et que ce fantôme s'est suicidé dans le four, comme Sylvia Plath, tu vois. Ce qui est plutôt absurde, en fait, car c'est un four électrique.

Je n'étais pas sûre qu'on ne puisse pas se suicider dans un four électrique, mais je décidai de ne pas poser de questions.

– C'est bon à savoir, dis-je. Quand tu ne seras pas là et que j'aurai besoin de compagnie, je pourrai parler à Zelda.

– Pourquoi tu ne prendrais pas un perroquet ? demanda Dean. Au moins, il pourrait te répondre.

Vi lui donna une claque sur le genou.

– Et pourquoi le perroquet serait un mâle ?

Il baissa la tête.

– Excusez-moi. Au moins, *elle* pourrait te répondre.

Je plissai les paupières en agitant exagérément l'index.

– Oh, mais bien sûr. Si un animal parle beaucoup, c'est forcément une femelle.

– Gonflée et marrante, dit Hudson, ce qui me fit rougir. Vi, où est-ce que tu l'avais cachée ? demanda-t-il en me lançant un regard oblique accompagné d'un sourire.

Vi et moi avons répondu en chœur :

– Dans le four !

Retard

Nous avions un quart d'heure de retard en arrivant au lycée. Le portail était fermé et il nous a fallu sonner. Et ça, c'était la honte. Nous nous sommes dirigés tête basse vers le bureau.

– Vous êtes en retard, dit la conseillère d'éducation en nous tendant à tous les quatre un formulaire.

– Doreen, nous vous présentons toutes nos excuses, déclara Dean en hochant solennellement la tête.

– C'est ma faute, dis-je. Ma batterie est morte.

– Les funérailles auront lieu après les cours, ajouta Dean. Ce serait pour nous un immense honneur si vous pouviez y assister.

– La prochaine fois, je préviens vos parents, dit-elle sans pouvoir retenir un sourire.

Je m'efforçais de maintenir mon image de fille gonflée, mais intérieurement, j'étais terrorisée en prenant mon formulaire.

– Je suis vraiment désolée, excusez-moi, dis-je en sortant du bureau.

– Ne t'inquiète pas pour ça, me rassura Hudson.

– C'est le genre de choses qui arrivent, me dit Vi avec un signe de la main en grimpant les escaliers quatre à quatre.

Dean me passa le bras autour des épaules.

– Je l'ai déjà dit et je le répète : c'est le meilleur moment de ma journée. À partir de maintenant, tout me paraîtra terne.

J'éclatai de rire.

– Merci d'être passés nous chercher.

Hudson regarda son frère en levant les yeux au ciel et se tourna vers moi.

– Dis-moi si tu veux que je démarre ta voiture après les cours, proposa-t-il.

– Merci, je crois que je vais te prendre au mot.

– Quand tu voudras, lança-t-il par-dessus son épaule en se dirigeant vers sa classe.

Avant le cours d'algèbre

– Alors, c'était comment, ta deuxième nuit ? me demanda Marissa après le cours d'anglais, pendant que nous traversions le hall pour aller en algèbre. Raconte-moi tout.

– C'était chouette. On a fait des spaghettis. On a regardé la télé. On a discuté jusqu'à pas d'heure.

– Oh, je suis trop jalouse, dit-elle avec un soupir.

– Enfin, moins génial, je n'ai pas pris la peine de faire tourner ma voiture dimanche, et maintenant la batterie est morte.

Je me retins à temps d'ajouter les détails concernant la catastrophe lessivielle. Je me sentais douloureusement peu fière de la façon dont j'avais géré le quotidien depuis que je m'étais installée chez Vi.

– Mais, bon. Et toi, qu'est-ce que tu as fait ?

– J'ai fini de remplir ma demande pour Israël, dit-elle. Enfin.

– Félicitations !

Marissa posait sa candidature pour un voyage d'été en Israël qui s'appelait le programme Kinneret. L'association des camps de vacances où elle allait tous les étés envoyait cinquante jeunes en Israël, tous frais payés. Aaron, son copain, ainsi que Sohanna et Britanny, ses meilleures amies de vacances, avaient fait la même demande.

J'étais verte de jalousie. Les amis de vacances de Marissa l'avaient tout l'été.

– Quand auras-tu des nouvelles ? demandai-je en la suivant dans la classe d'algèbre.

Dans un petit coin de moi-même, j'espérais qu'elle ne serait pas acceptée. Un affreux petit coin de plus mauvaise amie égoïste.

– En mars, sans doute, dit-elle.

– Bonne chance.

Une seconde plus tard, Lucy Michaels, autrement connue sous le nom d'espionne productrice de vidéos amateurs, entra et s'assit à côté de moi.

– Tu as un problème avec ta voiture ? me demanda-t-elle, les yeux écarquillés.

– Euh... (Comment le savait-elle ?) Non, je n'ai pas de problème.

– Ah bon ? Elle avait pourtant l'air bien enneigée ce matin.

– Oui, en effet. Comment tu l'as vue ?

– J'habite à deux maisons de chez Vi.

– Oh.

Voilà qui n'augurait rien de bon.

– Alors, comment se fait-il que tu sois chez Vi ? demanda Lucy. Tu y es depuis samedi.

Ma parole, elle m'espionne.

– Mon père a déménagé, il est parti dans l'Ohio. Alors moi, je me suis installée chez Vi. Et sa mère.

Elle ne pouvait pas savoir que la mère de Vi n'était pas là. Impossible.

Lucy me sourit d'un air affecté.

– C'est très intéressant.

Mme Franklin entra. C'était une jeune prof d'une trentaine d'années, très mignonne, qui avait toujours des fringues superbes. Tous les garçons en pinçaient pour elle.

– J'espère que vous êtes prêts, dit-elle en frappant dans ses mains. J'ai l'intention de ne pas vous laisser de répit pendant ce semestre.

Je lançai un coup d'œil à Lucy. J'avais peur que Mme Franklin ne soit pas la seule dans le genre.

Je te vois

Marissa et moi sommes sorties de la classe en vitesse pour que Lucy ne puisse pas nous suivre. Sur le seuil, nous avons aperçu Noah et Corinne qui sortaient de la salle d'en face, du cours de sciences éco de M. Gregory. Mon estomac se noua. J'avais désormais deux sujets de préoccupation pour le cours d'algèbre : Lucy qui ne me lâchait pas les baskets, et Corinne qui ne lâchait pas celles de Noah. Je détestais l'idée de ne pas avoir de cours commun avec lui, alors qu'elle en avait au moins un. En les voyant rire ensemble de je ne sais quoi, je ressentis une nouvelle tension au niveau des épaules. J'étais sûrement parano, mais si Corinne avait été prise comme interne dans une prestigieuse école de Sibérie septentrionale, je n'aurais pas été triste le moins du monde. Si seulement elle pouvait partir en Israël à la place de Marissa !

– Salut, Noah, lança Marissa.

Il leva des yeux surpris, pris la main dans le sac. Enfin pas littéralement, bien sûr, mais il avait un petit air coupable qui ne me disait rien de bon.

– Salut ! répondit-il en abandonnant Corinne pour traverser le couloir. Ça va ?

Il m'embrassa sur les lèvres, mais ça ne me rassura pas vraiment.

Pourquoi avait-il besoin de lui parler ? Ils ne pouvaient pas s'ignorer, tout simplement ? C'était ridicule. Je m'efforçai de me détendre pour ne pas montrer mon agacement.

– Salut, bébé, dis-je en posant la main sur son épaule.

Je n'allais pas la laisser me le piquer. C'était mon copain. Et j'avais mon propre appart. Et ma voiture, en plus. Elle n'était rien du tout. Une mouche sur mon bras. Je la chassai mentalement et descendis l'escalier avec Noah. Pour tomber nez à nez avec Hudson.

– Salut, dit-il. Alors, tu veux toujours que je vienne démarrer ta voiture après les cours ?

Noah nous regardait alternativement.

– Qu'est-ce qui se passe ?

J'expliquai le problème de voiture que j'avais eu le matin même.

– Tu saurais la démarrer ? demandai-je à Noah.

– Euh... (Il rougit.) J'ai une assurance AAA.

Hudson opina.

– Je peux le faire, pas de problème. (Il se tourna vers moi.) On se retrouve à ma voiture après les cours, si tu veux ?

– Je la reconduirai, dit Noah en me passant le bras autour de la taille. Tu nous rejoins là-bas.

– Bien sûr, comme tu voudras.

Hum. On devrait peut-être brancher Corinne et Hudson et on n'en parlerait plus ?

À deux pas

– Et voilà ! dit Hudson au moment où ma voiture redémarrait dans un rugissement de moteur.

– Merci ! Tu es le meilleur ! m'écriai-je.

Noah, à mes côtés, se raidit. Oups. Je lui pris la main.

Hudson commença à retirer les câbles.

– Laisse-la tourner une demi-heure pour recharger la batterie et après ça devrait être bon.

– Merci encore, dis-je. C'est vraiment super.

– Ouais, merci, ajouta Noah.

– Pas de problème.

Puis, en sautant dans sa voiture, il lança :

– Bon, eh bien, au revoir les enfants !

– C'est nous qu'il traite d'enfants, ou je me trompe ? demanda Noah après son départ.

– Je crois que oui, en effet. (Je le tirai vers la maison.) Tu veux venir dans ma chambre, mon enfant ? demandai-je.

– Je pensais que tu devais aller faire les courses.

– Pas avant cinq heures. Et je te répète, *tu veux venir dans ma chambre ?*

Je me serrai contre lui et l'embrassai afin qu'il comprenne ce que je voulais dire. J'avais envie qu'il sache que même si Hudson était venu à mon secours pour démarrer ma voiture, ça n'avait pas de sens particulier.

Il regarda sa montre.

– Une demi-heure, déclarai-je. On a tout le temps.

Je lui lançai ce que j'espérais être un sourire coquin.

– C'est que... j'ai des trucs à faire avant le dîner, dit-il.

Quoi ?

Je lui suggérais de perdre notre virginité à la minute même sur mon futon tout neuf, en totale intimité, et il se préoccupait de trucs qu'il avait à faire ?

Y avait-il vraiment un problème ?

Était-il vexé qu'Hudson soit venu m'aider ?

– Descends juste pour dix minutes, alors, dis-je en caressant son avant-bras. Tu m'as manqué pendant les vacances, tu sais.

– Il faut que j'y aille, April, trancha-t-il. J'ai déjà passé assez de temps ici.

– Ah.

– Oui. (Il sortit ses clés de voiture de sa poche.) Alors, on se voit demain, ma jolie ?

– D'accord.

– Très bien.

Il me sourit. J'adorais ses fossettes.

Je fis mes devoirs de français toute seule jusqu'à ce que Vi arrive une demi-heure plus tard. Je bondis pour l'accueillir en criant :

– Coucou, chérie, tu es rentrée ! On va faire les courses ? Je prends ma voiture.

– Eh bien ! Tu es toujours aussi en forme après les cours, toi ? Allons-y. Et je peux conduire, tu sais.

Franchement, Vi, je m'en... hein ? Tu disais ?

Les dix premières minutes dans le supermarché furent un vrai plaisir. Sidérée, je regardais Vi déposer des produits magiques dans notre chariot : Pain français ! Chips mexicaines ! Fromage frais à la fraise ! Les dix minutes suivantes furent moins drôles. C'était pire qu'un labyrinthe là-dedans. Les dix minutes d'après furent franchement pénibles.

– C'est beaucoup plus chiant de faire les courses que je ne le pensais, dis-je en luttant pour manœuvrer le chariot à angle droit dans le rayon des surgelés.

– À t'entendre, on dirait que tu n'as jamais fait les courses ?

– C'est vrai. Enfin, pas récemment. C'est toujours Penny qui les faisait. Et avant, ma mère ne nous emmenait pratiquement jamais.

Vi me regarda comme si je descendais d'une autre planète.

– Moi, je fais les courses depuis l'âge de dix ans. Mais, à propos de trucs que tu n'as *pas faits*... Pourquoi est-ce que Noah et toi n'avez jamais fait l'amour ? Vous sortez ensemble depuis plus de deux ans, non ? Quel est l'intérêt d'avoir une relation stable si vous n'en profitez pas pour ça ?

– On y travaille, répondis-je. Ça ne devrait plus tarder maintenant.

– C'est plutôt un plaisir qu'une obligation, chérie, dit-elle en riant.

– On ne pouvait jamais avoir une minute d'intimité quand j'étais chez mon père. Je ne voulais pas faire ça à l'arrière d'une voiture.

Vi hocha la tête d'un air compréhensif.

– Alors, maintenant, c'est imminent, c'est ça ?

On pourrait le dire, en effet. Mais je n'en étais plus aussi sûre.

– Tu prends la pilule ? demanda Vi.

– Non.

– Tu vas la prendre ?

– Peut-être.

Elle ouvrit le congélateur pour choisir des sorbets.

– Moi, je vais la prendre.

– Ah oui. Pourquoi ?

– Pour pouvoir faire l'amour sans tomber enceinte, tiens !

– Tu ne la prenais pas la dernière fois que tu l'as fait ? Avec Frank ?

Elle s'empara d'un sorbet citron, le déposa dans le chariot puis me regarda. Puis revint au chariot. Puis à moi.

– Je n'ai jamais couché avec Frank.

– Oh, dis-je, sans rien y comprendre. Alors comment s'appelait ce gars qui jouait dans la pièce de ta mère ?

Elle poussa le chariot dans l'allée.

– Il s'appelait Frank, effectivement. Seulement, je n'ai jamais couché avec lui.

– Pardon ? demandai-je en la rattrapant, comprenant de moins en moins. Pourquoi m'as-tu dit que tu l'avais fait, alors ?

– Je l'ai dit à tout le monde. J'avais l'impression que c'était ce qu'on attendait de moi. Dean l'avait fait, Hudson aussi, ainsi que Joanna – avant qu'elle se rende compte qu'elle était lesbienne –, alors moi aussi j'ai dit que je l'avais fait.

Je ne savais pas très bien comment traiter cette information. Vi avait menti à tout le monde. Vi, aussi forte et sûre d'elle soit-elle, avait éprouvé le besoin de raconter des salades ? Pourquoi attachait-elle tant d'importance à ce que pensaient les autres ? Je suppose que si tous ses amis avaient déjà fait l'amour, elle n'avait pas voulu être différente.

– Ce qui veut dire... que tu es... vierge ?

– Tu n'es pas obligée de l'annoncer au micro, mais oui, c'est exact. Et il est temps de changer cette situation. Donc, je vais m'y mettre.

Je souris.

– Et avec qui, alors ? Dean ?

– Pas question, dit-elle avec un mouvement désinvolte du poignet.

– Et pourquoi pas ? Je me suis toujours demandé pourquoi vous ne sortiez pas ensemble.

– Je n'ai pas envie d'une vie de couple, merci bien. Et de toute façon, je connais trop bien les escapades sexuelles de Dean. Il est tout le temps en train de draguer. Tu l'as vu avec Doreen ce matin, franchement !

J'éclatai de rire.

– Il n'essayait pas vraiment de draguer la conseillère d'éducation !

– On ne sait jamais. Dans un contexte différent, si on n'avait pas été là...

– Laisse-moi rire. Pourquoi es-tu si convaincue que tu ne veux pas de copain ?

– Je suis déjà assez occupée comme ça. Et je ne veux pas que quoi que ce soit me retienne ici. Dès que j'ai mon diplôme, je fiche le camp de Westport. Tu peux me croire !

Vi avait fait des demandes dans toutes les bonnes facs de commerce et de sciences éco du pays. Elle irait là où on lui proposerait les meilleures conditions de soutien financier.

– La seule chose qui m'intéresse, c'est l'expérience. J'ai envie de savoir ce que ça fait.

– Alors, avec qui tu vas coucher ?

– Liam Packinson.

Je fis la moue.

– Le rouquin ? Bof.

– J'adore les rouquins ! Ils sont sexy.

– Les rouquins ne valent rien.

– Oh, ça va ! Tu ne peux pas reprocher à Corinne ce qui est la faute de Noah.

Je fis semblant de m'intéresser au rayon fromages.

– Tu aimes le fromage de chèvre ?

– Non, on va prendre du cheddar, dit-elle en saisissant deux tranches qu'elle déposa dans le chariot.

Bonne manière de changer de sujet.

– Revenons à Liam. S'il te plaît tant, pourquoi ne pas l'avoir invité l'autre soir ?

– Parce que Jodi Dillon a mis le grappin dessus le premier jour de la rentrée de septembre. Mais je viens d'apprendre qu'il y a de l'eau dans le gaz. Et je suis candidate à la succession. L'opération « coucher avec Liam » commence demain.

Elle se tapota les cheveux en bombant le torse.

– Coucher avec Liam ? Pas sortir ? Juste coucher ?

– Je te l'ai déjà dit, je n'ai pas de temps à perdre avec un copain officiel. J'ai bien trop de choses à faire pour jouer le rôle de petite amie. Mais il est temps que j'aie des relations sexuelles. Point.

– Mais pourquoi maintenant, précisément ?

– Premièrement, parce qu'il n'est pas question d'arriver vierge à la fac. Ce serait lamentable. (Elle vira dans le rayon céréales et jeta un paquet de Cheerios dans notre chariot.) Deuxièmement, c'est un travail de recherche. Pour *Le Point*. J'estime que c'est important que je fasse l'expérience avant d'écrire sur le sujet. Je vais donc d'abord aller au planning familial pour me faire prescrire la pilule.

– Tu ne peux pas simplement utiliser un préservatif ?

C'était ce que j'avais prévu, personnellement.

– J'utiliserai un préservatif, plus la pilule. Les préservatifs peuvent craquer, et je n'ai pas l'intention de faire comme ma mère. (Elle serra les lèvres.) Un accident est vite arrivé.

– Tu as sans doute raison, répondis-je tandis que nous nous engagions dans le rayon des produits d'entretien.

Je me demandais quel effet ça faisait de savoir qu'on était un accident. Mes parents avaient essayé pendant deux ans avant de m'avoir.

– Si tu veux te mettre à la pilule, toi aussi, je prendrai un rendez-vous pour nous deux.

– Pourquoi pas ? (Je considérai l'idée un instant. Prendre la pilule, ça faisait très responsable. Sexy. Adulte.) Oui, j'aimerais bien m'y mettre, tout compte fait. (Un truc de plus à cacher à mon père. Ce qui me fit penser...) Au fait, Lucy habite dans ta rue ? Avec ses parents ?

– Ce serait une coïncidence dingue si elle vivait dans la même rue que nous, et sans ses parents, comme nous, tu ne crois pas ?

– Tu sais bien ce que je veux dire ! Pourquoi tu ne m'en as pas parlé ? Ça peut être un problème, non ?

Elle haussa les épaules.

– Elle n'a pas encore mis le feu au quartier, que je sache.

– Ha ha ha.

– Ne te fais pas tant de souci.

Après une demi-heure au rayon produits d'entretien (nous avions apparemment besoin de sacs-poubelle, de lessive, de détergent qui ne ressemble pas au produit pour lave-vaisselle, de dépoussiérant, de filtres Miele... Merci, chers parents, de m'avoir épargné tout ça si longtemps !), nous avons finalement atteint la caisse.

Les filtres Miele coûtaient soixante dollars.

– Je ne sais même pas ce qu'est un Miele, dis-je.

– Un super aspirateur. Un cadeau de ma grand-mère.

– Où est ta grand-mère, à présent ?

– Dans une maison de retraite. Je vais la voir une fois par semaine après les cours.

– Tu es une très bonne petite-fille.

Quant à moi, je n'avais plus de grands-parents. À part les parents de Penny. Qui ne comptaient pas. Et je ne m'attendais pas à ce qu'ils m'offrent un aspirateur.

Ils m'avaient quand même envoyé cinquante dollars pour Noël. Bon. D'ailleurs à ce propos, il fallait que je pense à leur poster un mot pour les remercier.

La note s'élevait à trois cent vingt-deux dollars. Aïe.

– Je m'en charge, déclarai-je en tendant ma carte bancaire. On dit que c'est mon loyer.

La première fois où Noah et moi avons failli faire l'amour

C'était quatre mois plus tôt, au début de l'année de première. Les parents de Noah étaient absents, sa sœur était au cinéma et son frère écoutait de la musique dans sa chambre. J'avais dit à mes parents que j'étais chez Marissa.

Nous nous étions gavés de plats chinois. Noah en avait trop commandé, comme d'habitude. Il avait les yeux plus grands que le ventre. Il allait y avoir pas mal de restes, de toute évidence. Dans le sous-sol, nous regardions une scène de sexe de *La Nuit des vampires* qui nous mettait en transe. Noah commençait à s'agiter, comme toujours quand il regardait la télé pendant plus d'une demi-heure.

La Nuit des vampires, c'était érotique !

– Peut-être qu'on devrait essayer, lançai-je, sans être sûre que j'étais sérieuse.

– Maintenant ? a-t-il dit.

– Oui ! ai-je répondu en rougissant.

– D'accord ! s'est-il écrié en bondissant du canapé comme d'un trampoline. Tu as ce qu'il faut ? demanda-t-il.

Je fis signe que non.

– Moi non plus. Allons en acheter.

En un clin d'œil, il avait déjà pris un parapluie, enfilé ses chaussures et ouvert la porte du garage.

L'idée de m'habiller pour affronter la pluie me fit changer d'avis.

– Bon, tant pis. Il fait trop mauvais temps.

– Quoi ? Tu ne veux plus ? (Il avait un air déconfit.) J'y vais tout seul ! poursuivit-il. Tu n'as pas besoin de bouger.

– D'accord, dis-je en me rallongeant sur le canapé.

Je pense que tout le quartier a entendu le crissement de ses pneus.

Il y avait presque deux ans que nous sortions ensemble. Nous avions décidé d'attendre au moins jusqu'à la classe de première. Il me semblait que nous étions vraiment trop jeunes pour faire l'amour en seconde, mais en première, ça me paraissait acceptable. Et désormais, nous étions en première. Je savais qu'il avait attendu que ce soit moi qui aborde le sujet. Et j'avais eu l'intention de le faire... dès que j'aurais été prête.

La spontanéité était peut-être une erreur. Une première fois devait être prévue. Réfléchie. On ne pouvait pas plonger tête baissée comme dans une piscine.

Le temps que Noah revienne, j'avais un horrible mal de tête qui me martelait les tempes. Étais-je vraiment prête ? Ou était-ce juste un effet secondaire de *La Nuit des vampires* ? La vidéo me donnait aussi envie de devenir vampire, mais ça ne voulait pas dire que c'était une bonne idée. Est-ce que tout le monde allait l'apprendre ? Est-ce que mon haleine sentait le poulet à la cantonaise ?

– Essaie de ne pas m'en vouloir, dis-je.

Il me regarda. Pas avec colère, mais réellement déçu. Il laissa tomber le sac en plastique vert de la pharmacie sur le plancher et quitta ses chaussures.

– Bon, ça ne fait rien. Comme tu voudras.

– Je ne me sens pas bien.

J'avais à peine fini ma phrase que tout s'est mis à tourner. Je me suis assise sur le tapis et j'ai mis la tête entre mes genoux.

– Je crois que je vais m'évanouir.

Il s'assit à côté de moi et me passa un bras autour du cou.

– Zut, murmura-t-il. C'est la cuisine chinoise, tu crois ? On aurait peut-être mieux fait de commander une pizza.

Finalement, il me raccompagna chez moi. En quittant la pièce, je jetai un coup d'œil dans le sachet de la pharmacie et je vis qu'il avait acheté cinq paquets de préservatifs, tous différents : lubrifiés, non lubrifiés, sans latex, perlés (pour le plaisir féminin) et phosphorescents. Deux par paquet. Dix en tout.

– Les yeux plus grands que le ventre, toujours, dis-je pour le taquiner.

Il éclata de rire.

– J'ai l'intention de tous les utiliser. Quand tu seras prête.

De la vraie Suzanne au faux Jake

De : Suzanne Caldwell / Primadonna@mindjump.com
Date : Mardi 13 janvier, 14 h 00
À : Jake Berman / Jake.Berman@pmail.com
Sujet : Installation

Bonjour Jake !
Les filles s'amusent comme des folles ! Je viens de les appeler et elles avaient invité plein de copains. J'ai entendu chanter et rire en bruit de fond. Je suis si heureuse que ça se passe bien.
J'ai rencontré hier soir quelqu'un qui s'appelle Jake German ! Que c'est drôle ! Je lui ai même demandé s'il vous connaissait, mais non.
J'espère que tout va bien pour vous à Cincinnati.
Très cordialement,
Suzanne

De : Jake Berman / Jake.Berman@pmail.com
Date : Mardi 13 janvier, 18 h 00
À : Suzanne Caldwell / Primadonna@mindjump.com
Sujet : RE : Installation

Suzanne,
Je suis ravi que tout se passe bien pour les filles. J'en étais sûr.
Et Jake German ? On dirait que c'est mon méchant jumeau. Vous devriez peut-être l'éviter. C'est une simple suggestion.
Tout va bien à Cleveland (vous n'étiez pas très loin.)
Cordialement, Jake.

Bonjour à vous

– C'est aujourd'hui le grand jour, dit Vi en ouvrant toute grande la porte de ma chambre.

Nous habitions ensemble depuis deux semaines, et si moi, j'avais appris à changer une ampoule et à faire marcher le lave-vaisselle sans provoquer d'inondation, Vi ne savait toujours pas que je n'étais pas une lève-tôt. En revanche, elle faisait une séance de gym sur un DVD entier tous les matins. Il y en avait cinq : abdos, jambes et fesses, bras et torse, cardio et stretch. Hier, j'avais fait avec elle les deux dernières minutes et j'avais découvert qu'il fallait un tapis de gym et des poids de cinq kilos. Je les avais déjà remarqués dans le placard de l'entrée, mais je ne m'étais pas rendu compte qu'ils étaient effectivement en service.

Je bâillai avec un coup d'œil à mon réveil.

– Il me reste dix minutes de sommeil. Je me demande pourquoi on n'a pas mis tout le monde dehors plus tôt hier soir.

– Parce qu'on s'amusait trop bien ! Et tant pis pour toi, mais nous avons des rendez-vous ce matin. Moi à huit heures et toi à huit heures et quart. Et le cabinet du médecin est à Darien, c'est-à-dire à une demi-heure de voiture.

Je m'assis dans le lit.

– Sérieusement ?

– Bien sûr.

– Comment se fait-il que nous ayons des rendez-vous ? On n'a pas pris de rendez-vous, si ?

– Si.

Elle tira mes rideaux d'un geste théâtral.

– Mais... tu ne me l'avais pas dit.

– Non, c'est vrai, admit-elle.

– Il n'y a pas cours, aujourd'hui ?

– Si, il y a cours. Mais nous n'y allons pas. Nous avons un rendez-vous chez le médecin.

– Je ne peux pas sécher les cours !

Si j'étais prise en flagrant délit, qu'est-ce qui se passerait ? Pour moi, ce serait tout droit vers l'Ohio.

– Tu ne sèches pas les cours, dit-elle. Tu es au lit avec la grippe. Ton père a déjà envoyé un e-mail au lycée.

– Ah bon ?

– Oui. Enfin, C'est plutôt Jake.Berman@pmail.com qui l'a envoyé.

– Oh, je vois, dis-je.

Quelle délicate attention.

L'espionne

Je sortis ma voiture dans la rue, puis attendis que Vi sorte la sienne du garage.

– Zut, murmura-t-elle quand j'ouvris la portière. Monte en vitesse.

– Quoi ? dis-je en refermant derrière moi. Pourquoi ?

– Trop tard, grommela-t-elle.

Elle descendit la vitre de mon côté et je sentis l'air me gifler la joue droite. Je me retournai pour voir...

... Lucy Michaels et ses yeux fixes d'extraterrestre.

Zut.

– Salut les filles, dit-elle en nous regardant alternativement. Vous pouvez m'emmener ?

Zut, zut, zut.

– Nous sommes malades, déclara Vi avec le plus grand calme. Vraiment malades. Et contagieuses. À ta place, je ne m'approcherais pas trop.

– Vous n'avez pas l'air malades. Et si vous l'êtes, alors, où allez-vous ?

– Chez le médecin, dis-je.

Ce qui n'était pas un mensonge. Et toc.

– Ensemble ?

– Oui, répondit-on d'une seule voix.

– Où est ta mère ?

– Elle travaille, dit Vi. Et la tienne ?

– Chez nous. Elle m'emmène au lycée, normalement, mais j'aurais préféré y aller avec vous.

– Une autre fois, dit Vi.

Simultanément, elle remonta ma vitre et sortit dans la rue en marche arrière. Lucy nous regardait avec des yeux ronds. Je lui fis de la main un salut embarrassé.

– Oh, flûte, murmurai-je au moment où nous démarrions. (Je jetai un coup d'œil dans le rétro. Elle était toujours plantée dans notre allée.) Ça ne me dit rien qui vaille. On ferait peut-être mieux d'aller au lycée.

– On vient de lui dire qu'on était malades. Et on a déjà envoyé des e-mails.

– Oui. Mais... Si jamais elle le dit à sa mère ?

– Quel est le pire qui puisse arriver ? demanda Vi.

– On se fait renvoyer parce qu'on a séché les cours ? Et mon père pique une crise ? Et me fait déménager dare-dare dans l'Ohio.

Je tripotais ma ceinture.

– Tu te fais trop de souci, dit-elle.

Exact. Si Lucy avait compris ce qui se passait, on n'y pouvait rien. Ce n'était pas de se ronger les sangs qui allait aider qui que ce soit. Surtout pas moi.

Le lendemain de la première fois où Noah et moi avons failli faire l'amour

– Je suis désolée d'avoir craqué hier soir, dis-je à Noah.

J'étais blottie sous les couvertures et je parlais tout bas pour que mon père et Penny n'entendent pas que j'étais au téléphone à une heure du matin. Nous nous appelions toujours avant de nous endormir.

– Mais non, tu n'as pas à t'excuser. Tu ne te rendais pas compte que j'étais angoissé, moi aussi ?

– Non.

– J'ai acheté cinq variétés de préservatifs parce que j'avais peur de ne pas avoir le bon.

– Tu pensais que les phosphorescents, c'était nécessaire ?

– Mais il faisait nuit !

Je rigolai puis avouai :

– C'est seulement que je veux me sentir prête à cent pour cent. Toi, tu te sens prêt à cent pour cent ?

– Oui.

– Est-ce que les garçons sont toujours prêts ?

– Si la fille, c'est toi, et le garçon, c'est moi, alors, oui.

– Disons que je suis prête à quatre-vingt-dix-neuf pour cent.

– Et quand le seras-tu à cent pour cent ? Je ne te mets pas la pression, ne t'inquiète pas. Je me demande, de manière hypothétique, c'est tout.

– Eh bien, je crois que pour y arriver, j'ai besoin de prévoir le moment. De commencer le compte à rebours. De savoir que ça vient.

– De te mettre en condition, en quelque sorte.

– Exactement.

– Alors vas-y, fixe une date.

– Qu'est-ce que tu penses des vacances de Noël ?

– D'accord, dit-il.

– D'accord, répétai-je.

Puis l'angoisse me reprit. Physiquement, j'étais prête. Quand nous étions ensemble, j'avais envie de faire l'amour. Mais quelles seraient les conséquences ? Est-ce que je l'aimerais davantage ? Est-ce que je souffrirais davantage quand... si jamais nous nous séparions ? Est-ce que le sexe allait changer nos relations ?

Forcément.

Est-ce que j'étais prête pour ce changement ?

Programmation antiparentale

Je m'attendais à quelque chose de blanc. D'aseptisé. Peut-être comme un magasin Apple, en moins branché. Je pensais aussi que ce serait plein d'adolescentes inquiètes accompagnées de leur mère. Mais ce n'était qu'un cabinet médical ordinaire, avec une moquette beige, des chaises en tissu pelucheux, de vieux magazines et des photos de plages du Connecticut sur les murs. Nous avions le choix d'utiliser notre carte de mutuelle ou de payer cash. Pas question d'utiliser l'assurance paternelle pour ce genre de consultation. Merci, mais non. Je paye cash. Pas de trace écrite. Par chance, le tarif était établi en fonction des ressources. Je calculai combien je « gagnais » par an, et obtins le tarif minimal.

– Tu es déjà venue au planning familial ? me demanda Vi.

Nous étions assises côte à côte dans la salle d'attente. Je venais de rendre ma fiche mais j'avais gardé le stylo pour m'occuper les mains.

– Non, et toi ?

– Oui, une fois.

– Pourquoi ?

– J'avais une copine qui avait eu un problème de préservatif. Alors elle est venue ici pour avoir la pilule du lendemain. Elle n'était pas fière, je t'assure. Elle avait une trouille énorme. Mais au moins, elle s'était rendu compte que le préservatif s'était déchiré. Tu imagines si elle ne s'en était pas aperçue et qu'elle était tombée enceinte ?

– Elle se serait fait avorter ?

– Je ne sais pas. Probablement.

Dans la salle d'attente, il y avait une fille avec sa mère. Elle avait l'air un peu plus âgée que nous et je me demandai si c'était la raison de sa présence. Est-ce qu'elle serait venue avec sa mère, dans ce cas ?

– Toi, tu le ferais ? Si tu tombais enceinte maintenant ?

– Oui, dit-elle. Sans hésiter.

Je m'efforçai de ne pas trahir ma surprise, mais je ne suis pas sûre d'y être parvenue.

– Ma mère avait vingt-trois ans, dit Vi. Pas dix-sept. Et elle avait ma grand-mère pour l'aider. Qui est-ce qui m'aiderait, moi ? (Elle s'interrompit.) Tu ferais quoi, toi ?

J'étais triste rien que d'y penser.

– Je ne sais pas, dis-je.

Et c'était vrai.

– Si tu as un enfant, je te vire. Les bébés, c'est pas mon truc.

Je chassai ma mélancolie.

– Attends, je n'ai pas l'intention de tomber enceinte. C'est d'ailleurs pour ça que je suis ici.

– Moi non plus. C'est la raison pour laquelle je vais prendre la pilule et utiliser des préservatifs. Liam ne sera pas le jeune père de mon bébé.

– Et Noah ne sera pas celui du mien.

Malgré toute la préparation psychologique à laquelle je m'étais livrée, je n'avais pas vraiment pensé à ce que je ferais si jamais j'étais enceinte. Dans mon esprit, la perte de ma virginité et une éventuelle grossesse n'avaient rien à voir. Un 18 de moyenne générale à l'examen m'ouvrirait peut-être les portes d'une bonne université, mais ne faisait pas de moi un génie.

Qu'est-ce que je ferais, en réalité ? J'aurais le bébé ? Je quitterais l'école ? On se marierait ? D'accord, Noah et moi avions plaisanté sur le sujet, mais je n'étais en aucun cas prête à me marier. Si je décidais de garder mon éventuel bébé, est-ce que je serais obligée d'aller habiter avec mon père et Penny ? Ou alors j'irais accoucher en France. La France me paraissait mieux que l'Ohio. En tout cas, mon frère y était. Il pourrait jouer les baby-sitters pendant que je tenterais sans succès de trouver un mari. Quel garçon de dix-sept ans aurait envie de sortir avec une fille qui avait un bébé ? Je me ratatinai sur mon siège. Je ne voulais pas partir. Je voulais rester ici, faire l'amour avec Noah, sans aucune conséquence. Jamais. C'était sûr, j'allais prendre la pilule et en plus, utiliser des préservatifs. Si les préservatifs jouaient le rôle du gardien de but, la pilule était la ligne de défense.

– April Berman ? appela l'infirmière.

Mon estomac fit un bond.

– Je croyais que j'étais la première, dit Vi. Bon, amuse-toi bien.

Je haussai un sourcil et suivis l'infirmière.

Allons-y

C'était une visite dite de contrôle hormonal avec option d'examen gynécologique. Je ne choisis pas cette dernière, contrairement à Vi.

– Autant savoir quel est l'état des lieux, dit-elle. Et en plus, j'aurai des détails pour l'article.

J'attendis d'abord dans la petite salle où me conduisit l'infirmière. Puis une femme aux longs cheveux blonds qui flottaient dans son dos ouvrit la porte avec un grand sourire.

– Bonjour ! m'accueillit-elle gaiement, les yeux pétillants. Je suis le docteur Rosini. Comment vous sentez-vous ?

Pour je ne sais quelle raison, je l'aimai immédiatement et me demandai si je pouvais en faire ma mère adoptive.

Elle me pesa et prit ma tension. Puis elle s'assit en face de moi et se mit à me poser des questions sur mon passé médical (pas de problèmes, règles régulières), ma vie sexuelle (encore inexistante, mais bon espoir pour l'avenir), mon partenaire putatif (mon copain de longue date ; oui, il avait le même âge que moi). Avais-je quelqu'un chez moi avec qui je pouvais parler de mes relations sexuelles ? (Euh, oui, Vi.) Elle me posa un tas de questions et je lui donnai un tas de réponses.

Elle passa ensuite aux choses sérieuses.

– Il y a plusieurs options de contraception, dit-elle. L'anneau vaginal, les injections de contraceptif longue durée, le préservatif, la pilule.

– C'est celle-ci que je veux, déclarai-je.

Elle éclata de rire.

– Nous pouvons vous la prescrire. Mais n'oubliez pas que si la pilule protège des risques de grossesse, elle ne protège en rien du sida ou des MST.

– Je sais, dis-je.

Comme ce serait la première fois pour Noah comme pour moi, nous n'avions pas à nous préoccuper de ces risques-là.

Elle me fit une ordonnance pour trois mois, me parla des réactions et des effets secondaires et me dit de revenir pour une nouvelle prescription quand je n'en aurais plus.

– Prenez une pilule rose pendant vingt et un jours, puis une blanche pendant sept jours. Prenez-les toujours à la même heure.

– C'est entendu, dis-je.

École buissonnière

Au lieu de rentrer directement à la maison, puisque de toute façon nous séchions les cours, nous avons décidé d'aller faire un tour à la galerie marchande de Norwalk.

– Il est temps de faire une nouvelle ponction dans ton compte en banque, dit Vi en sortant du parking du planning familial.

– Mais si jamais on a besoin de l'argent ?

– Pour quoi faire ?

– Il faut toujours garder une poire pour la soif.

– Avec le temps qu'il fait, on ne risque pas d'avoir soif, dit-elle en désignant le ciel gris.

– Je ne suis pas sûre que ce soit une bonne raison.

– Tu es trop sage. Il faut que tu te lâches un peu.

– Attends ! Je sèche les cours ! Je prends la pilule ! Je fais des courses alors que je devrais être en cours d'algèbre ! Si ça n'est pas se lâcher...

– Exact. Mais tu vivrais encore mieux avec de la lingerie sexy.

Victoria's Secret

Après deux heures de galerie marchande, j'avais deux jeans, une paire de bottes et trois pulls neufs. J'étais à présent dans le salon d'essayage de la boutique *Victoria's Secret*, vêtue d'une guêpière de dentelle noire.

– Tu as l'air de quoi ? appela Vi de la cabine voisine.

Oh. Mon. Dieu. Mes seins débordaient des balconnets et la dentelle révélait tout ce qui pouvait se voir.

– D'une star du porno, répondis-je en gloussant.

– Montre-moi.

– J'ai la moitié des fesses à l'air.

Elle bondit de sa cabine et tira le rideau de la mienne. Elle portait une camisole de soie rouge nouée sur le devant.

– Punaise ! Oui, tu as tout à fait l'air d'une star du porno !

Je pris la pose d'une pin-up et me claquai le derrière, qui avait l'air ridicule car il était moulé dans la guêpière par-dessus mon propre slip de coton rose vif.

– En fait, je n'ai jamais vu de film porno.

Vi me regarda avec des yeux ronds, comme pour dire « Oh, qu'elle est naïve ! », mais en fait elle déclara :

– C'est dégradant, mais d'une certaine façon, plutôt instructif.

– Et toi, alors ! dis-je en montrant le satin rouge.

– C'est horrible. J'ai l'impression d'être un cadeau de Noël. Je veux de la lingerie qui donne une vraie sensation de pouvoir, et non qui demande à être déshabillée.

J'éclatai de rire en pensant à ma mère.

– Ma mère prononce toujours lin-*jer*-y. Elle n'est pas très douée pour les accents.

– Heureusement qu'elle est partie habiter en France.

– Elle dit aussi con-dôme pour préservatif.

– Marrant.

Je tirai le rideau, quittai la guêpière et enfilai mon jean et mon tee-shirt, avant de l'attendre devant sa cabine.

– Tu sais, un jour je suis venue dans ce magasin... avec ma mère.

– Pas vrai ?

– Si. Elle m'avait dit d'attendre dehors avec mon frère mais j'en ai eu marre...

Vi ouvrit son rideau.

– Dis-moi qu'elle achetait un pyjama en pilou.

– Au contraire.

Je pris une pochette de bas noirs que le magasin avait habilement présentés à proximité des cabines d'essayage.

– Elle en a acheté une paire pour partir en voyage à Cancún.

– Berk. Elle les a mis, tu crois?

– Oui, j'en ai peur, dis-je en reposant les bas.

– C'est nul que tu saches tout ça. Aussi nul que quand ma mère me parle des symptômes de ses infections urinaires.

Je haussai les épaules pour montrer à quel point ça me révulsait.

– Dégoûtant. Je vais payer ça et ensuite je fais le point avec Noah.

– Faire le point? C'est à cause d'expressions de ce genre que je ne veux pas avoir de copain.

– L'appeler, bon. Tu vois ce que je veux dire. Il se demande probablement où je suis passée.

– Il doit être vachement content que tu prennes la pilule.

Je ne lui en avais pas encore parlé, en fait. Je voulais attendre que tout soit réglé. Je me disais que je le lui dirais ce week-end, quand nous serions tranquillement dans ma chambre, au sous-sol. Enfin. Nous ne nous y étions encore jamais retrouvés. Tous les jours après les cours, il avait un entraînement, ou des devoirs, ou un truc familial à faire. Nous étions sortis avec d'autres, j'étais allée le soutenir pendant un match, mais nous n'avions pas passé un instant seul à seul.

« Oh, au fait », annoncerais-je quand nous serions enfin allongés ensemble sur mon futon. « J'ai commencé à prendre la pilule. Dans un mois, nous serons opérationnels », dirais-je avec désinvolture, sans avoir l'air de rien, et ça le ferait sourire. Son visage rayonnerait de joie. Il se sentirait aimé, je me sentirais aimée, il m'attirerait contre lui et nous nous embrasserions. Dans ma tête, c'était un peu comme un film nécessitant le contrôle parental. Il me serrerait fort en me disant qu'il mourait d'impatience que le mois soit passé. Peut-être même que nous ajouterions un compte à rebours pour rire sur nos téléphones. Nous serions adorables tous les deux.

Mais au train où allaient les choses... il ne mettrait peut-être pas les pieds dans ma chambre d'ici un mois. Peut-être que je ferais mieux de le lui dire tout de suite.

– Devine où je suis ? lançai-je quand il décrocha.

– Aucune idée. À côté de ton casier ?

Je m'arrêtai une seconde.

– Sérieusement ? Tu ne t'es pas aperçu que je n'étais pas au lycée ?

– Tu n'es pas au lycée ?

– Non, on a prévenu qu'on était malades.

– Qu'est-ce que tu as ?

– Rien. (Je voulais soudain être sûre de son attention.) Mais je suis quand même allée chez le médecin.

– Tu es malade alors ?

– En fait, on est allées au planning familial.

Silence.

– C'est vrai ?

– Oui. Et on m'a prescrit la pilule.

Nouveau silence.

– Oh, dit-il enfin. Cool.

J'avais espéré un peu plus que « cool ». « Youpi ! » ou « Hourra ! » peut-être. Il comprenait ce que ça voulait dire, non ?

– La pilule contraceptive, ajoutai-je au cas où ce ne serait pas évident.

– Oui, j'ai compris.

Oh. Bon. Très bien.

– Tu as l'air très enthousiaste.

Je l'entendis tousser. Mon agacement montait.

– D'accord. Désolée de te déranger.

– April, je suis ravi. C'est juste que... nous n'en avons jamais parlé. Je croyais que nous utiliserions... euh... un autre truc, tu sais.

Un autre truc ? Si nous étions assez grands pour les utiliser, j'imaginais que nous étions assez grands pour prononcer le mot. À moins de ne pas vouloir que quelqu'un l'entende. Je me demandais où il était. Dans le hall ? Il ne voulait pas utiliser le mot *préservatif* dans le hall ? D'accord, je pouvais le comprendre.

– Je pense que nous devrions nous servir des deux, dis-je. Au cas où. Pour plus de précaution. Le médecin m'a dit qu'il fallait généralement attendre un mois pour que la pilule commence à faire effet.

– Donc, nous allons attendre encore un mois ? demanda-t-il.

Était-ce mon imagination ou sa voix exprimait-elle le soulagement ?

– Oui. Enfin, on n'est pas obligés. On peut simplement utiliser des préservatifs en attendant.

– Qu'est-ce que c'est qu'un mois ? Il vaut mieux être sûrs. Dans un mois, d'accord.

– Oui.

– Bonne idée.

– Oui.

Cette conversation était décidément moins amusante que dans mon imagination. J'aurais peut-être mieux fait d'attendre. Attendre qu'on soit tous les deux pour lui annoncer la nouvelle. Pas attendre pour faire l'amour.

Pour ça, j'étais prête. J'avais même déjà la tenue.

C'était Noah qui ne semblait plus être prêt. Peut-être qu'il se rendait compte de l'importance du pas à franchir. Et si toutes ces précisions de contraception lui avaient au contraire fait craindre de me mettre enceinte ?

Il allait falloir que je lui change les idées. Que je le mette dans l'ambiance. Peut-être que je devrais retourner au magasin acheter les bas noirs ?

Le visage de ma mère me vint soudain en tête.

Tout bien considéré... il fallait que je me mette dans l'ambiance, moi aussi.

La famille s'agrandit

Je pris les paquets avant de refermer le coffre tandis que Vi fermait la porte du garage avec la commande électronique. Puis elle ouvrit celle de la maison. Il était plus de six heures. Puisque nous étions à la galerie marchande, nous en avions profité pour aller voir un film.

– C'est bizarre, dit-elle. Tu entends ? Tu as encore laissé la musique ?

– Non.

La semaine précédente, j'avais laissé la chaîne branchée. Et la lumière. Deux fois. Vi n'était pas franchement ravie. Apparemment, il faut payer la note d'électricité. Tous les mois ou un truc comme ça. Qui l'aurait cru ?

– Et la lumière est allumée. Je suis sûre d'avoir éteint en partant. C'est peut-être Zelda.

Je fis un pas en arrière. Les scènes de meurtre de *La Nuit des vampires* me revinrent en mémoire, ainsi que tous les autres films d'horreur que j'avais déjà vus. Tous les jours, de pauvres gens rentraient chez eux et se faisaient assassiner.

– Tu crois qu'on devrait appeler la police? demandai-je, mais elle était déjà rentrée.

La maison n'était pas spécialement protégée contre les cambriolages. Et se trouvait juste à côté de la grève. À marée basse, n'importe qui pouvait passer de la route à la plage et remonter directement sur notre terrasse.

– Un cambrioleur ne met pas la musique à fond, commença-t-elle en avançant dans le couloir.

Puis j'entendis :

– Non !

– Quoi ? Vi ?

Je me précipitai derrière elle et montai les marches quatre à quatre. Et si c'était vraiment un meurtrier? Si c'était cette dingue de Lucy? Et qu'elle venait nous assassiner?

Vi était assise en tailleur sur le tapis et tenait un minuscule chaton couleur de sorbet orange.

– Est-ce que ce n'est pas la plus adorable chose que tu aies vue? demanda-t-elle. Qui est la plus belle? C'est toi, c'est toi, roucoulait-elle.

Ah ! Un chaton !

– Bonjour toi.

Je m'accroupis près de lui. Libby me manquait vraiment.

– Miaou.

– Ah... Est-ce que c'est cette adorable bestiole qui a mis la musique à fond ? demandai-je en quittant mes bottes.

– Non, c'est Dean, dit-elle en désignant un sac et des chaussures en vrac près de la porte. C'est à lui, ce bazar !

– Dean est là ? lançai-je en regardant autour de moi. Où ça ?

– Je suppose qu'il est aux toilettes.

Bruit de chasse d'eau, puis Dean apparut.

– Tes petites mamans sont rentrées, chaton !

– Pardon ? demanda Vi, haussant le sourcil.

– Une maman est quelqu'un qui est censé s'occuper de vous, expliquai-je. Je sais que c'est un concept étrange en ce qui nous concerne, mais c'est comme ça dans le monde entier.

Sauf, bien entendu, quand elle est en France.

Vi ricana.

– Une copine d'Hudson a une chatte qui vient d'avoir des petits, précisa Dean. Elle cherche à les caser. Hudson s'est dit qu'April en voulait peut-être un... puisqu'elle a perdu son chat. Je lui ai proposé de vous le demander.

C'était gentil à lui de penser à moi.

– Pourquoi Hudson n'est pas venu ? demandai-je, déçue.

Hudson me donnait l'impression... d'avoir de la personnalité. Même s'il était possible qu'il soit trafiquant de drogue. Personne n'est parfait.

– Il était obligé d'aller bosser, dit Dean, les yeux baissés.

– Où est-ce qu'il travaille, encore ? demanda Vi.

– Tu sais. Un de ses boulots... répondit Dean en riant.

– Mais quel est ce grand secret ? m'exclamai-je. Je ne comprends pas. À moins qu'il ne fasse vraiment un truc illégal.

Dean haussa les épaules.

– Je ne vois pas de quoi tu parles.

– Qu'est-ce que tu es chiant, lança Vi.

– Vous n'avez qu'à le lui demander vous-mêmes. Il va venir me chercher dans deux minutes. C'est gentil à vous de rentrer, en fin de compte. Ça ne fait que deux heures que je vous attends. Où étiez-vous donc aujourd'hui ?

Vi fit comme s'il n'avait rien dit et me regarda d'un air interrogateur :

– Tu crois qu'on doit le garder ?

J'enroulai sa queue autour de mon doigt.

– Tu veux venir vivre avec nous, ma mignonne ?

Elle tendit la patte vers ma main pour s'y frotter. Je fondis.

– Comment es-tu entré ? demandai-je à Dean.

– Avec la clé qui est dans le nichoir, dehors.

Je gratouillai le chaton entre les oreilles. Il se mit à ronronner.

– Il y a une clé dans le nichoir ? C'est bon à savoir.

– Alors, qu'est-ce que vous en dites ? demanda Dean. La maison de Vi peut-elle abriter un locataire supplémentaire ?

Le chaton ouvrit ses grands yeux verts et se lécha la patte droite.

– Je suis pour, si tu l'es, déclarai-je, déjà follement amoureuse.

– D'accord, dit Vi. (Elle leva l'index en direction du chaton.) Tu peux rester avec nous. Mais il va falloir bien te tenir. Pas question de sécher les cours.

Je lui fis des mimiques de bisous.

– Comment va-t-on l'appeler ? interrogea Vi.

– On pourrait l'appeler Tiger, dis-je en chantonnant : « *But there's no bite in her. Tiger ! Kittens would frighten her...* »*

---

* Référence à la comédie musicale *Annie*.

Vi se frictionna les tempes.

– S'il vous plaît. Évitons les comédies musicales. Et de toute façon, c'est une chatte. Appelons-la Zelda.

– Non, ça me fiche la frousse, dis-je.

– Et pourquoi pas Donut ? proposa Dean.

Vi ricana :

– D'où tu sors ça ?

– J'aime les donuts.

– Tu aimes le nom ou le beignet ? demandai-je.

– Les deux.

– Moi aussi, dis-je.

Vi la prit dans ses bras et l'emporta vers la cuisine.

– Viens avec maman, Donut. Bienvenue au château Vi.

– Nous promettons de ne pas t'emmener dans les boutiques de lingerie, dis-je.

– Ni de te parler de nos problèmes d'infection urinaire.

– Tu as ça, toi ? gémit Dean.

– Pas moi, idiot, ma mère. Et aussi, Donut, nous te promettons de ne pas te faire payer nos factures.

– Ni de te laisser seule, ajoutai-je. Jamais.

Vi remplit un bol d'eau.

– Mais tu vas quand même devoir rester toute seule quand on sera au lycée.

– Exact, dis-je en riant.

Une journée d'absence et j'en oubliais que l'école existait.

La sonnerie retentit.

– Hudson !

Je me précipitai dans le hall et criai en ouvrant la porte :

– Tu es le meilleur ! Merci !

Il resta sur le perron en me souriant.

– Ce qui veut dire que vous la gardez ?

– Bien sûr ! Comment aurions-nous pu faire autrement ? Elle m'a eue au premier miaulement. Entre. Donut veut te dire bonjour.

– Donut ?

– Une idée de ton frère.

– Tu ne sais pas encore qu'il ne faut jamais écouter mon frère ?

– Je t'ai entendu ! hurla Dean.

– On doit y aller, hurla Hudson en retour.

– Tu ne restes pas une minute ? demandai-je, déçue.

Il haussa les épaules.

– Je ne peux pas. Une autre fois.

– Oh, OK. Merci encore, dis-je.

J'avais presque envie de lui faire une bise, mais je me suis dit que ça risquait de paraître bizarre. Je ne voulais pas qu'il me prenne pour une fille facile. Je suis sûre qu'il était entouré de filles prêtes à tomber dans ses bras.

Oh, et puis zut. Il venait de m'apporter un chaton. Je lui fis une bise.

– Merci, dis-je dans son col de veste.

Je sentis son bras se resserrer autour de moi. Il exhalait une odeur de cuir neuf. Je m'écartai.

– C'est une veste neuve ? demandai-je.

– Oui, dit-il avec un clignement de paupières.

– Elle a l'air d'avoir coûté cher, ajoutai-je en posant la main sur ma hanche. Tu viens de bosser ?

Il sourit à nouveau. Dean apparut derrière moi.

– Tu aimerais bien savoir, hein ?

– N'importe quoi, dit Vi.

Elle berçait Donut dans le creux de son bras. Hudson tendit la main et la chatouilla sous le menton.

– Salut, Donut. Alors, te voilà dans une nouvelle maison. Sois sage.

Puis il chatouilla Vi sous le menton.

– Toi aussi, Vi.

Elle fit semblant de ronronner.

Dean sortit.

– Très bien, mesdemoiselles. Nous aimerions beaucoup rester et ronronner avec vous toute la soirée, mais en fait, c'est impossible...

– À demain au lycée, dit Hudson avant de suivre son frère en direction de la voiture.

– Ah oui, c'est vrai, soupirai-je. Je crois qu'il va falloir qu'on y retourne demain.

Vi passa son bras libre sous le mien tandis que je faisais au revoir de la main.

– Je suis sûre que Jake.Berman@pmail.com serait ravi d'envoyer un second message si tu veux sécher.

– Mon père, dis-je. Quelle générosité !

n° 4 : acheter un jacuzzi

Panique : vrai message de mon père (de sa nouvelle adresse mail) à la fausse Suzanne

De : Jake Berman / Jake.Berman@kljco.com
Date : Dimanche 25 janvier, 7 h 03
À : Suzanne Caldwell / Suzanne_Caldwell@pmail.com
Sujet : Faisons le point

Suzanne,
J'espère que tout va bien. J'ai parlé à April hier soir et elle a l'air heureuse. Elle m'a fait l'éloge de vos talents de cuisinière. Merci infiniment de si bien vous occuper de ma princesse. Le projet ne m'enthousiasmait pas mais il semble que ça marche. Je suis à Chicago pendant toute la semaine prochaine, mais je suis toujours joignable par e-mail ou sur mon portable.
Cordialement,
Jake
Envoyé par BlackBerry

Inquiétude

– Tu crois que j'ai du souci à me faire si jamais mon père tombait sur ta mère à Chicago ? demandai-je.

– Le mail de ton père a été envoyé à 7 h 03 du matin. Je suis certaine que quand ma mère est de sortie, ton père dort à poings fermés.

– Donc, tu penses que non ?

Je grattai Donut derrière les oreilles.

– Miaou.

– Cesse de t'inquiéter, va.

– Bon. D'accord. J'essaie.

Seule à Cleveland

Mon portable sonna. Numéro privé.

– Allô ? dis-je avec hésitation.

– Coucou, April ! C'est Penny !

– Oh, Penny. Bonjour. (Je venais de renverser les croquettes de Donut et j'étais en train de les ramasser sur le plancher.) Tout va bien ? Mon père est à Chicago, c'est ça ?

– Oui, il n'y a pas de problème. Tout va très bien. Je pensais à toi, c'est tout, et je me suis dit que je pourrais t'appeler pour voir comment ça va.

Bizarre. Habituellement, Penny ne m'appelle pas pour savoir comment je vais. Elle ne m'appelle jamais, d'ailleurs.

– Je vais bien, merci. Je suis juste en train de... faire un peu de ménage.

– Super. Ça ne peut pas te faire de mal. (Silence. Du genre inconfortable.) Alors… comment ça se passe au lycée ?

– Comme d'habitude.

– Et Vi ?

– Elle va bien, elle aussi.

– Et la voiture ?

– La voiture est super. Merci encore.

– De rien, ça me fait plaisir. C'est moi qui ai dit à ton papa qu'il te fallait une voiture. C'est beaucoup plus sûr pour toi.

– Il me l'a dit.

Je me rendais compte qu'il pouvait être judicieux de continuer la conversation afin qu'elle puisse faire un bon rapport à mon père. Je me rendais compte également – doublement bizarre – que sa voix trahissait la solitude. Je lui demandai donc :

– Et toi, comment ça va ?

– J'essaie de m'installer. La maison est évidemment dans un désordre indescriptible. Et il fait un froid de chien ici. Plus froid encore que dans le Connecticut. Ça me fait une drôle d'impression d'être revenue. Et j'ai essayé de faire un peu de peinture, mais c'est dur de se concentrer avec tous les cartons qu'il me reste à déballer…

Tandis qu'elle parlait, j'essayai de tenir le téléphone en équilibre contre mon épaule avec le balai, mais je ne réussis qu'à éparpiller un peu plus les croquettes. À un moment, elle m'a dit que je lui manquais. (Ce qu'elle m'a dit, en fait, c'est : « Ça me manque presque de ne plus faire le ménage derrière toi », mais j'ai lu entre les lignes.) Si je lui manquais tant, elle n'avait qu'à pas déménager à Cleveland et y entraîner mon père.

Penny

Quand mon père et Penny avaient décidé de se marier, mon père avait acheté une autre maison à Westport. Excusez-moi, mon père *et Penny* avaient acheté une maison. Comme nous y allions un week-end sur deux, Matthew et moi y avions chacun notre chambre. J'avais choisi celle qui était à côté de celle de mon père, parce que c'était la plus grande. J'aurais pris celle de Matthew, qui était de l'autre côté de la cage d'escalier, si j'avais su que, contrairement à lui, j'allais finir par l'occuper tout le temps. Mais bon.

Penny m'avait acheté un lit à baldaquin. Elle en avait toujours eu envie quand elle était petite, et avait toujours voulu avoir une fille avec un lit à baldaquin. Donc, voilà.

Penny ne pouvait pas avoir d'enfants. Je le savais parce qu'un jour, dans la voiture, je leur avais demandé s'ils avaient l'intention d'avoir un bébé. Penny avait fondu en larmes. Par la suite, mon père m'avait expliqué qu'elle avait eu des fibromes. Avec son ex-mari, elle avait essayé d'avoir des enfants pendant sept ans, mais n'avait jamais pu être enceinte. Ils avaient même fait plusieurs essais in vitro mais ça n'avait pas marché.

On aurait pu croire qu'elle serait heureuse d'hériter d'une belle-fille.

Elle avait probablement été ravie à l'idée qu'elle se faisait de moi – mais beaucoup moins face à la réalité.

Une gamine de quinze ans avec qui vous pouvez partager votre maquillage quand vous la voyez tous les quinze jours, cela paraît adorable.

Une gamine de quinze ans qui se prend une cuite avec ses copines quinze jours après s'être installée chez vous à temps complet ? Beaucoup moins.

Fais donc le guacamole

– Il faut que nous coordonnions nos projets, dit Vi tandis que nous préparions des tacos. Tu l'as prévu pour quand, ton grand soir ? Nous devons nous assurer que ce n'est pas le même jour que moi, ça paraîtrait trop bizarre.

Je râpai un peu de fromage.

– Tu crois ?

– C'est sûr ! Nous aurons besoin d'avoir la maison pour nous toutes seules.

Je n'étais pratiquement jamais seule dans la maison. Vi sortait très peu. Moi pas davantage. Nous passions énormément de temps ensemble. Je n'avais jamais passé autant de temps avec personne, en fait... sauf avec ma famille. Même pas avec Noah.

– Effectivement, dis-je. Bon, je pensais un peu... à la Saint-Valentin.

– Ah bon ? demanda-t-elle en haussant un sourcil, tandis qu'elle assaisonnait le bœuf dans la cocotte.

– Ça n'est pas bien, la Saint-Valentin ? Trop à l'eau de rose ?

Je me fourrai un morceau de fromage dans la bouche.

– Oui, reconnut-elle.

– Toi, tu dis à l'eau de rose, moi je dirais romantique. Et pragmatique, en même temps. J'ai commencé à prendre la pilule la troisième semaine de janvier. On voulait attendre un mois. Samedi prochain, c'est la Saint-Valentin. C'est logique de faire ça un samedi, pour la première fois, non ?

– Et tu vas joncher ta couette de pétales de rose, pendant que tu y es ?

– Oh, tais-toi, dis-je, notant l'idée mentalement.

Des pétales de rose sur la couette, ça pourrait être super joli.

– Tu peux faire le guacamole ? demanda Vi.

– Euh... on le fait, le guacamole ? On n'ouvre pas simplement une boîte ?

– Non, ma chérie. Prends un avocat, un oignon et une tomate.

J'obéis. Et laissai accidentellement choir un morceau de fromage. Donut se jeta dessus. Oups.

– Maintenant, tu coupes l'avocat en deux, tu retires la chair avec une cuillère et tu la passes au mixeur avec un oignon et une tomate.

Je clignai les yeux en les écarquillant.

Elle éclata de rire.

– Qu'est-ce que tu mangeais avant de me connaître ? McDo ?

– Ma mère était une fan des repas tout préparés. Mais Penny cuisinait pas mal. Surtout du poisson. Donut aurait adoré.

Elle était à cet instant précis devant le four.

– Miaou ?

– Mais toi, tu n'aidais jamais ?

– Pas trop.

Vi hocha la tête :

– Pas étonnant qu'ils t'aient virée.

Aïe. J'étais vexée. Pour le cacher, je tirai la langue et dis :

– Pas exactement. Alors, c'est quand, ton grand soir, à toi ?

– Je me disais... la veille de la Saint-Valentin.

– Tu ne trouves pas ça aussi nunuche ?

– Non. Comme ça, quand je raconterai comment j'ai perdu ma virginité, je pourrai dire que c'était un vendredi 13 !

Mon téléphone sonna.

– Salut, Noah, lançai-je en riant encore. C'était comment, l'entraînement ?

– Fatigant, dit-il dans un bruit de parasites.

– Je crois qu'on en a trop fait, déclara Vi. Dis à Noah de venir dîner avec nous.

– Vi te demande de venir dîner. Où es-tu ?

– Je suis dans ma voiture, je rentre chez moi. Merci, mais je suis vraiment crevé. Et mes parents m'attendent.

– Tu n'as qu'à leur dire que tu dînes avec nous.

– Je regrette, mais je ne peux pas.

Je ne m'étais pas rendu compte combien j'avais envie de le voir avant qu'il ne dise qu'il ne pouvait pas venir.

– On peut se rappeler plus tard ? On est en train de préparer le repas.

– D'accord.

– Je t'aime, dis-je.

– Moi aussi.

J'éteignis le téléphone et le posai sur le comptoir.

– Est-ce que vous dites « Je t'aime » chaque fois que vous vous téléphonez ?

– La plupart du temps, oui.

– Est-ce que ça veut dire « Au revoir » ? Ou est-ce que ça veut dire « Je t'aime » ? demanda-t-elle.

– Les deux.

C'était vrai. La plupart du temps. Mais dernièrement, c'était toujours moi qui disais « Je t'aime » et lui qui répondait « Moi aussi ». Qu'est-ce que ça voulait dire ?

– Je devrais peut-être inviter Dean et Hud ? suggéra-t-elle en tournant la cuillère dans la cocotte.

– Bien sûr, dis-je, tout en pensant encore à Noah. Plus on est de fous...

La première fois qu'on s'était dit « je t'aime »

– Qu'est-ce que je dois faire ? demandai-je à Marissa.

C'était juste avant la rentrée en seconde, le lendemain de mon retour de France, le jour où j'avais appris ce qui s'était passé entre Corinne et Noah. J'étais dans la chambre de Marissa et je n'arrêtais pas de pleurer.

– C'est vraiment nul, dit-elle. Si j'avais été là cet été et si je les avais vus tous les deux, je leur aurais botté les fesses, je te prie de me croire.

– C'est gentil, soupirai-je.

– Mais d'un autre côté, tu lui avais effectivement dit qu'il pouvait sortir avec quelqu'un d'autre.

– Oui.

– Je ne sais pas. (Elle secoua la tête et me frictionna affectueusement le bras.) Je crois qu'il faut que tu sentes ce qui te paraît le plus juste. Soit tu l'acceptes et tu n'en parles plus, soit tu décides que c'est fini.

– La rupture ? (L'idée me donnait la nausée. Je me sentais vide. Terrifiée.) Qu'est-ce que tu crois que je dois faire ?

Elle se mordilla la lèvre.

– Je crois que je serais très triste si vous rompiez. Vous formez un super couple. Trop beau. Tu es tellement plus heureuse depuis que tu sors avec lui.

Je voyais ce qu'elle voulait dire. Depuis les neuf mois où Noah et moi sortions ensemble, j'avais eu l'impression d'être remise à flot. Même quand ma mère avait décidé de partir vivre à Paris, j'avais réussi à ne pas retomber dans le trou noir. Je suppose que Noah était ma bouée de sauvetage, en quelque sorte. Noah et Marissa.

– Alors, tu crois que je dois lui pardonner ? Faire comme si rien ne s'était passé ?

– Tu t'en sens capable ?

– Je ne sais pas.

Mon téléphone sonna.

– C'est Noah.

– Réponds, m'encouragea-t-elle.

– Salut, dis-je.

– Salut. Comment ça va ?

Je me roulai en boule sur le lit en serrant le téléphone contre mon oreille.

– J'ai connu mieux.

– Tu m'en veux ?

Je ris :

– Un peu.

– Tu peux me retrouver au parc devant chez moi ?

– Quand ?

– Tout de suite ?

Je regardai Marissa. Elle opina :

– Vas-y.

Je courus. C'était plus un jardin qu'un parc. Il m'attendait sur le banc vert.

– Bonjour, ma jolie.

– Oh, je t'en prie, pas de ça. Je t'en veux encore.

– Mais il faut que je te dise que tu es jolie. Surtout maintenant. As-tu décidé de me pardonner ? Je t'en prie, je t'en prie...

– Non. Comment est-ce que je peux savoir si tu ne vas pas rompre avec moi pour sortir avec elle ? dis-je en m'asseyant près de lui.

– Parce que c'est fini.

– Et comment je peux le savoir ?

Je voulais des preuves tangibles. Un document signé devant notaire auquel je pourrais me référer.

– Parce que c'est comme ça, dit-il. Je ne l'aime pas.

Tout se figea.

– Et... ?

J'attendis.

– Je t'aime.

On peut imaginer entendre ces mots de la part de quelqu'un qui n'est pas de votre famille, qui n'est pas votre meilleure amie, mais quand une personne qu'on aime, dont on rêve, les prononce vraiment, alors tout votre corps fond et vous en perdez le souffle.

– Tu m'aimes ? demandai-je en me penchant vers lui.

Il acquiesça de la tête.

– Dis-le encore.

Je laissai mon genou se coller au sien.

– Je t'aime, répéta-t-il.

Oui, il était sorti avec quelqu'un d'autre. Une de mes camarades de classe. Mais était-ce grave ? Je lui avais donné la permission. Et qu'est-ce que je devais faire à présent ? Rompre ?

J'avais décidé de rester à Westport. J'avais laissé ma mère et mon frère partir à l'autre bout du monde. Si je rompais maintenant, pourquoi étais-je restée ?

– Je t'aime aussi, dis-je.

Les mots coulaient doucement de ma bouche. Je m'aperçus que je l'aimais, en effet. Et nous nous étions réconciliés.

Les tacos se mangent avec les doigts

– Alors, dans quelles facs tu t'es inscrit ? demandai-je à Hudson.

Nous étions assis tous les quatre autour de la table de la salle à manger, pour une savoureuse soirée mexicaine. Nous en étions à notre troisième taco chacun.

– Brown, dit-il.

– Non ! Et tu sauras quand si tu es accepté ?

– Il a déjà la réponse, intervint Dean. Il a fait partie des premiers retenus. Le salaud. Il fait tout ce qu'il peut pour me faire paraître minable.

– Félicitations, dis-je. C'est extraordinaire.

Peut-être n'était-il pas trafiquant de drogue, après tout. Plutôt une sorte de PDG en herbe ou de génie entrepreneurial.

– Et toi, Dean ?

– J'ai fait des demandes partout. Mais j'espère avoir l'UCLA. Ou l'université de Californie du Sud. Ou n'importe quelle fac sur la côte ouest qui voudra bien de moi. À moi les petites Californiennes.

– Est-ce que tu te rends compte à quel point tu as l'air ridicule ? demanda Vi.

– Si on écrit tant de chansons sur les Californiennes, c'est qu'il y a une raison, rétorqua-t-il, avant de lui envoyer un baiser.

– April, tu peux me passer le guacamole ? demanda Hudson. Il est extra. Et croyez-moi, je m'y connais en guacamole.

– Merci, dis-je. C'est moi qui l'ai fait. J'ai épluché les avocats et tout.

– Ça vient de moi ou... dit Dean, vous ne trouvez pas qu'on a l'impression d'être deux couples ?

Je rougis. J'avais moi-même un peu cette impression. Craignos.

– Tu voudrais bien, dit Vi.

– C'est toi qui voudrais bien, riposta Dean.

– J'ai des vues sur quelqu'un, déclara Vi en se servant un autre taco. Et ce n'est pas toi.

Dean porta la main à son cœur.

– Qui ça ?

– Liam.

Dean plissa les yeux.

– C'est un pauvre nul. Mais veinard.

– Vous vous connaissez ? demanda Hudson.

– Non, dit Vi. Mais j'essaie d'attirer son attention.

– Voilà pourquoi tu portes des tee-shirts aussi décolletés depuis quelque temps ! s'exclama Dean.

Vi baissa la tête en soupirant.

– Il y en a au moins un qui l'a remarqué.

Je mordis dans mon taco.

– Peut-être qu'il joue à se faire désirer.

– Il ne joue pas. Il n'est pas facile à séduire. Je le suis depuis des semaines sans résultat !

– C'est peut-être là qu'est le problème, suggéra Hudson. Il y a des mecs qui ont horreur qu'on leur coure après.

– Je t'en prie, Sloane t'a couru après dans tout le lycée et même sur le parking, dit Vi, taquine.

– Je n'ai pas dit que je n'aimais pas qu'on me coure après, rétorqua Hudson.

Il pencha la tête sur le côté en souriant.

– Qu'est-ce qui s'est passé entre Sloane et toi ? demandai-je. Vous avez rompu à cause de l'éloignement ? Dans quelle fac est-elle allée ?

– L'université Northwestern, dit-il. Mais non. On n'était pas faits l'un pour l'autre, c'est tout.

– Hudson savait que ce n'était pas la bonne, dit Dean d'un ton légèrement moqueur.

– Ce n'était que la première, ajouta Vi d'un air entendu.

Cette fois, Hudson rougit.

– Je me suis rendu compte que je n'éprouvais pas pour elle les sentiments que j'étais censé avoir. J'ai pensé que ce n'était pas honnête de faire semblant et de rester ensemble.

– Par contre elle, ses sentiments n'ont pas changé, lança Dean. Elle a essayé de l'agresser pendant les vacances de Noël.

– Dean, arrête, dit Hudson.

– C'est vrai, quand même, non ? Elle n'arrêtait pas de passer à la maison, avec des tenues vraiment peu appropriées pour la saison. Mais mon frère n'a pas cédé à ses avances.

– Les mecs peuvent faire ça ? demanda Vi. (Elle sortit un carnet et un crayon de je ne sais où.) Le stéréotype, c'est que les mecs peuvent coucher avec n'importe qui. C'est faux ?

– C'est vrai, dit Dean. En général.

– Alors pourquoi ne l'as-tu pas fait ? demanda Vi à Hudson.

Hudson avait l'air gêné.

– Je ne voulais pas lui laisser croire que ça avait un sens que je ne lui donnais pas. Et tu n'es pas autorisée à me citer.

– Tu resteras anonyme, ne t'inquiète pas. Alors, tu aurais couché avec elle si tu avais été sûr que c'était sans conséquences ?

– Tu veux dire, est-ce que j'aurais couché avec elle si j'avais pensé qu'elle ne le regretterait pas le lendemain ?

– Exactement. Si elle ne t'aimait plus mais avait pensé que ce serait bien de passer une dernière soirée ensemble.

Il réfléchit.

– Dans ce cas, je ne lui aurais probablement pas demandé de partir, en effet.

– Alors ça n'a rien à voir avec l'amour ? demandai-je, déçue.

– Pas encore, dit-il en me regardant. Mais j'espère que ce sera différent la prochaine fois.

– Pour moi, c'est toujours une histoire d'amour, déclara Dean.

– Tu dois souvent tomber amoureux ! dis-je en riant.

– C'est vrai, avoua-t-il. Absolument. Je pourrais tomber amoureux de vous deux ce soir si vous le vouliez.

– Je passe mon tour, nous répondîmes à l'unisson.

– Ça vaut probablement mieux ! lança Dean en brandissant son taco. Vous avez mis assez d'oignon là-dedans pour tuer un vampire.

Je ris et bus une grande gorgée d'eau.

– Les vampires sont allergiques à l'ail, et pas à l'oignon. Vous ne connaissez donc pas *La Nuit des vampires* ?

– Non, dit Hudson. On devrait ?

– J'ai une idée ! m'écriai-je. On pourrait le regarder tout de suite. J'ai le DVD de la saison un. Et deux. Et trois.

– On se fait un marathon ! Marathon ! Marathon ! applaudit Dean en frappant du poing sur la table.

Hudson acquiesça.

– D'accord !

On s'est tous préparé un dernier taco et on a émigré vers le canapé où on s'est installés avec nos assiettes sur les genoux. Donut sauta et s'assit entre Hudson et moi.

– Toi, dit Vi en désignant Dean, tu ne touches à rien. Je ne veux pas de taches de salsa sur tous les coussins.

On a joyeusement continué à manger en regardant le premier épisode. Donut a grignoté mes croûtes de fromage.

– Je me prends un dernier taco, annonça Vi avant le début du deuxième épisode. Quelqu'un en veut?

– J'en veux bien un, dit Hudson. Tu as besoin d'aide?

Donut s'était roulée en boule sur ses genoux.

– Tu as l'air un peu prisonnier, répondit Vi. Je vais me débrouiller. Trois tacos, trois ! Dean, je présume que tu en veux un aussi.

Au milieu du deuxième épisode, mon portable sonna. Noah.

– Coucou, chuchotai-je. Qu'est-ce qui se passe?

– Pourquoi tu chuchotes? Tu es revenue chez ton père?

– OK, attends. Ne quitte pas. (Je me levai et me dirigeai vers la salle de bain de Vi, pour m'éloigner de la télé.) Bonsoir, dis-je plus fort.

– Tu es au lit? demanda-t-il.

La pendule indiquait 0 h 06. Je ne m'étais pas rendu compte qu'il était si tard.

– Non, on regarde *La Nuit des vampires.*

– Toi et Vi?

– Oui, dis-je. (Un éclair de culpabilité me transperça comme un choc électrique.) Et Dean et son frère.

– Hudson.

– Oui.

– *D'accord !* railla-t-il. Alors tu ne vas pas te coucher?

– Euh... pas tout de suite. Mettons dans un quart d'heure?

Je n'avais pas envie de mettre fin à la soirée. Je m'amusais trop bien. Mais je ne pouvais pas vraiment dire à mon copain que je préférais regarder la télé avec deux autres garçons.

Au moment où je raccrochais, Vi passa près de moi, un peu pâle.

– Ça va ? demandai-je.

– Je ne me sens pas très bien. J'ai un peu forcé sur les tacos. Les garçons ! lança-t-elle. Il est temps de rentrer chez vous.

C'est Noah qui serait content.

– On n'a regardé que deux épisodes, râla Dean. Vous êtes les plus mauvaises marathoniennes de tous les temps.

– Ce sera pour la prochaine fois, promis-je.

En levant les yeux, je m'aperçus qu'Hudson me regardait.

– Ce sera pour la prochaine fois, répéta-t-il.

Vi s'attaqua au nettoyage de la cuisine.

– Je charge le lave-vaisselle, et toi tu débarrasses la table, ordonna-t-elle.

Bon, ce ne serait pas possible de rappeler Noah immédiatement.

Bonne nuit

Vingt minutes plus tard, j'étais au lit, mon téléphone à l'oreille. Celui de Noah sonnait, sonnait. Donut se pelotonna sur mon ventre.

– Allô ? répondit-il enfin, la voix rauque.

– Coucou, dis-je, tu ne dors pas ?

– No-on, marmonna-t-il, contre toute évidence.

– Retourne te coucher, lui dis-je.

– OK. Je t'aime, murmura-t-il.

Les mots me réchauffèrent tout entière, bien que je les aie déjà entendus cent fois. Pas récemment, il faut dire. Pas de sa part en premier, en tout cas.

– Moi aussi. Bonne nuit.

Je raccrochai et attirai Donut sur la couverture.

– Ne t'inquiète pas, Donut, je t'aime, toi aussi.

– Miaou, répondit-elle en me rendant visiblement la pareille.

Boum. Boum. Boum.

Je sautai du lit et montai les marches quatre à quatre, emportant Donut. Une voix d'homme résonnait derrière la porte. Une voix qui me semblait familière.

– Vi ? appelai-je en entrouvrant la porte du living-room.

Elle était sur son tapis de yoga, en tenue de gym, et faisait des pompes. Le DVD était en marche.

– C'est toi ? dit-elle. C'est trop fort ? J'essayais de ne pas te réveiller.

– Non, ça va. Je me demandais ce qui se passait, c'est tout.

– Je voulais faire quelques exercices en vitesse.

D'accord... bizarre.

– Au milieu de la nuit ?

Donut miaula, visiblement d'accord avec moi.

– J'ai presque fini, dit-elle en regardant devant elle.

– Bonne nuit.

Je refermai la porte et retournai me coucher.

Miaou

– Comme tu as grandi ! dis-je à mon frère quelques jours plus tard alors que nous étions en communication sur Skype.

Il avait l'air plus âgé, d'une certaine façon. Ses épaules étaient plus larges. Je ressentis un pincement de fierté mêlé de tristesse. Il grandissait sans moi.

– Tu n'as pas commencé à te raser, quand même ?

Il tira la langue.

– Je vais appeler maman, elle veut te parler.

– Mais j'avais envie de discuter avec toi.

– Tu lui dis deux mots et ensuite je reviens.

– D'accord. Mais c'est sûr, tu reviens !

– Bonjour, dit ma mère. Tu as une mine superbe ! Je n'y crois pas, tu as un nouveau chat !

– Toi aussi, tu as bonne mine. Tu es très... blonde. Pourquoi est-ce que tu trouves incroyable que j'aie un chat ?

– Un chat, il faut beaucoup s'en occuper !

– Non, pas tant que ça, dis-je. (Donut était installée sur mon ventre en ce moment même.) Et je suis très responsable. Dis bonjour, Donut.

– Miaou.

– On verra, lança ma mère.

– Tu peux parler, dis-je. C'est toi qui as donné Libby.

– Je ne pouvais pas l'emmener avec moi !

Elle fit non de la tête. Puis une deuxième fois.

– Tu aurais pu. C'est juste que tu as choisi de ne pas le faire.

– April...

– Quoi ? C'est vrai. (Je grattai Donut sous le menton.) Où est Matthew ? J'avais très envie de lui parler.

– Oh. D'accord. Tu as pensé à la date où tu veux venir nous voir cet été ?

– Pas encore.

– Quand tu auras l'occasion...

– Bien sûr.

Donut bâilla, étira ses pattes puis remit la tête sur mon estomac. Je n'abandonnerais jamais mon chat. Je n'abandonnerais jamais personne.

Ma mère est allée à Cancún et résultat ? J'ai hérité d'un beau-père français

Le voyage à Cancún ne fut pas familial. Ce fut un voyage de divorcées en folie. Ma mère partit avec sa sœur aînée Linda (également divorcée depuis peu) ainsi que Pamela, une amie de Linda. Leur voyage dura une semaine. Ma mère portait ses bas noirs. Elle eut une aventure torride avec un Français, Daniel. Puis elle revint à Westport et lui à Paris. Nous pensions que c'était fini. Au revoir.

– Tu ne vas pas le revoir ? lui avais-je demandé.

J'étais sur le siège avant et Matthew, qui était au cours moyen, était assis derrière moi et donnait des coups de pied dans mon dossier. Nous étions en février, l'année précédant mon entrée en seconde.

– Non, avait-elle dit. (Il y avait trois semaines qu'elle était rentrée et son bronzage – comme son aventure – appartenait visiblement au passé.) À quoi ça servirait ? Je ne me vois pas faire mes bagages et partir à Paris.

– Pourquoi pas ? avais-je dit. La France, ça serait trop génial.

J'avais des images romantiques où je me voyais, en trench-coat mauve, prendre un expresso au bistro du coin.

– Tu aimerais vivre à Paris ? avait-elle demandé en tournant dans l'entrée circulaire de l'école primaire.

– Pas immédiatement, avais-je dit. Je ne peux pas abandonner ma vie ici comme ça. Je ne peux pas quitter mes amis.

Et Noah. Nous sortions ensemble depuis trois mois.

– Je vais finir le lycée en Amérique et ensuite je viendrai pour aller à la fac. Ce sera *très* glamour.

Ça ne me semblait pas particulièrement glamour. Mais je n'encourageais l'idée que parce qu'elle me paraissait invraisemblable. Qu'une mère – la mienne – puisse tout simplement faire ses bagages et partir pour Paris.

Une semaine plus tard, Daniel envoya un e-mail. Et ma mère répondit. Puis, j'ai à peine eu le temps de dire « Bon voyage » que ma mère faisait ses valises et partait pour Paris. Et emmenait Matthew. Quant à moi, j'étais apparemment assez grande pour prendre mes propres décisions.

– J'aimerais que tu viennes aussi, me dit-elle.

– Pas question, répondis-je avec désinvolture. Je reste avec papa, ajoutai-je – en partie pour lui faire de la peine.

– Pour le moment, dit ma mère.

– On verra.

Son visage se plissa, ajoutant quelques rides à son front. Mais je m'en moquais. Elle n'avait que ce qu'elle méritait.

Ce fut une séparation propre. Maman se chargea de Matthew. Et de toutes les dépenses le concernant. Papa se chargea de moi. Et de toutes les dépenses me concernant. Si vous aviez jeté un coup d'œil à leurs comptes en banque, vous auriez compris que je n'étais pas la plus défavorisée.

Mon père avait été secoué. Même si de son côté, il s'était remarié très vite, je suppose qu'il ne s'attendait pas à ce que ma mère en fasse autant. Ni qu'elle parte pour la France. Ni qu'elle emmène Matthew. Ce n'était probablement pas normal que ce soit moi qui révèle le projet à mon père, mais je pense que ma mère ne tenait pas à le faire elle-même. J'avais toujours été plus proche d'elle, et Matthew plus proche de mon père, si bien que quand je lui avais dit que ma mère se remariait et déménageait, il s'était imaginé que Matthew voudrait rester avec lui et que moi, je voudrais partir.

Sauf que ma mère n'avait pas laissé le choix à Matthew, et que j'avais l'impression de ne pas l'avoir eu non plus.

Le cougar dans la forêt

Je n'avais pas dit tout à fait la vérité à ma mère en ce qui concernait Donut.

C'était plus dur que je ne le croyais de s'occuper d'un animal.

Quand j'étais petite, je me disais que je serais une mère formidable. J'avais appris à Matthew à lacer ses chaussures, je l'aidais à faire ses devoirs de maths et je lui lisais des histoires tous les soirs avant de s'endormir. J'avais aussi plein de poupées. Trente-cinq. Chaque fois que j'avais une raison d'avoir un cadeau, je demandais une poupée. Que ce soit mon anniversaire, Hanoukka, ou la Saint-Valentin. Elles avaient toutes un nom, je les habillais et les déshabillais chaque fois que je le pouvais, je faisais semblant de leur donner à manger et de changer leur couche, et je les mettais au lit. Mais ni les poupées ni les frères ne refermaient votre porte pour miauler ensuite quand ils ne pouvaient pas la rouvrir. Ils ne filaient pas dehors comme une flèche dès que quelqu'un entrait ou sortait de la maison. Ne s'entortillaient pas autour de vos mollets en essayant de vous mordre.

Bien sûr, Donut me faisait aussi des câlins. Et me léchait les doigts. Et dormait sur mon ventre. Mais elle me prenait beaucoup de temps. Il lui fallait plein de choses. Un bac à litière. Des croquettes. De l'eau fraîche. Des vaccins. Et encore des vaccins. Comme Vi était généralement occupée à la rédaction du *Point* après les cours, j'emmenais Donut chez le vétérinaire. Un jour, je pris un raccourci pour rentrer en passant par Kantor Street. Attends. Mais ça ne serait pas... ?

Hudson. Il sonnait à une porte.

Je freinai brutalement pour m'arrêter avant d'arriver à sa hauteur.

– Attention, Donut !

– Miaou.

J'allais peut-être enfin découvrir le secret d'Hudson. Je ne pensais pas qu'il était trafiquant de drogue. Il ne pouvait pas dealer à cinq heures de l'après-midi dans les quartiers résidentiels, quand même ?

La porte s'ouvrit et je me tordis le cou pour voir qui était à l'intérieur. Était-ce quelqu'un du lycée ?

Ah.

C'était Mme Franklin, ma prof d'algèbre.

– Qu'est-ce que... ?

J'appelai Vi sur son portable mais elle ne répondit pas.

J'essayai Marissa. Après avoir expliqué la situation, je demandai :

– Pour quelle raison Hudson pourrait aller chez Mme Franklin ?

En posant la question, je ressentis comme un pincement de… quelque chose.

Elle éclata de rire.

– Aucune.

– Il vient d'y entrer.

– Elle n'enseigne pas les maths aux terminales, dit Marissa. Mais peut-être que c'est vrai, ce qu'on raconte.

– C'est-à-dire ?

– Qu'il se ferait payer pour tenir compagnie aux femmes.

J'éclatai de rire à mon tour.

– Je t'en prie !

– Tu ne l'avais jamais entendu dire ? Il est beau gosse.

– Tu vois un mec de Westport faire ce boulot ? Je crois qu'il fait des photos de mode, plutôt, et que c'est comme ça qu'il a pu se payer sa Jeep.

– Pourquoi en faire un tel secret si c'était le cas ? demanda-t-elle. Peut-être que Mme Franklin est sa maîtresse ? Elle aussi est plutôt canon.

J'écartai tout sentiment bizarre et suggérai :

– Et si elle était sa marraine, et qu'elle l'aidait financièrement ?

– Tu crois qu'on peut faire ça avec un salaire de prof ?

– Si tu voyais où elle habite ! dis-je avant de raccrocher.

J'observai la maison à plusieurs étages et la BMW dans l'allée. Mme Franklin pouvait se permettre un gigolo si elle en avait envie.

Je décidai de poursuivre ma route.

– Donut, l'algèbre devient de plus en plus intéressante, déclarai-je.

Comme un hic

Vi s'adossa à mon casier et se tapa la tête contre la porte.

– Catastrophe, dit-elle.

– Qu'est-ce qui se passe ?

Je pensai immédiatement à notre situation – mon Dieu, quelqu'un est au courant ? – et mon sang ne fit qu'un tour.

– Je vais te montrer ce qui se passe. (Elle me prit la main et m'entraîna dans le hall jusqu'à la cafétéria.) Voilà. Le. Gros. Hic.

Jodi Dillon et Liam Packinson étaient en train de s'embrasser au fond de la cafétéria. Je poussai un soupir de soulagement. Puis je tâchai de me reconcentrer sur Vi.

– Je vois.

– Tu avais raison, dit-elle.

– Quand je te disais qu'il ne fallait pas coucher avec quelqu'un qu'on connaissait à peine ?

– Non. Que les rouquins ne valent rien.

En voiture

– Ce n'est pas un problème d'attendre, dit Marissa, qui était assise à l'arrière de ma voiture, un après-midi où nous rentrions du lycée. Aaron et moi, on attend l'été prochain. Le moment où on se sentira prêts.

– Aaron et toi, vous n'attendez que parce que tu habites à Westport et lui à Boston. C'est différent, dis-je.

Je tapotai le volant. Ce matin-là, Vi voulait revoir son cours avant le test d'histoire américaine, et j'avais donc pris ma voiture. Elle avait séché sa réunion du comité éditorial du journal pour rentrer avec nous.

– On aurait pu le faire l'été dernier, mais on n'a pas voulu. On ne décide pas de faire l'amour juste parce qu'on en a envie. C'est le genre de choses qu'on choisit de faire quand on se rend compte qu'on est amoureux de quelqu'un et qu'on veut donner une expression physique à cet amour. Tu es sûre que tu es prête, April ? Tu n'es pas obligée, tu sais. Même si tu prends la pilule, tu peux attendre d'être sûre de toi.

– Au secours ! dit Vi en levant les yeux au ciel. Tu l'as trouvée où ? Elle est encore plus fleur bleue que toi.

– Noah et moi, on est prêts, déclarai-je en prenant la rue à droite. J'en suis sûre.

– Comment le sait-on ? demanda Marissa.

Comme je ne savais pas répondre à cette question, je me contentai d'affirmer :

– On le sait, c'est tout.

On sortait ensemble depuis deux ans, on se disait « Je t'aime » depuis un an et demi... on avait fait tout le reste. Et je voulais que les choses changent. Je voulais changer notre relation. Je voulais qu'elle devienne... meilleure. Plus intense. Je savais que le sexe nous y aiderait. Je voyais bien que ma nouvelle vie provoquait quelques tensions entre nous, voire une distance, et je voulais retrouver notre sentiment d'intimité. Le sexe, c'était bien ce qu'il y avait de plus intime, non ?

– Vi, comment as-tu su que tu étais prête, toi ? demanda Marissa.

Je retins mon souffle.

Vi éclata de rire.

– Puisque désormais tu fais partie de la famille, en quelque sorte, je vais te mettre au courant d'un secret. Je ne l'ai jamais fait.

Marissa en resta bouche bée.

– Tu as menti quand on jouait à « Je n'ai jamais... ».

– Oui.

– Pourquoi ?

– Parce que je... Je ne sais pas. J'ai été idiote. Mais ce n'est pas comme si j'avais parlé sous serment ! De toute façon, j'en ai marre d'être vierge. Je vais y remédier le vendredi 13 février.

Je la regardai.

– Euh... Jodi et Liam se sont remis ensemble. Qu'est-ce que tu comptes faire ? L'attirer avec des bonbons ?

– Non, dit Vi. Je vais coucher avec Dean.

– Quoi ? hurlai-je.

Vi rougit.

– C'est un meilleur plan. Ce serait trop compliqué avec Liam de toute façon.

– Compliqué ? Comment ça ? Physiquement ?

– Compliqué au niveau émotionnel. Si je couchais avec Liam, il faudrait que je me pose tout un tas de questions : est-ce que je lui plais ? Est-ce que je fais les choses comme il faut ? Qu'est-ce qu'il va penser de moi ? Je ne veux pas avoir à me soucier de ce genre de choses. Je veux que ma première expérience ne concerne que le sexe. J'ai confiance en Dean. Il m'a appris à conduire. Il peut m'apprendre à faire l'amour.

Je faillis rater un stop et freinai brutalement.

– Conduire une voiture et faire l'amour, c'est pareil.

Marissa riait.

– Tu l'as prévenu, au fait ? demandai-je.

– Pas encore. Je veux d'abord me préparer.

– Te préparer, au niveau émotionnel ?

– Non, physiquement. Je n'ai pas encore trouvé la tenue adéquate. Ni le scénario.

Marissa passa la tête entre les sièges avant.

– Et si tu lui disais simplement au téléphone : « Passe me voir, Dean, j'ai envie de faire l'amour » ? Peut-être que ça marcherait.

– Et il répondrait : « Oui, oui, oui, j'arrive. » Fastoche, ajoutai-je.

Je m'engageai dans la rue de Marissa.

– J'ai envie de quelque chose de plus spontané, dit-elle. C'est pour ça que j'ai besoin d'un bon scénario. Il me faut un truc pour créer le contexte. Quelque chose de chaleureux, de sexy, de... (Elle eut un hoquet de surprise.) Regardez ! Voilà ce qu'il nous faut. Je l'ai mon plan. Regardez !

Je vis ce qu'elle montrait. Sur la terrasse extérieure des voisins de Marissa trônait un magnifique jacuzzi.

– Oh, Vi ! m'exclamai-je. Oui, absolument !

Tout pour faire la fête

– C'est dingue, dis-je.

Nous avions déposé Marissa chez elle et nous étions toutes les deux dans le magasin – entièrement vitré – *Spa en Fête*. Les haut-parleurs crachaient de la musique à plein volume, et pourtant il était quatre heures, un mercredi après-midi.

– C'est génial, dit Vi.

Elle observait les jacuzzis avec une expression de

ravissement. Des jacuzzis en bois, des petits, des verts. Tous pleins d'eau et de bulles.

– On aurait dû apporter nos maillots de bain.

– Ils nous laisseront peut-être essayer sans maillot.

– On n'est pas à Cancún, tu sais, dis-je.

Un vendeur d'une vingtaine d'années avec une barbiche, un jean déchiré et un tee-shirt marine *Spa en Fête* s'approcha.

– Bonjour les filles. Je m'appelle Stan. Vous voulez faire la fête ?

– Euh... gloussai-je.

– Nous voudrions louer un jacuzzi, dit Vi.

Il opina gravement.

– Un jacuzzi pour faire la fête, c'est ce que je veux dire.

– Allons-y pour la fête, alors. Nous aimerions avoir des renseignements.

– Nous en louons pour toutes les occasions : diplômes, soirées, enterrements de vie de garçon... absolument tout.

Il nous fit un grand sourire et se gratta la barbiche.

– Vous allez à quel lycée ?

– Hillsdale.

– Ah bon ? Moi, j'étais à Johnson. J'ai passé mon diplôme il y a deux ans.

– Félicitations, dit Vi.

Je remis mon sac en place.

– Combien coûte la location d'un jacuzzi ?

– Ça commence à cent quatre-vingt-dix-neuf dollars pour une location du jeudi au lundi. Ou alors du lundi au vendredi. Livraison et installation comprises. Et la fête peut commencer !

– Pardon ? demandai-je.

– Il est livré avec eau chaude. Vous pouvez l'utiliser immédiatement.

– Nous voudrions en louer un pour le week-end de la Saint-Valentin, dit Vi.

Il hocha la tête.

– Je vais vous faire une proposition. Je reçois de nouveaux produits lundi prochain. Je dois déstocker. Pour mille dollars, je vous fais le Hula.

– Comment ça, vous nous faites le Hula ? demanda Vi. Pour l'acheter, vous voulez dire ?

– C'est quoi, un Hula ? intervins-je.

– Le jacuzzi rose, là-bas. (Il désignait en effet un jacuzzi rose en plastique à l'autre bout de la salle.) On peut s'y asseoir à six. Il est équipé pour l'hiver. Qu'est-ce que vous en dites ? Ça vous intéresse ?

– Nous n'avons pas mille dollars, dit Vi.

Un jacuzzi dans notre jardin ? Jusqu'à la fin de l'année... et au-delà ? Oui, trois fois oui !

– Est-ce qu'on peut payer en plusieurs fois ? demandai-je.

Il se gratta à nouveau la barbe. Si ça le démangeait à ce point, il ferait mieux de la couper.

– Je vous trouve sympas, les filles. Alors on va faire comme ça : versez-moi un acompte de deux cents dollars et donnez-moi le reste vendredi quand je vous le livre.

– Je ne peux pas me le permettre, dit Vi.

– Mais moi, oui, lançai-je.

Je voulais le faire pour Vi. Je voulais lui faire plaisir. La remercier de m'avoir accueillie.

– Et si je verse deux cents dollars aujourd'hui, deux cents à la livraison, et ensuite quatre cents le 1er mars ? demandai-je.

– Et les derniers deux cents dollars ?

– Tu es sûre ? interrogea Vi.

J'acquiesçai.

– Et je trouve que huit cents dollars, c'est un prix correct. La totalité en liquide.

– Donc, le 1er mars, vous payez les quatre cents derniers dollars ? dit-il en riant.

J'acquiesçai à nouveau. Le jour où mon père approvisionnerait mon compte en banque.

– Marché conclu. Vous avez fait une affaire, les filles.

Vi me sauta au cou.

– Tu es géniale.

Je me sentais toute fière de moi, et envahie d'une agréable sensation de chaleur. Presque comme si j'étais déjà dans le Hula.

Patience

Nous étions à deux minutes de mon ancienne maison de la rue Oakbrook. Où j'avais grandi. Où j'avais habité avec mon père, ma mère et Matthew. Toute la petite famille heureuse. Il suffisait de tourner à gauche au feu, puis à droite et encore à droite.

– Je n'arrive pas à croire le prix qu'il nous a fait, s'exclama Vi, les pieds sur le tableau de bord.

– Il nous trouvait sympas.

Quand je m'arrêtai au feu de Morgan Street, je sentis l'ancienne envie de tourner à gauche. À gauche ! À gauche !

– Il aimait surtout nous imaginer dans ses jacuzzis, dit Vi.

Je tournai à gauche. Vi jeta un coup d'œil intrigué.

– On va voir ton ancienne maison ?

– Tu t'en souviens ?

– Bien sûr que je m'en souviens.

– Ça ne te dérange pas ?

– Pas du tout.

À mesure que nous approchions, un sentiment d'anticipation angoissée me montait à la gorge. Je tournai à gauche dans la rue Woodward. Est-ce que la maison aurait changé ? À droite dans la rue West Columbia. Est-ce que moi, j'avais changé ? Encore à droite, et nous y étions. Ma rue, mon pâté de maisons, devant chez moi.

Mon ancienne maison. Je m'arrêtai au bord du trottoir et mis le levier de vitesse en position parking. Mes épaules se détendirent.

– C'est dingue, ça n'a pas changé du tout, dit Vi.

C'était vrai. Mais pas tout à fait. La porte, qui était jadis rouge-brun, était maintenant peinte en blanc. Ainsi que les appuis de fenêtres. Les pins que mon père avait plantés près du garage avaient grandi et arrivaient jusqu'au niveau de ma fenêtre, au premier étage. J'adorais cette chambre. Mon papier peint rouge cerise. Ma moquette rose et blanc. Mon super lit. J'adorais ce lit. C'était une plateforme de bois rose cérusé. Le matelas avait une consistance idéale et toujours la bonne température. Mon couvre-pied était assorti à la couleur du bois. C'était le meilleur lit qui ait jamais existé.

Je secouai la tête pour m'éclaircir les idées. J'idéalisais un peu ? Moi ?

Selon mes souvenirs des nouveaux propriétaires, je m'attendais à voir une mère de famille en train de jouer avec son bambin dans la salle de séjour, où mes parents avaient joué avec moi. Mais la pièce était vide. Les stores étaient aux trois quarts baissés et les lumières éteintes. Et... oh ! Il y avait un écriteau À VENDRE sur la pelouse.

– Ils vendent déjà, dit Vi. Ils viennent d'emménager, pourtant, non ?

– Il y a un an et demi.

– Ça a été vite.

Un an et demi, ça me paraissait dans une autre vie. Deux ans plus tôt, j'habitais derrière ces stores avec ma mère et mon frère. Et quatre ans avant, mon père y habitait aussi.

– On devrait entrer, dit Vi.

– Mais il n'y a personne...

– Je te parie qu'il y a une fenêtre ouverte ou un truc comme ça.

– Tu veux entrer par effraction dans mon ancienne maison ?

Je pensai à la porte de derrière et à la clé de secours qu'on laissait toujours sous le paillasson. Je me demandais si elle y était encore. Je faillis en parler à Vi, mais je savais qu'elle voudrait entrer et je n'étais pas sûre d'en avoir envie. Je ne savais pas si ça me ferait du bien ou du mal. En voyant ma maison, j'avais l'impression de retrouver mes racines. J'aurais plutôt dû me sentir déracinée, au contraire, mais non. Il était une fois un temps où toute ma famille vivait ici. Et d'accord, tout le monde était parti, mais ma rue était toujours là. Ma maison était toujours là. Et moi, j'étais toujours là.

La dernière fidèle au poste.

– Rentrons chez nous, dit Vi, me faisant sursauter.

Chez nous ? C'était où, chez moi ? C'était quoi, chez moi ?

Je déglutis et enclenchai une vitesse. Je sentis mon cœur se serrer tandis que nous démarrions.

Que la fête commence

Stan et deux autres employés de *Spa en Fête* arrivèrent le vendredi pour installer notre jacuzzi. Notre magnifique, notre superbe jacuzzi rose bonbon, avec eau préchauffée et porte-verres intégrés.

– Nous n'avions probablement pas besoin d'un jacuzzi, dit Vi.

– Évidemment, nous n'en avions pas *besoin*. Personne n'a besoin d'un jacuzzi. Nous en avions *envie*. Nous sommes deux filles cool qui vivons seules. Pourquoi n'aurions-nous pas un jacuzzi ? dis-je.

– On peut le prendre comme ça...

Nous les regardions par la porte vitrée.

– Mais il fait moins de huit degrés dehors, ajoutai-je. Tu crois qu'on va perdre un membre si on l'essaie ce soir ?

La cour était couverte de neige. Les berges du fleuve étaient gelées.

– Possible, dit-elle. D'un autre côté...

– Comment ne pas tenter ?

Quand ils eurent fini, Stan frappa à la porte en nous faisant signe.

– Tout est prêt ! Vous voulez essayer la petite merveille ? cria-t-il à travers la vitre.

– Tu peux être sûre qu'il veut juste nous voir en maillot de bain, murmurai-je à Vi.

– Qu'est-ce que je te disais... confirma Vi. Mais je le trouve plutôt mignon, non ?

– Du genre à perdre sa virginité ?

– Pas à ce point-là, dit-elle en ouvrant la porte coulissante, puis, s'adressant à Stan : Je crois qu'on va attendre que le temps se réchauffe un peu.

– Mais il n'y a rien de tel qu'un bain chaud quand il gèle, nous assura-t-il.

Je payai à Stan mon deuxième versement et lui dis que je passerais au magasin avec le reste de l'argent le 1er mars.

– N'oubliez pas de tester le pH et d'ajouter du chlore tous les deux ou trois jours, dit-il en partant.

Le mois prochain peut-être. Ce mois-ci, on n'a pas les moyens.

Place pour trois

De l'autre côté de la porte vitrée, le jacuzzi bouillonnait.

– Tu crois que... ? demandai-je.

– Oui.

– Mais...

– Il n'y a pas de mais. Je compte. Un, deux, trois !

Elle a fait coulisser la porte pour la refermer et nous nous sommes précipitées. Nous avons laissé tomber nos peignoirs – quel froid aux pieds ! Quel froid aux jambes ! Et pire, quel froid aux seins ! – et, en nous hissant par-dessus le rebord de plastique, nous avons sauté dans l'eau.

Ouille, ouille, ouille !

– C'est horrible ! ai-je hurlé.

Puis... aaahhh. J'ai fermé les yeux et senti tout mon corps fondre. Le paradis.

– C'est génial, dis-je. Hula, tu es génial.

Vi a murmuré son assentiment et nous avons continué à faire trempette dans un silence béat.

– J'ai des scrupules de t'avoir laissée payer, dit enfin Vi.

J'ouvris les yeux et vis qu'elle me regardait en se mordillant la lèvre.

– Oh, ne t'en fais pas, la rassurai-je. Ça ne me dérange pas.

– Il va falloir que tu l'emmènes l'année prochaine, suggéra-t-elle.

Je penchai la tête en arrière pour regarder les étoiles. Le ciel, immense et noir, scintillait doucement.

– L'emmener... ? Où ça exactement ?

Elle rit.

– Enfin, tu vas bien aller quelque part ! Ou alors tu pourras toujours rester ici avec ma mère. Si elle revient un jour.

– Je croyais qu'elle devait rentrer pour un ou deux week-ends ?

Vi haussa les épaules.

– Oui, je plaisante. Bien sûr. Elle va rentrer, c'est sûr.

– Elle te manque ? demandai-je.

– Sa présence me manque, dit Vi lentement. Mais ce qui ne me manque pas, c'est d'avoir à m'occuper d'elle.

– Tu veux vivre en résidence universitaire, l'année prochaine ?

Je pris de l'eau dans le creux de mes mains pour me la verser sur les épaules.

– Je meurs d'impatience. Ne pas avoir à faire les courses. Pas de factures à payer. Être indépendante, responsable... Et rien ne symbolise autant l'indépendance et la responsabilité que l'achat d'un jacuzzi, ajouta-t-elle en riant.

– Nous avons la responsabilité de nous détendre de temps en temps. Nous sommes assez stressées comme ça !

J'aperçus une ombre qui traversait la terrasse.

– Oh zut. Tu crois que c'était Donut ?

– Non, la porte est fermée.

Je vis une deuxième ombre. Plus grande cette fois.

– Il y a quelqu'un ? lançai-je dans l'obscurité.

Crac.

– Tu as entendu ça ? demanda Vi.

Mon cœur battait la chamade.

– Oui, ça venait de derrière l'escalier. Tu attends quelqu'un ?

– Non.

Crac.

– Zelda ? C'est toi ? demanda Vi, la voix plus aiguë que d'habitude.

Lucy apparut dans la lumière du porche.

– Salut, dit-elle, les yeux brillants.

Elle portait un manteau d'hiver noir qui lui descendait aux chevilles et des bottes grises. Je me renfonçai dans l'eau, les mains sur la poitrine.

– Lucy, punaise, tu nous as fichu une trouille d'enfer, dit Vi. Qu'est-ce que tu fais là ?

– J'ai vu arriver les gars de *Spa en Fête* tout à l'heure et je me suis dit que j'allais venir voir ce qui se passait.

– Il y a une sonnette, je te signale, rétorqua Vi.

– J'ai sonné. Comme personne ne répondait, je suis passée par-derrière pour vous rejoindre.

Vi et moi avons échangé un regard.

– Depuis combien de temps exactement ? demandai-je.

Elle sourit.

– Oh, assez longtemps.

J'en avais la chair de poule. Pendant un instant, personne ne parla. Finalement, je demandai :

– Euh... on peut t'aider...? Tu as peut-être besoin de quelque chose?

Elle croisa les bras sur sa poitrine.

– Je veux entrer.

– Dans... le jacuzzi? demandai-je.

– Non. Oui. Mais aussi dans votre groupe.

– De quoi veux-tu parler?

– Allons, je sais pour vos parents. Ou plus exactement, votre absence de parents. Je sais que vous vivez seules ici. Je vous ai écoutées. Et suivies. Je suis au courant pour vos soirées et vos dîners tacos et vos visites au planning familial. Je sais tout.

Elle avança encore d'un pas, et recommença à sourire. C'était bizarre, inquiétant et anormal.

– Alors, si vous ne voulez pas que je dise tout à ma mère, je veux entrer.

Au secours! C'était dingue! Je saisis le poignet de Vi sous l'eau, et le serrai. Puis je me mis à rire du ridicule de la situation. Vi m'imita.

– Je suis contente que vous me trouviez si amusante, lança Lucy, vexée.

– Puisque tu en as tellement envie... commençai-je.

Vi haussa les épaules.

– Alors, viens. Mais tu as intérêt à la fermer.

Son regard s'éclaira.

– C'est vrai? Vous m'acceptez?

– Est-ce qu'on a le choix? demandai-je.

Lucy se débarrassa de ses bottes et défit la fermeture de son manteau, révélant un maillot une pièce violet et... waouh! Un corps superbe. Elle se glissa dans le jacuzzi. Vi et moi avons échangé un regard. Qui l'eût cru?

– Oh ! C’est chaud, s’écria-t-elle en ressortant à moitié de l’eau. Aaahh... dit-elle finalement en se laissant couler.

– Tu sais, commenta Vi, c’est la première fois qu’on me fait du chantage.

– Moi aussi, dis-je.

– Je savais que ça devait finir par arriver, continua Vi, mais je croyais que ce serait plutôt à cause d’une aventure illicite.

– Tu as une aventure illicite ? demanda Lucy.

Vi posa la main sur la bouche de la nouvelle venue.

– J’ai dit que tu pouvais venir avec nous. Je n’ai jamais dit que tu étais autorisée à parler.

– Vi, sois sympa ! lançai-je.

Si tout ce que voulait Lucy, avec toute sa bizarrerie, était d’entrer dans notre groupe de copains, on pouvait s’arranger. Au moins, elle ne nous dénoncerait pas.

– Très bien, dit Vi. Mais on ne peut pas simplement se taire et buller tranquillement dans notre jacuzzi ?

Je me suis adossée en penchant la tête en arrière, j’ai regardé le ciel et, pour la première fois depuis des mois, je me suis sentie vraiment détendue.

n° 5 : perdre notre virginité

Je parie que Kobe savait quel jour on était

Le lundi précédant le grand week-end du jour V – oui, j'ai bien dit jour V –, je fis allusion à mon plan. Nous étions près du casier de Noah, et il triturait son cadenas pour l'ouvrir.

– Alors, dis-je, tu sais ce qui se passe ce week-end, bien sûr ?

– Le championnat All-Star du NBA, tu veux dire ?

– Ah ah.

– Dimanche à quatre heures. Pourquoi ?

Il plaisantait. Forcément, il plaisantait. Je m'approchai, nouai mes doigts aux siens et dis :

– OK... mais tu n'as rien de prévu pour samedi ?

– La soirée d'All-Star.

– Hein ?

– Le concours de slam.

Je le dévisageai, attendant désespérément qu'il me dise qu'il plaisantait. Est-ce qu'il avait réellement oublié ? J'avais tout planifié, j'attendais, je mettais tous les détails au point depuis trois semaines (pilule tous les soirs ! Programmation ! Exfoliation !) et il tombait de la lune ?

– C'est la Saint-Valentin, dis-je avec insistance.

– Je le savais, lança-t-il avec un signe de tête. Je veux dire, je savais que c'était bientôt mais je ne m'étais pas rendu compte que... enfin... que c'était samedi prochain.

– Le 14 février. Comme tous les ans. (Il avait vraiment un comportement bizarre et mon estomac se nouait.) D'autre part, ça fait un mois...

– Un mois que quoi ?

Pas possible, il se fichait de moi. J'étais là en train de prévoir notre première fois et lui... lui, il avait pratiquement oublié ?

– Un mois depuis ma visite chez le médecin !

Un mois que mes seins, mes hanches et mon ventre avaient commencé à prendre du volume à force de se gaver d'hormones.

Il cligna des yeux.

– Alors... samedi, c'est le grand soir ?

– Si tu veux.

Je croisai les bras. Il gâchait tout. Je ne voulais pas l'aider en me mettant à faire la tête, mais j'avais du mal à m'en empêcher.

– Évidemment que je veux. Pourquoi est-ce que je ne voudrais pas ?

Il me regardait, les yeux écarquillés.

Pourquoi ne voudrait-il pas ? En effet. Bien sûr qu'il voulait. *Respire, April, détends-toi.*

– Alors, tu viendras ? Et tu diras à tes parents que tu dors chez RJ ?

– Pas sûr que je puisse faire ça le jour de la Saint-Valentin. C'est gros comme une maison. Ils vont s'en douter. Déjà qu'ils trouvent bizarre...

Il n'acheva pas.

– Bizarre ?

– Bizarre que tu habites dans une autre famille que la tienne.

J'avais une impression étrange au niveau de l'estomac. Moi aussi, je trouvais bizarre d'habiter dans une autre famille. Mais ça ne voulait pas dire que je voulais que les parents de Noah le pensent.

– Allons, viens, dit-il en m'attirant contre lui. Alors, c'est ce week-end ?

– Ce week-end, oui.

– J'ai hâte.

Je fermai les yeux et consentis à poser la joue contre sa chemise.

Le vrai Jake Berman se souvient

De : Jake Berman / Jake.Berman@kljco.com
Date : Mardi 10 février, 6 h 31
À : Suzanne Caldwell / Suzanne_Caldwell@pmail.com
Sujet : Saint-Valentin

Suzanne,
Je me demandais si vous pouviez me rendre un service ? Quand April était petite, je laissais toujours un cœur en chocolat sous son oreiller pour la Saint-Valentin. Croyez-vous que vous pourriez le faire à ma place ? Merci infiniment.
Très cordialement, Jake
Envoyé par BlackBerry

De : Suzanne Caldwell / Suzanne_Caldwell@pmail.com
Date : Mercredi 11 février, 16 h 40
À : Jake Berman / Jake.Berman@kjlco.com
Sujet : RE : Saint-Valentin

Cher Jake,
C'est comme si c'était fait.
Amicalement,
Suzanne

Ne prenez pas trop vos aises

– Qu'est-ce que vous faites ce soir, les filles ? demanda Lucy en m'abordant avant le cours d'algèbre le jeudi matin.

– Je travaille, déclarai-je. J'ai une disserte d'anglais à faire.

Elle me regarda d'un air soupçonneux.

– C'est vrai, dit Marissa. (Comme je lui avais parlé de la façon dont Lucy s'était introduite chez nous au milieu de la nuit, elle savait que désormais Lucy faisait, disons, partie de la famille.) Je te jure. On est dans la même classe.

– Alors, quand est-ce que je peux passer vous voir ? demanda Lucy.

– La prochaine fois qu'on fera une soirée, lui dis-je.

J'avais vraiment une dissertation d'anglais à rendre. Vi avait décidé que Lucy pouvait venir à toutes nos soirées, mais que nous n'avions pas besoin de l'avoir tout le temps dans les pattes. Elle avait quelque chose qui nous mettait mal à l'aise.

– Tu seras invitée, je te le promets, sûr à cent pour cent.

– C'est quand, la prochaine soirée ? demanda-t-elle en croisant les bras. Ce week-end ?

– Non, pas ce week-end, répondis-je. Pas ce week-end, c'est certain. On a plutôt l'habitude d'improviser. Mais je te promets que tu seras invitée. Je t'enverrai un SMS.

– Pas besoin de SMS, dit-elle. Je le saurai.

– Fais-moi penser à vérifier le cactus pour voir s'il n'y a pas une caméra derrière, murmurai-je à Marissa.

Les taches du léopard

– Alors, tu es absolument certaine que tu veux faire ça un vendredi 13 ? demandai-je.

– Trop tard pour changer d'avis, dit Vi, qui était en train de se sécher les cheveux. Il est en route...

– Il n'est jamais trop tard avant que la grosse dame... (Je mis la main sur la hanche.) Au fait, pourquoi est-ce que la grosse dame chante ?

Vi renvoya ses cheveux en arrière et haussa les épaules.

– C'est tiré d'un opéra.

Je m'assis sur son lit et m'étirai. Je sentis l'eau onduler dans le matelas.

– Tu ne crois pas que le vendredi 13 peut porter malheur ?

– Non, je trouve ça rigolo.

– Si c'était dans un film d'horreur, tu te ferais mettre en pièces juste après avoir fait l'amour.

– Veux-tu te taire ! Tu es sûre que tu ne cherches pas à me dissuader parce que tu veux y passer en premier ?

Je remontai la couette sur mes jambes.

– Pourquoi est-ce que ça me gênerait que tu le fasses avant moi ?

– Il y a longtemps que tu sors avec Noah. Ça paraîtrait normal que tu commences.

– Tu es la plus vieille. C'est normal que tu le fasses avant. Tu fais tout avant moi.

Elle réfléchit.

– C'est vrai.

Vi avait embrassé un garçon avant moi. Elle avait eu ses règles avant moi. Elle s'était soûlée avant moi. Avait vécu avec un seul parent avant moi. C'était Vi qui m'ouvrait la voie. Vi était gonflée. Quoi qu'en dise Hudson, je ne faisais que la suivre.

– Alors, tu n'es pas inquiète ? demandai-je.

– Non, je suis impatiente.

– Mais... Dean est ton meilleur ami. Si jamais le sexe... changeait la nature de vos relations ?

Elle secoua négativement la tête.

– Mais non. Ça ne changera rien pour moi. Je le verrai toujours comme mon meilleur copain. Et quelle est la pire des choses qui puisse lui arriver, à lui ? Avoir tout le temps envie de faire l'amour avec moi ? Il veut déjà tout le temps faire l'amour avec moi.

– Mais ça pourrait changer la dynamique de votre amitié.

– Non, pas si je ne le veux pas. On *peut* contrôler ce genre de choses.

– On ne peut pas tout contrôler, dis-je.

Elle sourit.

– Je peux essayer.

– Et tu es sûre que tu n'as pas envie de tomber amoureuse ? D'attendre le coup de foudre ?

– Le quoi ?

– Tu sais bien, le coup de foudre. La révélation. Genre : « Oh mon Dieu, je suis amoureuse. »

– Non, je n'ai pas envie. Espèce de nunuche !

Elle leva les yeux au ciel.

– Et toi, qu'est-ce que tu fais ce soir ? Tu sors avec Noah ?

– Non, il a un match à Ridgefield. Je vais avec Marissa voir un film d'horreur où une fille perd sa virginité un vendredi 13 et ensuite se fait assassiner à coups de couteau.

– Amusez-vous bien. On devrait avoir fini quand vous rentrerez.

– Tu crois qu'il va rester pour la nuit ?

Elle roula des yeux scandalisés.

– Bien sûr que non ! Il ne s'agit pas de passer la nuit à se faire des câlins. Il s'agit de perdre ma virginité, un point c'est tout.

– Et si jamais Dean voulait rester, lui ?

Contrairement à Noah. Enfin, non, j'étais injuste. Noah voulait. C'est juste qu'il ne pouvait pas.

– Il peut dormir sur le canapé. Ou dans la chambre de ma mère.

– Et s'il veut dormir dans ton lit en te murmurant de petites choses tendres à l'oreille ?

Elle m'ignora ostensiblement.

– Alors, il n'a aucune idée de ce qui va lui arriver ? demandai-je.

– Je lui ai dit qu'on devait travailler sur notre devoir d'économie, ce soir.

– Un vendredi soir ?

Elle leva les bras au ciel.

– Il ne se doute de rien. C'est toujours moi qui lui dis sur quoi il doit bosser. Franchement, c'est moi qui organise sa vie. S'il ne venait pas ici pour travailler, il y a longtemps qu'il se serait fait virer du lycée pour mauvais résultats.

– Alors il croit qu'il vient bosser sur un devoir et en fait...

– En fait nous allons faire l'amour.

– Mais... si jamais il ne veut pas ? demandai-je.

Elle s'esclaffa.

– Bien sûr que si. C'est un mec.

Je la laissai à ses préparatifs pour la soirée, en m'efforçant de ne pas penser au fait que Noah semblait pratiquement indifférent à notre projet. Avais-je cessé de l'intéresser ? S'intéressait-il à quelqu'un d'autre ?

Quand la sonnette retentit vingt minutes plus tard, j'attendis que Vi aille ouvrir mais, avec le bruit du sèche-cheveux, elle n'avait rien entendu.

– Salut, Dean. Comment ça va ?

Je ne savais pas trop si je devais le regarder en face. Plutôt bizarre de savoir ce qui l'attendait, alors que lui l'ignorait.

– Salut, dit-il. (Il avait son sac à la main.) J'espère que tu as prévu des trucs plus marrants que nous pour ta soirée.

Pas sûr.

– Je vais voir un film avec Marissa. J'allais partir, en fait. Attends, je vais dire à Vi que tu es là.

Je frappai à la porte de Vi avant de passer la tête dans l'entrebâillement. Elle portait un collant à motif léopard noir et brun, noué sur le devant, avec un décolleté plongeant.

– Ça ne vient pas de *Victoria's Secret*, dis-je, mais d'une boutique porno.

– En fait, je l'ai acheté au drugstore. Le rayon à côté des préservatifs. Quoi, je n'ai pas l'air sexy ? Tu n'aurais pas envie de coucher avec moi ?

– Chut, il est arrivé, dis-je avec un signe de tête en direction du living-room. Tu as l'air super sexy. Mais je croyais que si tu couchais avec ton ami, c'était pour avoir moins d'efforts à faire pour séduire.

– Il ne s'agit pas de faire des efforts, rétorqua-t-elle. Je m'amuse, c'est tout. Je n'ai pas si souvent l'occasion de porter une tenue de léopard.

– Jolie mise en scène, dis-je avec un regard alentour.

Elle avait mis la musique et était visiblement prête à se lancer. Ou du moins à avancer tapie sur le sol pour traquer l'impala.

– Tu veux que je l'amène dans l'antre du léopard ? Ou vous allez commencer par vous faire un petit Hula ?

– Fais-le entrer, dit-elle en baissant la lumière. Je suis prête.

Je refermai la porte derrière moi et fis signe à Dean, qui était sur le canapé.

– Elle est toute à toi. (Je riais toute seule.) Bonne chance !

J'enfilai mes chaussures et saisis mon manteau en le regardant se diriger nonchalamment vers la chambre. Je regrettais de ne pas pouvoir voir sa tête quand il ouvrirait la porte. Sur la pointe des pieds, je tendis le cou. La porte s'entrouvrait... s'ouvrait...

– Waouh ! entendis-je.

Je sortis en rigolant. Pourvu qu'elle ne le mange pas tout cru !

Coup de foudre

Quand j'avais dix ans, j'avais demandé à mon père comment il avait su que ma mère était la femme de sa vie. Il l'avait demandée en mariage après cinq rendez-vous. Ils ne se connaissaient que depuis un mois.

– La foudre ne frappe qu'une fois, avait dit mon père. Et quand c'est le coup de foudre, tu le sais.

Sortie en ville

– Alors, tu es sûre que tu en as envie ? me demanda Marissa.

Nous étions dans la salle de cinéma et partagions un sachet de pop-corn en attendant les bandes-annonces. Nous allions bien voir un film d'horreur, mais c'était une histoire de loups-garous, et pas de filles qui perdaient leur virginité.

– J'aime bien les films d'horreur, répondis-je.

– Je ne te parle pas du film, idiote ! Je te parle de demain soir.

Combien de fois devions-nous répéter la même conversation ? Je me fourrai un pop-corn dans la bouche.

– Oui.

– Mais si jamais c'était une erreur ?

Je me tournai vers elle.

– Pourquoi veux-tu que ce soit une erreur ?

Elle secoua la tête.

– Je ne sais pas.

– Je suppose que je ne le saurai qu'après coup, lançai-je en riant.

– Une fois que c'est fait, c'est difficile de revenir en arrière, dit-elle gravement.

– J'ai bien compris. Pourquoi est-ce que tu es si bizarre ?

– Je ne suis pas bizarre, dit-elle précipitamment. Je veux juste m'assurer que tu es sûre de ce que tu fais.

– J'en suis sûre, répétai-je. Je t'appellerai après. Pour te dire si je suis encore aussi sûre.

– Quoi, quand vous serez au lit ?

– Non. Quand il partira. Ou le lendemain matin.

Les lumières de la salle baissaient.

– D'accord, dit-elle. Je serai toujours là pour toi. Quoi qu'il arrive.

– Merci, Marissa. Sincèrement. Je te ferai un rapport complet.

– Promis ? demanda-t-elle.

J'ai pensé à ma mère.

– Promis.

Pourquoi j'ai pensé à ma mère

J'avais promis à ma mère que je lui en parlerais avant d'avoir des relations sexuelles. C'était avant Noah, avant qu'elle ne parte en France, avant même le divorce. Nous étions dans son lit, sous les couvertures, et nous regardions la télé. Je ne me souviens pas quelle était l'émission, mais ça concernait les adolescents et le sexe, et c'est pourquoi le sujet était venu sur le tapis.

– C'est très important, m'avait-elle dit, en jouant avec mes cheveux. Quand tu l'envisageras, je veux que tu m'appelles.

– Ma-*man* !

Je suis sûre que j'étais rouge comme une pivoine.

– Tu prends le téléphone, et tu m'appelles. Tu me le promets, April ?

L'idée d'avoir des relations sexuelles – et les relations sexuelles en elles-mêmes – m'était totalement étrangère à l'époque. Aussi lointaine que l'Europe ou le permis de conduire.

– Je te le promets, avais-je dit.

Vi se fait taillader à coups de couteau. Je rigole.

Je tournai la clé dans la serrure et ouvris la porte en faisant le plus de bruit possible. Au cas où ils auraient été dans le living-room en train de faire des trucs qui risquaient de me laisser des cicatrices sur la rétine.

– Il y a quelqu'un ? demandai-je prudemment.

La télé était allumée, et Vi et Dean étaient allongés sur le canapé. Vi portait un débardeur et son pantalon de yoga. Ils étaient tous les deux en train de rire à quelque chose qui se passait sur l'écran.

– Coucou ! lança Vi. C'était bien, le film ?

– Effrayant, dis-je en laissant mes chaussures en vrac devant la porte. Et vous, c'était comment, votre... soirée ?

– Très bien, déclara Dean. Je crois qu'on va avoir une excellente note.

Vi éclata de rire et lui donna un coup de pied.

Il avait la main posée sur son épaule.

– C'était le meilleur sujet d'économie sur lequel j'aie travaillé.

Je ne savais pas trop ce que je devais dire ou ne pas dire.

– Il sait que tu es au courant, me rassura Vi, les yeux fixés sur l'écran.

– Ah.

– Je lui ai parlé de nos plans. De mon plan, précisa-t-elle.

– Le meilleur plan de tous les temps, ajouta Dean.

– On va faire un tour dans le Hula, dit Vi. Tu veux venir ?

Je ne voulais pas les gêner. En outre, je n'avais pas envie d'aller dans un jacuzzi avec deux personnes qui venaient de faire l'amour. Et de toute façon, si je n'allais pas dormir, je serais obligée de penser au lendemain. Et je ne voulais pas y penser.

– Non, je vais me coucher.

Donut me suivit dans le sous-sol et je fermai la porte derrière nous.

Pas de quoi rire

Le lendemain matin, j'entendis un bruit de pas à l'étage au-dessus. Puis la porte qui se fermait. Quelques minutes plus tard, une voiture démarrait.

– Vi ! Amène-toi en vitesse ! criai-je à gorge déployée.

Dans les dix secondes, Vi ouvrait la porte du sous-sol. Donut s'échappa d'un bond. Vi se glissa sous mes couvertures.

– Bonjour ! dis-je. Ne t'approche pas trop, je ne me suis pas lavé les dents. Allez, des détails, s'il te plaît !

Elle me lança un sourire nonchalant.

– Qu'est-ce que tu veux savoir ?

– Tout ! Il était surpris ?

Elle éclata de rire.

– Franchement, j'ai cru qu'il allait s'évanouir quand il m'a vue. Il faisait une tête comme ça. (Elle imita Dean, bouche ouverte et sourcils haussés en une mimique évoquant un choc post-électrocution.) Et ensuite il a demandé : « C'est pour le devoir ? »

– Ha, ha, ha. Alors qu'est-ce que tu as dit ?

– Je lui ai dit qu'il y avait un changement de sujet. Opération Perte de Virginité.

– Tu lui as avoué que tu étais vierge ? m'exclamai-je.

Donut se dépêcha de rentrer en entendant mon cri.

– J'étais obligée. Je ne voulais pas qu'il croie que j'étais subitement amoureuse de lui. Et je me disais que de toute façon il allait s'en apercevoir au cours de...

– Il était choqué ?

– Non ! Il m'a dit qu'il s'était toujours demandé si je n'avais pas inventé cette histoire avec Frank. Tu te rends compte ?

Je me demandais pourquoi je ne m'étais pas posé la même question. Je secouai la tête.

– Et ensuite, il s'est mis à rire. Et je lui ai dit qu'il avait intérêt à s'arrêter de rigoler parce que j'avais décidé qu'il était temps de faire l'amour et, comme il proposait toujours ses services, est-ce qu'il avait le courage d'aller jusqu'au bout, oui ou non ?

– Et alors ?

Elle hocha la tête.

– Il s'est arrêté de rire.

Je retins mon souffle.

– Et alors ?

– Il a pris une mine sérieuse et il s'est approché de moi. Alors je l'ai embrassé.

– Oh… !

– Et ensuite je lui ai enlevé son tee-shirt.

– Attends, attends. Le baiser ! C'était comment ? C'était la première fois que tu l'embrassais, non ?

Elle rougit.

– Je suppose. Peu importe. Il était un peu paralysé au début, et c'est là que j'ai commencé le déshabillage. Et après, c'était parti…

– Oh là là ! Je n'y crois pas ! Alors… ça fait mal ?

En entendant les mots « ça fait mal », Donut me mordit le doigt.

– Non, Donut. On ne mord pas, tu te souviens ?

– Un peu, dit Vi. La première fois.

– Attends… Combien de fois vous l'avez fait ?

– Trois fois.

– Non !

Elle sourit.

– Franchement, la première fois, ça a duré environ quatre secondes et demie.

Je me couvris la bouche avec la paume.

– Comme tu dis ! J'ai cru qu'il allait se mettre à pleurer. Mais il était prêt pour le deuxième round deux secondes après, alors on a remis ça.

– Et cette fois, ça a duré combien de temps ?

– Un certain temps. (Elle gratouilla Donut derrière les oreilles.) Environ quarante minutes.

– Si longtemps que ça ?

– Oui, je sais...

– Mais qu'est-ce que vous avez fait pendant tout ce temps ?

– À peu près toutes les positions. J'avais besoin de les tester pour mon article. De la recherche, en somme.

– Tu es méthodique, toi, dis donc ! Tu n'as pas... pris de notes, quand même ?

– Pas besoin. J'ai tout enregistré en vidéo.

– Oh !

Elle éclata de rire.

– Je rigole.

– Et il vient de partir ? Où est-ce qu'il a dormi ?

Elle examinait ses mains.

– Avec moi. Il n'avait pas envie de rentrer, et j'étais sur le point de le mettre dehors mais on a recommencé après que tu es rentrée et ensuite on s'est endormis...

Je haussai un sourcil.

– Donc, il y a eu des câlins...

– Non, pas de câlins ! (Elle soupira.) Enfin, bon, des câlins limités. On s'est plutôt collés l'un contre l'autre. Et ça ne compte pas parce que c'était juste après l'amour.

– Ce sont les plus importants.

Comme si j'étais spécialiste.

– N'importe quoi !

– Alors, maintenant, qu'est-ce qui se passe ?

– Rien. C'était juste pour une nuit.

– Tu penses que tu vas passer des câlins à une relation normale, comme si de rien n'était ?

– Bien sûr ! dit-elle en secouant la tête. Le sexe ne change pas obligatoirement tout.

J'espérais qu'elle avait tort. Je voulais que les choses changent entre Noah et moi. Même si je le voyais tous les jours, il me manquait. Il y avait quelque chose de différent. Je le perdais, d'une certaine façon. Et je voulais le retrouver.

À mon tour

Voici mon plan : j'allais préparer à dîner.

Vi serait sortie. Elle avait promis d'aller chez Joanna et d'y rester au moins jusqu'à deux heures.

– Tu n'as pas envie de voir Dean ? demandai-je.

– Pas du tout, lança-t-elle, sarcastique, avant de changer de sujet. Est-ce que tu es seulement capable de préparer un repas ? Il y a un mois et demi que tu vis ici et je ne t'ai jamais vue cuisiner.

– Je suppose qu'il est temps d'essayer, dis-je. Qu'est-ce que tu me conseilles ? Quelque chose de facile.

– Des raviolis, peut-être ?

– J'aime bien les raviolis ! Et Noah aussi. Parfait. Et pourquoi pas une salade en entrée, avec du pain à l'ail en accompagnement?

D'un grand geste, elle plaqua la main sur sa bouche.

– Oublie le pain à l'ail. Du pain français frais.

– Bonne idée.

Après une visite au redoutable supermarché samedi après-midi, je préparai la salade et disposai les casseroles de manière adéquate.

– C'est bien comme ça que tu utilises la cuisinière, non? demandai-je à Vi en tournant le bouton.

Je ne voulais pas une réplique de l'inondation.

– Tu ne vas pas mettre le feu à la maison, hein?

– J'espère que non. Mais c'est possible. Comment est-ce que je dois m'habiller?

– Tu mets ta guêpière?

– Pas pendant le dîner!

– Tu veux que je te prête ma robe rouge?

J'acquiesçai. Je la suspendis dans ma chambre avant de passer sous la douche. Ma dernière douche en tant que vierge... Je me séchai les cheveux (dernier brushing en tant que vierge), me maquillai (dernier maquillage en tant que vierge), et m'habillai (dernier... OK, j'arrête).

Je fis mon lit, allumai les bougies et mis la musique.

Puis commençai à faire les cent pas.

– Je crois que tu as besoin d'un remontant, me dit Vi.

Nous étions en haut. Elle devait partir dès que Noah arriverait.

Ce n'était probablement pas la meilleure idée. Mais ça m'occuperait.

– D'accord.

– Qu'est-ce que tu veux boire ? demanda Vi.

– Tu sais, ce cocktail qui s'appelle « l'amour en sous-sol », dis-je.

Elle éclata de rire.

– Tu veux sans doute dire « l'amour sur la plage » ?

– Je crois que oui. Mon Dieu. Je suis trop stressée. J'ai plutôt intérêt à ne pas boire... ça risquerait de me faire vomir.

– Il n'y a pas de quoi être stressée. Tu vas bientôt faire l'amour ! Avec ton copain, que tu aimes ! Tu dois être impatiente, au contraire. C'est énorme !

C'était énorme, en effet. L'un des moments les plus importants de ma vie. Je repensais à la question de Marissa.

Est-ce que j'étais sûre ? Oui, j'étais sûre.

Vi me servit un mélange de vodka et de jus d'orange. Nous n'avions pas de jus de cranberry. Je bus une grande lampée et sentis l'alcool me brûler en descendant. À présent, j'étais encore plus sûre !

Mon portable se mit à sonner. *PINponPINponPINpon.* La sirène de police. Mon père. Je n'avais pas envie de lui parler. Mais comme je ne voulais pas non plus voir la vraie police débarquer et ruiner ma fête amoureuse, je répondis.

– Bonjour, dis-je en m'efforçant de ne pas trahir mon angoisse.

– Bonjour, ma chérie. Joyeuse Saint-Valentin !

– Merci, papa. Toi aussi. Oh, et merci pour le cœur en chocolat.

Vi avait lu son e-mail et réussi je ne sais comment à en glisser un sous mon oreiller la veille au soir. Gentil, non ?

– De rien, ça me fait plaisir. Qu'est-ce que tu fais de beau ce soir ?

Rien que tu aies envie de savoir.

– Avec Noah et une bande de copains, on va à une soirée.

– C'est sympa. N'oublie pas de rentrer à l'heure.

– Et toi ? Penny et toi, vous faites quelque chose de particulier ?

– Nous avons invité ses parents à dîner.

– Oh, d'accord.

Pas exactement romantique.

– Je t'aime, ma princesse.

– Moi aussi, dis-je, soudain envahie d'une irrépressible tristesse.

Je bus une autre gorgée et m'efforçai de ne pas y penser.

La garçonnière

Après la séparation de mes parents, quand mon père emménagea dans sa garçonnière – autrement dit son deux-pièces de location à Stamford –, nous allions chez lui un week-end sur deux.

La nuit, Matthew se tournait et se retournait, soupirait en dormant avec les yeux à moitié ouverts. Parfois, je le regardais dormir. Il était si mignon. Je l'aurais regardé plus souvent si j'avais su qu'un an plus tard, nous nous verrions si rarement.

Le samedi matin, mon père nous faisait des omelettes extraordinaires. Fourrées au fromage et aux champignons, qu'il achetait au marché lorsqu'il venait nous chercher. Quand on avait fini de l'aider à faire la vaisselle, on aimait bien regarder les vieux albums de photos de la famille. Ma grand-mère avait des cheveux raides comme des baguettes et tenait toujours la main de mon grand-père. Lui fumait toujours une cigarette.

– Ma mère se défrisait les cheveux au fer, nous disait-il.

– Avec un vrai fer ? demandais-je, incrédule.

Ils étaient morts tous les deux quand mon père était à l'université. Ma grand-mère d'un cancer du sein et mon grand-père d'une crise cardiaque. Vlan, d'un seul coup, adieu.

Quand nous regardions les photos, mon père me passait toujours le bras autour de la taille et me serrait contre lui.

Matthew allait se coucher de bonne heure et mon père et moi, nous regardions *Letterman* ou *Saturday Night Live*, une émission de variétés. La télé se reflétait sur les murs blancs, et c'était comme si nous étions dans un kaléidoscope.

Je me sentais plus proche de lui que je ne l'avais jamais été.

Mon père avait rencontré Penny huit mois après que ma mère et lui se furent séparés, à peu près à la même époque où Noah et moi avons commencé à sortir ensemble. C'était la première femme qu'il nous présentait.

Pendant les trois mois précédents, il était sorti avec quinze femmes différentes. Je savais qu'il était un parti recherché, mais je ne m'étais pas rendu compte que c'était à ce point.

Je le savais non pas parce qu'il nous l'avait dit – ce n'était pas lui qui aurait raconté sa vie amoureuse à qui voulait l'entendre –, mais un jour j'avais utilisé son ordinateur car le mien fonctionnait mal. J'avais trouvé un document Excel ouvert sur son écran. C'était la liste de toutes les femmes avec qui il était sorti, avec les dates et les notes qu'il leur attribuait. Il les évaluait sur leur physique, leur personnalité et leur caractère.

– Papa ! avais-je dit. Je ne peux pas croire que tu notes les filles avec qui tu sors. C'est dégoûtant !

Il avait eu l'air vexé.

– Pourquoi est-ce dégoûtant? J'essaie d'être scientifique. C'est pragmatique.

– Les gens ne sont pas des numéros, papa. Tu ne peux pas les évaluer objectivement.

– Tu as lu les remarques?

– Mais alors, et le coup de foudre?

– Le coup de foudre n'est pas la seule chose qui compte dans la vie, avait-il répondu en détournant les yeux.

C'était sans doute vrai. Il avait épousé Penny un an après que ma mère l'eut quitté.

Penny avait obtenu 8, 8 et 9.

Les parents, ça suffit

Ensuite, c'est ma mère qui appela.

– Mais c'est le milieu de la nuit, chez toi, non? lui demandai-je.

– Effectivement. Je ne pouvais pas dormir. J'ai rêvé de toi. Est-ce que tout va bien?

Ma mère s'imaginait qu'elle était médium. Elle prétendait avoir rêvé que son grand-père était mort la nuit précédant son décès. Je n'avais pas encore vu s'appliquer réellement ses prétendues capacités de divination. Pourtant c'était quand même curieux qu'elle m'appelle une heure avant que je perde ma virginité.

– Tout va bien, maman, dis-je.

Je bus une autre gorgée.

– Tu as une voix bizarre. Où es-tu?

– À la maison. Chez Vi.

– Tu es seule ?

– Vi est là.

– Pas Noah ?

– Il va venir.

Silence.

– C'est pour ce soir ?

– Maman !

Comment le savait-elle ?

– Tu as promis de me le dire ! Alors, c'est ce soir ?

Au secours !

– Maman, je n'ai pas envie d'en parler.

– Je suis ta mère. J'ai le droit de savoir ce genre de choses.

– Non, pas du tout.

C'était vraiment trop.

– S'il te plaît ! Je veux juste savoir si tout va bien.

Nouvelle gorgée.

– Oui.

– Je le savais ! Je t'avais bien dit que j'étais médium. Mais... (Sa voix s'étrangla.) Je voudrais tant être là. C'est l'un des moments les plus importants de ta vie.

– Je ne le ferais probablement pas si tu étais ici !

– Je ne veux pas dire là, à côté de toi... Je voudrais seulement... C'est un grand pas, tu sais. Tu es sûre d'être prête ?

Je soupirai.

– Ne m'ennuie pas avec ça, OK ?

– Non, non, bien sûr. Mais tu vas prendre des précautions, d'accord ? Tu utilises un con-dôme ?

– Oui. Et je prends la pilule.

– Ah bon ? Depuis quand ?

– Depuis… quelque temps. Depuis l'été dernier.

Je ne sais pas pourquoi je mentais. Est-ce que je voulais lui donner l'impression d'être mise sur la touche ?

– Oh… soupira-t-elle.

La sonnette retentit. Je n'avais pas entendu la voiture.

– Maman, il faut que j'y aille. Il est arrivé.

– Bon, d'accord. Alors… sois prudente. Tu es sûre que tout va bien ?

– Maman, tout va bien.

Il faut que j'y aille. Que j'y aille. Et je dois encore me relaver les dents.

– Et tu peux me rappeler plus tard ?

Elle parlait encore ?

– Euh… demain peut-être ?

– Pas ce soir ?

– Non maman, non.

– D'accord, demain. Je t'aime.

– Moi aussi, dis-je en raccrochant.

Je me demandais si c'était bizarre d'avoir discuté avec ma mère de ma perte imminente de virginité. J'ouvris la bouche pour poser la question à Vi, avant de me raviser. Valait-il mieux avoir une mère qui discutait de la perte de votre virginité ou une mère qui ne s'en préoccupait pas ?

– Je m'en vais, dit Vi. Tu veux que j'ouvre à Noah en sortant ?

– Non, j'y vais.

Il était normal que j'aille accueillir moi-même mon futur… amant, non ? Je pris une profonde inspiration.

– J'ai l'air comment ?

– Superbe.

– Merci.

J'ouvris la porte.

Des yeux bleu marine me fixaient sans un battement de cils.

– Non ! C'est pas vrai ! dis-je.

Lucy entra.

– Salut les filles ! Qu'est-ce que vous faites ce soir ? J'ai apporté un DVD. Et du pop-corn.

Je me tournai vers Vi.

– Vi ? Aide-moi, je t'en prie !

Elle enfila son manteau et prit Lucy par le bras.

– Tu viens avec moi.

– Où est-ce qu'on va ?

– On s'en va avant qu'April ne te frappe.

Vi me fit au revoir de la main.

– Amuse-toi bien. Prends encore un verre.

La porte se referma derrière elles.

– Tout va bien, dis-je à la porte fermée.

À mon tour, deuxième essai

La sonnette retentit.

Cette fois, c'était lui.

Pas cette maudite fouineuse de Lucy, mais mon adorable, mon gentil Noah.

Ici.

Maintenant.

Il était rasé de frais et avait mis l'eau de toilette que nous avions achetée ensemble à la galerie marchande.

– Coucou, dis-je.

– Coucou, répondit-il en regardant ma robe. Tu es... magnifique. Et cette robe est... waouh !

Mon cœur menaçait de bondir hors de ma poitrine. Voilà. Où en étions-nous ? Qu'est-ce qu'on fait maintenant ? Ah oui, le dîner. Il y avait le dîner. À moins qu'on ne passe directement à la suite ? Oui ! Il m'embrasserait et on commencerait à se faire des câlins ici, dans l'entrée, et on pourrait faire l'amour tout de suite, et ensuite on aurait le temps de dîner et de se détendre.

– Joyeuse Saint-Valentin !

– Toi aussi, dit-il en me tendant une bouteille de vin. C'est pour toi. Pour nous.

– Merci. Laisse-moi prendre ton manteau, proposai-je d'un ton super conventionnel.

Je me demandais s'il avait « emprunté » le vin à ses parents.

– Merci.

Il quitta son manteau, que je rangeai dans la penderie. Il restait planté dans le living-room et regardait par la fenêtre.

– On ouvre la bouteille ? demandai-je d'une voix qui me parut anormalement aiguë.

Il se retourna vers moi.

– D'accord.

Dans la cuisine, je sortis le tire-bouchon. Euh...

– Tu sais comment on fait ?

– Je crois, dit-il. Je peux essayer.

Je le lui tendis et restai à ses côtés. Mon épaule frôlait son bras. Il commença à enfoncer le tire-bouchon. Nous étions l'un contre l'autre.

Nous allions le faire. Nous allions vraiment le faire.

– Je ne crois pas... Je ne suis pas sûr de l'avoir fait correctement, dit-il enfin.

Nous regardions la bouteille d'un air dubitatif. La moitié du bouchon était restée coincée dans la bouteille. Oh non ! Est-ce que c'était un mauvais présage ?

– Tu crois que tu peux le sortir ? demandai-je.

Je me mis à rire en me disant que nous avions l'air de jouer dans une mauvaise sitcom. Comme ces scènes où on ne voit pas les personnages et on entend juste ce qu'ils disent et du coup on se trompe complètement sur le sujet de la conversation. Noah rit, lui aussi, et je me sentis ivre de soulagement.

Il mit les doigts dans le goulot.

– Je ne sais pas. Peut-être que si je... (Il poussa le reste du bouchon dans la bouteille.) Oups !

– Au moins, comme ça, on pourra se servir, dis-je.

Je sortis deux verres et versai le vin. Avec une certaine quantité de bouchon. Je fis comme si de rien n'était.

– Et voilà !

Je levai mon verre. Il leva le sien.

– À ta santé ! dis-je.

Et nous avons trinqué.

La fin

Pendant une minute, avec la bouteille de vin, le bouchon, j'avais l'impression que la situation était amusante. Amusante et... qu'elle sonnait juste. Mais la soirée recommença à paraître bizarre pendant le dîner. Comme si j'étais en train de manger avec un oncle que je n'aurais pas vu depuis longtemps. La conversation allait de : « Il fait froid, ce soir, hein ? » à : « Et comment s'est passée ta journée ? »

Et voilà, c'était tout.

– Tu veux regarder un film ? demanda-t-il.

– Euh...

Je me disais qu'on aurait pu descendre dans ma chambre, tout simplement. Mais c'était sans doute trop direct. Nous étions peut-être censés être plus réservés. Bon, va pour le DVD. Une fois le film commencé, on se mettrait à s'embrasser. Et à ce moment-là, il dirait : « Allons dans ta chambre. »

J'ai chargé un DVD. On s'est assis. J'ai appuyé sur PLAY.

On n'a pas commencé à s'embrasser.

Il regardait le film. Pourquoi ne faisait-il rien ? Je lui avais dit que c'était ce soir. C'était la Saint-Valentin. Avant, il ne pensait qu'à ça. Il était même sorti au milieu d'une tempête pour acheter des préservatifs ! Et voilà qu'il regardait le film ? Il détestait regarder un film en entier. Il trouvait toujours que c'était trop long ! Il ne tenait pas en place après en avoir vu moins de la moitié !

C'est qu'il était stressé. Bien sûr. Les mecs, ça les stresse aussi. Ils s'inquiètent. Est-ce qu'ils vont être à la hauteur ? Il ne faut pas qu'ils aillent trop vite ni qu'ils nous fassent mal. Est-ce qu'on prend du plaisir ? Vont-ils réussir à mettre le préservatif ? Ils se font beaucoup de souci. Non ?

Est-ce que je sentais mauvais ? Discrètement, je reniflai mes aisselles. Non, il ne me semblait pas. Est-ce qu'il y avait de l'ail dans la sauce des raviolis ?

Le film continuait. Et continuait. Je buvais mon vin bouchonné. Noah aussi. Il riait trop fort aux passages comiques. Il y avait quelque chose d'anormal. Vraiment anormal.

J'étais pathétique dans ma robe rouge. Je buvais du vin avec des morceaux de bouchon. Et tout à coup, j'ai compris.

Noah ne voulait plus sortir avec moi. Il allait rompre.

J'avais l'impression que mon corps ne réagissait plus. Je pensai à ce qu'Hudson avait dit. Quand il ne voulait pas faire l'amour pour ne pas donner de faux espoirs. C'était complètement évident, subitement. Comment avais-je pu rater les indices ? Tout autre garçon aurait été fou de joie dans cette situation. C'était la Saint-Valentin ! Nous buvions du vin ! Je prenais la pilule ! Je me jetais à son cou et il ne voulait pas profiter de l'avantage parce qu'il prévoyait de rompre. Aujourd'hui.

Non. Il ne ferait pas un truc pareil. Il ne m'aimait plus, mais ce n'était pas un mufle. Il attendrait que la Saint-Valentin soit passée pour me l'annoncer. Comme mes parents avaient attendu le lendemain de mon anniversaire. Il ne coucherait pas avec moi et il attendrait le lendemain de la Saint-Valentin, et alors il m'annoncerait sa décision.

J'étais restée à Westport pour être avec lui et il allait rompre.

Je le regardai, hypnotisé par l'écran, scotché. Comme si c'était une question de vie ou de mort de rater une seconde du film. J'étais debout au milieu du canyon et le barrage avait cédé, j'étais sur le point de me faire engloutir sous les eaux.

Reflux

Est-ce que j'étais censée attendre la fin du film en faisant comme si tout allait bien, comme si je n'allais pas me noyer ? Impossible. Je tendis la main vers la télécommande et appuyai sur STOP.

Il se tourna vers moi :

– Un petit creux ?

Il croyait que j'avais faim ? Je me glissai vers lui jusqu'à ce que nos visages soient seulement à quelques centimètres l'un de l'autre.

– Tout va bien ?

Il cligna des yeux.

– Oui.

– Tu n'es pas en colère après moi... pour une raison ou pour une autre ?

Il secoua la tête.

– Non. Pas du tout.

– Et... est-ce que tu m'aimes toujours ?

Il opina vivement, d'un air décidé.

– Oui. Je t'aime.

– Alors, pourquoi est-ce que tu te comportes comme si tu voulais rompre avec moi ?

– Quoi ? Mais non. C'est la dernière chose à laquelle je pense !

Je me taisais, attendant qu'il me dise ce qui n'allait pas.

Il ne dit rien.

J'attendis.

– Alors, il n'y a pas de problème ?

– Non, dit-il en levant les yeux et en m'attirant à lui.

Il m'embrassa. Je lui rendis son baiser. Peut-être que j'avais vu juste. Il était mort de trouille, lui aussi. Je me reculai d'un centimètre.

– C'est stressant, hein ?

Il acquiesça en silence. Son haleine avait un parfum de vin. J'en sentais le goût sur ses lèvres. Mon corps tout entier se mit à vibrer.

– On n'est pas obligés, murmurai-je en me rapprochant de lui. Si tu n'en as pas envie.

– J'en ai envie, dit-il, la voix rauque.

Il posa la main sur ma nuque et m'attira à lui. J'oubliai tout, sauf lui, son corps, sa bouche, ses mains. Puis il me releva et dit les mots que j'avais attendus toute la soirée.

– Allons dans ta chambre.

Après la fin

Voilà. Nous l'avons fait.

C'était parfait.

Vraiment.

On était tous les deux un peu angoissés, un peu nerveux, on rigolait sans raison quand on s'embrassait, pour rien, pour n'importe quoi. Il avait mis au moins deux minutes pour enfiler le préservatif, mais bon, ça y était, et oui, d'accord, ça faisait un peu mal, mais en même temps c'était bon de le sentir si proche. On s'est blottis l'un contre l'autre, tendrement, sous la couette. Sa peau moite se collait à la mienne, et c'était bon.

– Je t'aime, dit-il.

Je l'embrassai.

– Moi aussi, je t'aime. Tellement.

Plus tard

On s'est réveillés tous les deux à trois heures.

– Zut ! dit-il en riant. Ce lit est ridiculement confortable.

– Je sais, c'est drôle, hein ? On ne le croirait pas, pourtant.

– Il est plus large qu'un lit à une place normal.

– C'est plutôt une place et demie.

– Pourquoi n'as-tu pas pris ton ancien lit ?

– Penny a dit que ce serait plus pratique pour moi d'avoir un lit facile à transporter. Je crois qu'elle voulait emmener le lit à baldaquin à Cleveland.

Il éclata de rire.

– J'aime bien être tout près du sol, dis-je. C'est plus commode pour Donut, pour monter et descendre.

– Tu te feras moins mal si tu tombes, en plus, ajouta-t-il en me serrant contre lui.

– Ça pourrait devenir mon nouveau lit préféré, dis-je.

– Tu en as déjà eu combien ?

– Quatre. Celui de la maison de la rue Oakbrook, le petit divan de l'appartement de mon père, le lit à baldaquin, et celui-ci.

– C'est décidément celui-ci que je préfère, dit-il. (Il m'embrassa légèrement.) Il faut que j'y aille.

– Je sais. Il est tard. Tes parents vont me détester, tu crois ? demandai-je.

– Jamais, dit-il avec un sourire.

Il chercha ses vêtements autour du lit tandis que je restais bien au chaud sous les couvertures. Donut s'installa sur mon ventre et se mit à ronronner.

Quand Noah fut habillé, je me levai et m'enveloppai dans la couette – au grand dam de Donut – pour l'accompagner jusqu'à la porte.

Les lumières étaient éteintes, et la porte de Vi était fermée. Nous ne l'avions même pas entendue rentrer.

À la porte, on s'est embrassés.

– Rentre bien, murmurai-je. Tu m'appelles quand tu seras arrivé ?

– D'accord.

Je lui fis au revoir de la main, refermai la porte et redescendis dans mon sous-sol. Je pris sur la table de nuit le cœur en chocolat que Vi et mon père m'avaient offert, ôtai le papier et le laissai fondre dans ma bouche. J'avais la tête sur l'oreiller où avait dormi Noah et je respirais son odeur. Je retrouvai l'endroit encore tiède du futon où nous nous étions blottis. Je me sentais aimée. Complètement et totalement. Je m'endormis avec un sentiment de plénitude.

Mon portable sonna.

– Coucou, chuchota-t-il. Je suis rentré.

– Tes parents t'attendaient ?

– Non, ils dormaient à poings fermés.

– Tu as eu de la chance.

– Bonne nuit, dit-il. April, je...

– Oui ?

Sa voix se fit plus grave.

– Je t'aime vraiment.

– Je t'aime vraiment, moi aussi, répétai-je avant de raccrocher.

Je m'endormis avec Donut sur l'estomac et le téléphone dans la main. J'étais encore ainsi le lendemain matin.

n° 6 : dépenser trois mille dollars pour un donut

Gardons le contact

Noah : Coucou ma jolie
Moi : Coucou bébé
Noah : Je pense à toi
Moi : Moi aussi. Où es-tu ?
Noah : En maths
Moi : Tu passes après les cours ?
Noah : Oui stp

Jours chauds de février

Noah passa les semaines suivantes chez nous. La saison de basket était terminée et il avait beaucoup de temps libre. Nous ne faisions pas l'amour tous les jours. Mais presque. Nous étions venus à bout des nombreux paquets de préservatifs que Noah avait achetés le jour de la tempête.

C'était sympa. Pas seulement le sexe, mais après. Ce que je préférais, c'était le moment où nous nous serrions tendrement l'un contre l'autre et que je sentais son cœur battre.

La vie était belle. Les relations entre Noah et moi n'avaient jamais été aussi bonnes.

Vi « sortait » avec Dean.

J'avais de l'argent sur mon compte en banque.

J'avais un jacuzzi.

J'avais une voiture. Que je n'utilisais pas trop souvent – Vi préférait prendre la sienne.

Je traçais les lettres J.E.T.A.I.M.E. sur le dos de Noah.

– Moi aussi, murmurait-il.

Budget pour papa

Ce que j'ai dépensé en février :

Loyer	$ 200,00
Épicerie	$ 200,00
Cosmétiques	$ 50,00
Vêtements	$ 50,00
~~Croquettes, litière et soins chat~~	
Divertissement	$ 100,00
~~Jacuzzi (leçons de natation semi-privées)~~	
Divers	$ 400,00
Total	$ 1 000,00

Vi l'invisible

Le journal de Vi parut le 4 mars.

– Je ne comprends pas, lui dis-je. Comment se fait-il que je ne voie pas ton article ?

J'étais près de mon casier et je feuilletais le dernier numéro du *Point*. Il y avait un article sur le sexe protégé. Un article sur l'abstinence. Un article sur la grossesse des ados. Un article sur les MST. Une liste de CD pour créer une ambiance amoureuse. Mais où était la rubrique « Je l'ai vécu » de Vi ?

– J'ai pris la décision éditoriale de ne pas le publier, dit-elle d'un ton désinvolte.

– Mais... après tout ce que tu as fait ? Tu étais si enthousiaste à l'idée de l'écrire !

Elle ouvrit la bouche pour dire quelque chose mais son visage s'assombrit.

– Je n'ai pas pu.

Hein ?

– Pourquoi ?

– Je ne sais pas. J'ai essayé. J'ai réessayé. Mais je n'ai pas réussi à sortir un mot. (Elle frappa du poing contre mon casier.) Qu'est-ce qui m'arrive ?

J'éclatai de rire.

– Il te plaît, en fait.

– Non ! (Elle soupira.) Ça ne va pas du tout. Il n'est pas question qu'il me plaise.

– Et pourquoi pas ?

– Tu as vu comme ça m'a ramollie ? Je n'ai même pas pu écrire mon article ! Pas question que je fasse un truc qui va me transformer en lavette !

– Ce n'est pas parce que tu aimes quelqu'un que tu te transformes en lavette.

– Tu finis par te perdre, dit-elle. J'en suis la preuve. Non. Il faut que je mette fin à cette histoire avec Dean. Immédiatement.

– Vi... commençai-je, avec l'intention de lui assurer qu'elle n'était la preuve d'aucune sorte de faiblesse et que ça me faisait trop de peine de l'entendre dire des choses pareilles.

Elle scrutait le hall.

– Ah, Pinky !

– Qu'est-ce que tu fais, Vi ?

– Je vais retrouver ma niaque ! dit-elle en s'éloignant précipitamment.

Ma première rencontre avec Pinky

– Pourquoi s'appelle-t-elle Pinky ? avais-je demandé à Vi au début de l'année de seconde.

Pinky n'était qu'en première année mais s'était engagée dans l'équipe de rédaction du journal.

– La raison n'est pas claire.

– Est-ce à cause de la couleur ? Est-ce qu'elle aimait le rose quand elle était petite ?

– Je ne sais pas. Je n'ai jamais remarqué qu'elle portait tellement de rose.

– Peut-être que c'est à cause de son petit doigt, *pinkie* en anglais. Elle a peut-être un petit doigt exceptionnel ?

– Comment ça ? Tu veux dire par exemple qu'elle pourrait soulever cinquante kilos rien qu'avec le petit doigt ? demanda Vi en riant.

– Elle pèse à peine cinquante kilos elle-même.

Je ne voulais pas détester Pinky au premier regard, mais... c'était la Miss Teen de Westport.

Littéralement. Elle avait été élue juste avant d'entrer au lycée. C'était une gazelle. Grande, svelte, blonde, superbe. Tout le monde la regardait, bouche bée. Les garçons. Les filles.

Moi. Noah. Non que je pense que Noah tente de la draguer, mais vous ne pouviez pas la regarder sans être verte de jalousie.

– Tu ne vas pas t'y mettre ! dit Vi en me menaçant de l'index.

– À quoi ?

– À essayer de dévaloriser Pinky parce qu'elle est trop belle. C'est de l'antiféminisme. Elle est cool. Encore jeune, mais cool. Et super intelligente en plus. Je la considère comme ma protégée. Oui, évidemment, se présenter au concours de beauté de Westport, c'est une faute de jugement. Mais comme elle avait quatorze ans, ce sont ses parents qui sont fautifs. De toute évidence, elle a besoin d'un modèle.

– Tu as raison, tu as raison, avais-je admis. Je ne la détesterai pas sans raison.

Mais si elle jetait ne serait-ce qu'un *regard* sur Noah, elle était morte.

C'est alors que tout a mal tourné

Noah était venu, puis reparti vers six heures, juste après l'arrivée de Vi. J'avais remarqué qu'il faisait souvent ça, mais je ne voulais pas faire d'histoires.

Après le départ de Noah, je fis un peu d'algèbre et Vi régla quelques factures. Puis nous avons préparé le repas. Nous avons dîné. Et nous avons fait notre trempette quotidienne dans le Hula, tout en espérant éviter la pneumonie.

Vi appela Joanna, mais n'obtint pas de réponse.

– Elle sort avec quelqu'un d'autre, m'apprit-elle.

– Tant mieux pour elle, dis-je.

– Mais pas pour moi. Elle est constamment aux abonnés absents.

Le portable de Vi sonna et elle vérifia le numéro d'appel. Elle ne répondit pas.

Je me laissai couler tout au fond, jusqu'à avoir de l'eau jusqu'au menton.

– Tu n'as pas l'intention de répondre ?

– C'est seulement Dean, dit-elle.

– Quoi ? Paf, vlan, merci monsieur ? Tu ne lui réponds plus au téléphone, maintenant ?

– Pas s'il m'appelle constamment ! Il n'arrête pas ! Nous ne *sortons pas* ensemble, à la fin !

– Je savais que ça devait arriver, dis-je. Tu ne peux pas coucher avec quelqu'un et t'imaginer que ça ne va rien changer.

– Si, je peux. Je l'ai fait. Et toi, vos relations ont beaucoup changé depuis que vous couchez ensemble ?

– Pas changé, dis-je. Mais c'est... mieux, c'est tout.

Plus intime.

– Qu'est-ce qu'il y aurait de mal à sortir avec Dean ?

J'aurais voulu qu'elle ait ce que j'avais. Qu'elle soit aussi heureuse que moi.

– Si nous sortons ensemble, il faut que je m'occupe de lui. Que je sois responsable de lui. Je ne veux pas être ligotée. Je veux aller à l'université en étant totalement libre. (Elle détourna le regard.) J'ai demandé à Pinky de le séduire.

Je n'arrivais pas à admettre qu'elle soit si bornée. Elle pouvait être super intelligente pour des tas de trucs, mais pas pour ça. Je serrai mes genoux entre mes bras.

– Tu vas garder le contact avec moi, quand même ?

– Tu veux venir avec moi ? Tu pourrais changer de lycée.

– J'aimerais bien.

– Qu'est-ce que tu vas faire, de toute façon ? Je veux bien que tu restes ici, ça ne me dérange pas, mais...

Je n'avais pas envie de penser à l'an prochain. Peut-être que je pourrais rester ici, effectivement. Je dirais à mon père que Vi allait à la fac du Connecticut. Il n'y verrait que du feu.

– On verra, dis-je.

Mon portable sonna. Noah.

Je décrochai.

– Coucou, je peux te rappeler ?

– Bonjour quand même, dit-il en riant.

– Désolée, on est dans le jacuzzi.

– Naturellement ! Vous allez finir fripées comme des pruneaux, les filles.

– Pourquoi ne viendrais-tu pas nous rejoindre ?

– Impossible. Tu peux me rendre un service ? Pourrais-tu regarder si je n'ai pas laissé mon portable chez toi ? Je ne le trouve nulle part.

– Si je le trouve, tu viendras le chercher ? demandai-je d'une voix câline.

– Peut-être.

– Super. Alors je vais voir.

Vi fit de la main un geste de dérision. Je lui tirai la langue. Je n'allais pas laisser sa peur de l'engagement déteindre sur moi. Je me couvris les épaules avec ma serviette et sortis du jacuzzi. Même si nous étions en mars, le froid restait vif. Il y avait encore de la neige, mais pas sur la terrasse.

– Je reviens dans deux minutes, lui dis-je et, pieds nus, je rentrai en courant et descendis au sous-sol, tout en m'adressant à Noah : Appelle ton portable et nous verrons s'il est là.

Deux secondes après avoir raccroché, la sonnerie retentit derrière mon futon.

– Va chercher, Donut, va chercher !

Elle s'élança en direction du son et sortit le téléphone, entortillée dans le drap.

– Bien joué, Donut !

Elle le tapota de la patte.

– Miaou !

Je détortillai le drap et répondis.

– C'est Donut qui l'a déniché, dis-je.

– Miaou !

La chatte sortit comme une fusée et bondit dans les escaliers.

– Bravo, Donut ! applaudit Noah.

– Alors, tu vas venir le chercher, non ?

– Je devrais. Mais les parents me font culpabiliser un max parce que je ne suis jamais là, et je leur ai promis de regarder la télé avec eux ce soir. Tu ne peux pas l'apporter demain au lycée, tout simplement ?

– Sniff... Mais oui, d'accord, je te l'apporte.

– Cool. Je t'appelle plus tard, OK ?

– Yep. Je t'aime.

– Moi aussi.

J'examinai son téléphone. Mince. Noir. Ce serait mal de lire ses messages, hein ? Ce serait mal de voir qui il a appelé récemment. Il n'y a que les filles dingues qui font ça. Des filles qui ne sont pas amoureuses. Noah et moi, c'était trop bien.

Je jetai le téléphone sur le lit. S'il y avait quelque chose qu'il ne voulait pas que je voie, il ne me laisserait pas son téléphone jusqu'au lendemain matin, non ? Je ne crois pas. Je m'allongeai sur le futon, trempant la couette avec mon maillot de bain mouillé. J'avais le cœur qui battait la chamade. Au cas où... J'ouvris sa boîte de messages. Un de moi. Un autre de RJ. De RJ. De... c'était quoi, ce numéro ? Celui de Corinne ?

À quelle heure tu viens ?

Tu viens où ???

Oh. Je connaissais ce numéro. C'était son frère. Je respirai.

Je continuai à dérouler le journal des messages encore et encore, une semaine avant, deux, trois... avant notre première fois... et je ne trouvai aucun texto douteux. Rien. Rien de bizarre. Je serrai ma serviette contre moi et remontai l'escalier.

La maison était glaciale. Je sortis sur la terrasse.

– Tu as oublié de fermer la porte, dit Vi, la tête en arrière, les yeux clos.

Je la refermai soigneusement et revins en courant vers le jacuzzi.

– Désolée. (Je me plongeai dans la délicieuse chaleur.) Aaahh.

– Tout va bien ?

– Non, répondis-je. Je suis dingue.

Elle hocha la tête.

– Nous le sommes tous. C'est quoi, ta forme spécifique de dinguerie ?

– Noah a oublié son téléphone et j'ai lu tous ses textos.

– Je vois... Pourquoi ?

– Pour vérifier qu'il ne me trompait pas avec Corinne.

Elle fit un nouveau signe de tête.

– Tu crois qu'il te trompe avec Corinne ?

– Non. Tout se passe merveilleusement bien entre nous. C'est pour ça que je te dis que je suis folle. C'est absurde.

– Non, ce n'est pas absurde. Après tout, tu as déjà fait l'expérience de ce genre de choses.

– Tu veux dire avec Noah ?

– Nooon !

– Ah, d'accord, je comprends. Tu veux parler de ma mère.

– Yep.

– Alors, j'assimile Noah à ma mère ?

Elle acquiesça.

– Ou tu te prends pour ton père.

– Peut-être. (Je la regardai.) Et toi, si tu tombes amoureuse de Dean, tu as peur de finir comme ta mère.

– Jamais je ne laisserai arriver ce genre de choses, dit-elle catégoriquement. Quand mon soi-disant père a abandonné ma mère, elle a dû renoncer à *tout*. Les mecs sont nuls.

– Pourquoi crois-tu que les gens sont infidèles ? demandai-je.

– Parce qu'ils s'ennuient ? Parce qu'ils en ont l'occasion ? Parce qu'ils sont égoïstes et croient qu'ils peuvent avoir tout ce qu'ils veulent ? Parce qu'ils s'imaginent qu'ils ne seront pas pris ?

Je fermai les yeux. Pauvre Vi. Pauvre de moi. Je les rouvris en entendant un grincement de pneus dans la rue, devant la maison.

– Qu'est-ce que c'était ?

– Un chauffard.

La voiture poursuivit sa course jusqu'au bout de la rue et traversa le pont. Tous phares éteints.

– Les gens sont fous, ou quoi ? demandai-je en secouant la tête. Comment peut-on conduire sans lumière ?

Ou laisser sa petite amie enceinte dans un autre pays ? Ou abandonner son enfant ?

– Les gens sont fous, oui, dit Vi avec un soupir. Alors, qu'est-ce que tu as trouvé sur le téléphone de Noah ? Des trucs suspects ?

– Non. Rien du tout.

– Bon. Alors arrête de te faire du souci.

Je m'efforçai de détendre mes épaules, mais elles résistaient. Quelque chose me taraudait, mais je ne savais pas très bien quoi.

J'avais déjà pressenti que quelque chose clochait

J'étais en primaire, et mon père était rentré à la maison avec une douzaine de roses.

– C'est pour moi ? avais-je demandé.

Les roses étaient parmi les fleurs que je préférais. La Belle au bois dormant était entourée de roses.

– Non, c'est pour ta mère, avait-il répondu en m'embrassant sur le front.

J'étais déçue, mais le geste m'avait fait plaisir. Un jour, j'aurais quelqu'un qui m'offrirait des roses, moi aussi. Je ne savais pas très bien pourquoi mon père avait apporté des fleurs mais je supposais qu'ils s'étaient disputés. Leur porte de chambre, dernièrement, avait été obstinément fermée, et pas la nuit, comme en temps normal.

– Maman ! Maman ! avais-je crié. Papa t'a apporté des fleurs ! Viens voir ! Viens voir !

Ma mère n'avait pas bougé de la cuisine.

– Maman ! Viens voir !

– Je suis occupée, chérie, avait dit ma mère.

Je ne comprenais pas ce qui pouvait être plus important que des roses.

Mon père avait fini par quitter ses chaussures et son manteau et avait porté les fleurs dans la cuisine. Elles étaient enveloppées de papier rose et on apercevait juste les têtes qui dépassaient.

– C'est pour toi, lui avait-il dit.

Ma mère avait levé les yeux.

– Merci. Je suppose qu'il faut que je les mette dans l'eau ?

– Je peux le faire.

Elle avait soupiré.

– Je m'en occupe. Le dîner sera prêt à cinq heures.

Il avait acquiescé d'un signe de tête avant de monter.

– Tu aimes les roses, maman ? Est-ce que ce sont tes fleurs préférées ?

Elle avait soupiré de nouveau.

– Non, je préfère les orchidées.

Et elle avait arraché le papier avant de recouper les tiges sous l'eau du robinet.

– Moi, mes fleurs préférées sont les tulipes. (Mon père était revenu dans la cuisine et je me tournai vers lui.) Papa, les fleurs préférées de maman sont les orchidées ! Et les miennes, c'est les tulipes. La prochaine fois, tu pourras nous en acheter ?

Son visage s'était assombri.

– Les roses, c'est mes deuxièmes préférées, dis-je.

J'avais éprouvé une sensation bizarre au niveau du ventre, comme le début de la grippe.

L'inquiétude persiste

Ma sensation de malaise continua pendant la douche, à la sortie du Hula. Puis tandis que je faisais mes devoirs. Puis pendant ma conversation du soir avec Noah. Puis au moment où j'essayais de m'endormir. Il y avait quelque chose qui n'allait pas. Mais quoi ? Était-ce la culpabilité ? Possible. Ce qu'il aurait fallu faire, c'était avouer à Noah que j'avais regardé son téléphone, mais je savais que je ne le ferais pas. Étaient-ce mes soupçons ? Peut-être. Ma mère avait-elle définitivement compromis mes capacités de confiance en la vie ? Possible également. Tout était calme. Je regardais fixement le plafond. Je me mis sur le dos. Me retournai sur le ventre. M'assis dans le lit. Voilà, c'était ça.

C'était *trop* calme. Où était passée Donut ?

– Donut ? appelai-je. (Je pris l'escalier.) Donut ? appelai-je une deuxième fois.

Elle passait la nuit dans le sous-sol. Depuis la Saint-Valentin, elle avait pris l'habitude de s'endormir avec moi sur mon lit. Peut-être s'était-elle assoupie au rez-de-chaussée ?

– Donut ? Viens, Donut, ici. Où es-tu ?

Les marches craquaient sous mes pas. Une fois sur le palier, j'ouvris la porte du living-room et jetai un coup d'œil à l'intérieur. Pas de Donut. Je vérifiai sous le canapé. Dans la cuisine. Vi pouvait peut-être m'aider.

– Vi ? appelai-je doucement. Tu n'es pas couchée ?

– Non, répondit-elle. Que se passe-t-il ?

– Tu n'as pas vu Donut ? demandai-je.

– Elle ne dort pas en bas avec toi ?

– Si, d'habitude. Mais je ne la trouve pas. Je ne l'ai pas vue depuis...

C'était quand, la dernière fois que je l'avais vue ? Quand elle avait découvert le téléphone de Noah. Puis elle avait bondi dans l'escalier.

J'avais laissé la porte de derrière ouverte.

Je sentis un frisson me parcourir la nuque.

– Tu crois qu'elle est sortie ? chuchotai-je.

– Je ne lui ai pas ouvert, dit Vi.

– Moi, j'avais laissé la porte ouverte. Tu te rappelles ?

– Oh, non !

Je courus à la porte et l'ouvris. Une rafale d'air froid me gifla. Vi alluma les lampes extérieures.

– Donut ?

Pas de Donut.

Je jetai un coup d'œil au fleuve, avec une sensation de nausée. L'eau avait l'air froide, sombre et menaçante.

– Tu crois qu'elle a pu...

Sa voix s'éteignit.

– Oh, j'espère que non. Mais les chats savent nager, pas vrai ? Je crois que les chats savent nager.

– Pas si l'eau est glacée.

Je courus vers la berge.

– April ! Tu es pieds nus ! Tu n'as rien sur le dos ! Et en plus tu as les cheveux mouillés...

Je l'ignorai et me précipitai dans l'escalier qui descendait de la terrasse. J'avais froid. Mais Donut ! Si elle était dans l'eau, elle avait forcément encore bien plus froid que moi. Je n'en revenais pas d'avoir laissé la porte ouverte. Quelle idiote ! J'étais complètement irresponsable ! Comment avais-je pu ?

En atteignant le sol couvert de neige, je m'arrêtai net. Non, courir dans la neige pieds nus n'était pas une stratégie géniale. Ce n'est pas en me gelant les pieds que j'avancerais dans mes recherches. Heureusement, Vi était derrière moi avec mes tennis et un blouson. Je les enfilai et repris ma course sur les galets de la grève.

Les lumières de la rive opposée illuminaient le fleuve.

– Tu n'as pas l'intention de te jeter à l'eau, j'espère, demanda Vi. Le Hula, c'est une chose, mais là, ce serait de la folie.

– Je ne crois pas, dis-je avec un regard circulaire. (J'avais un poids énorme sur la poitrine.) Tu penses qu'elle est là-dedans ?

– Je ne sais pas, répondit-elle d'une voix hésitante.

– Donut ! appelai-je. Donut, viens ici !

Je courus jusqu'au quai flottant et scrutai les alentours tout en continuant à m'égosiller.

– Je parie qu'elle n'est pas dans l'eau, dit Vi. Elle n'est pas idiote. Tu te souviens comment elle a réussi à faire marcher la télécommande ?

– Tu as raison. (Je regardai vers le fleuve. La marée était basse.) Tu crois qu'elle a pu contourner la maison par la barrière et aller sur la route ?

– Quoi, tu crois qu'elle s'est sauvée ? Elle ne nous supportait plus, c'est ça ? dit Vi avec un rire forcé qui ne lui ressemblait pas du tout.

– Elle est peut-être partie en exploration et se sera perdue ?

– Si ça se trouve, elle n'a même pas quitté la maison, dit Vi. Elle est peut-être cachée sous mon lit au moment où nous parlons. Ou alors elle a trouvé comment rentrer dans le four. Elle adore cette cuisinière.

– Tu rentres pour vérifier. Moi je vais voir devant.

– OK.

La barrière était ouverte. Pas en grand, mais assez pour que Donut, vu sa taille, puisse se faufiler. Tiens, tiens. Je poussai plus loin et arrivai à gauche de notre allée.

– April ! entendis-je.

Lucy était sur le seuil, devant chez elle.

– Tout va bien ?

– Non, dis-je. Donut a disparu.

Je contournai ma voiture et jetai un coup d'œil dans la rue.

– Donut ! appelai-je. Tu es là ? *Dooooonut* ! Do...

Et je la vis.

Roulée en boule sur la route, près du trottoir.

– Donut !

Elle ne bougea pas.

Je me précipitai et m'accroupis au milieu de la rue. Elle me regarda en clignant des yeux. Elle avait un air terrifié. Elle grelottait.

– Va chercher Vi, criai-je à Lucy.

Je lui caressai la tête. Pauvre, pauvre petite Donut. *Pardonne-moi, Donut*. J'avais les yeux brûlants de larmes. Quelques secondes plus tard, Vi et Lucy me rejoignaient.

– Elle s'est fait heurter par une voiture, dis-je, la voix entrecoupée de sanglots.

– Oh non ! Elle est... ?

Je la ramassai avec douceur.

– Il faut l'emmener chez le vétérinaire.

C'est toujours la nuit qu'arrivent les accidents

Ça s'était passé vers une heure du matin.

Mon père était en voyage d'affaires à Los Angeles. Mon frère était au lit. Moi aussi. Ma mère aussi. Je ne pouvais pas dormir. J'avais un devoir de maths le lendemain. Les maths du programme de seconde n'étaient pas ma spécialité. J'entendis la voix de ma mère. Je supposai qu'elle était en train de parler avec mon père. Je décrochai le téléphone qui était à côté de mon lit.

Je ne sais pas pourquoi ils n'ont pas entendu le déclic. J'avais l'intention de dire bonjour mais ils semblaient en pleine conversation. Alors j'ai attendu. Et j'ai écouté.

– Dis-moi ce que tu voudrais me faire, demandait ma mère.

– Je vais te dire, répondit une voix. Je veux passer mes lèvres partout sur ton corps, t'embrasser...

La première chose qui me vint à l'esprit fut... quelle horreur ! Et la deuxième... ce n'est pas la voix de papa. *Ce n'est pas la voix de papa.*

Ils continuaient à parler. C'était dégoûtant. C'était affreux. C'était ma *mère*, qui disait des choses horribles et dégoûtantes à une personne horrible et dégoûtante *qui n'était pas mon père.*

J'avais le visage en feu mais j'étais trop paralysée pour raccrocher. Des vagues d'émotions me submergeaient tandis que, blottie sous les couvertures, j'agrippais le téléphone. Nausée. Peur. Trahison. Haine. Comment pouvait-elle faire une chose pareille ? À mon père ? À nous ? Je m'accrochais au téléphone sans rien dire. Sans faire de bruit. Peut-être que c'était un rêve ? Mais les mots continuaient à affluer. Jusqu'à ce que je ne puisse plus en entendre davantage. Je ne voulais pas raccrocher de peur qu'ils n'entendent. Ils sauraient que je savais. Alors, j'ai débranché le téléphone.

Voilà. La communication était coupée. J'avais l'impression d'être morte. Je me cachai sous les couvertures. Mon cerveau était en ébullition. Je voulais pleurer mais je n'y parvenais pas. Je me mis à trembler de tous mes membres.

Je me pelotonnai sous les couvertures et grelottai jusqu'au matin.

Voyage mouvementé

Vi conduisait et moi, je tenais Donut en murmurant :

– Donut, Donut, ça va aller, ça va aller.

J'avais appelé notre vétérinaire habituel mais le répondeur nous adressa une clinique d'urgence ouverte la nuit et le week-end. Lucy donnait à Vi les indications pour s'y rendre tandis que je continuais à caresser Donut. Elle ne bougeait pas. Elle ouvrait les yeux toutes les deux ou trois minutes, puis les refermait.

– Je ne veux pas croire qu'on a tué notre chat ! dit Vi.

Je refoulai mes larmes.

– Vi ! On n'a pas tué Donut. Elle va s'en sortir. Il faut être positif. D'accord, Donut ?

– C'est affreux. Est-ce qu'elle respire ?

– Oui !

Elle ne faisait pas que respirer. Je sentis quelque chose de chaud mouiller ma cuisse. L'urine rosâtre dégoulinait sur ma jambe de pyjama.

À notre arrivée à la clinique vétérinaire, nous étions les seules. Avec d'infinies précautions, en arrondissant le dos, je portais Donut devant moi. Elle souleva la tête. J'éclatai en sanglots.

– Elle s'est fait écraser. C'est ma faute, j'avais laissé la porte ouverte. Est-ce qu'elle s'en sortira ?

Un médecin en blouse blanche vint nous accueillir.

– Bonsoir, petite bête, chantonna-t-elle. Tu n'as pas l'air en grande forme, mais on va s'occuper de toi. Si on passait tous ensemble dans la salle d'examen ?

Vi et moi avons suivi, et Lucy est restée à la réception.

– Bonne chance ! cria-t-elle tandis que nous nous éloignions dans le couloir.

L'examen ne m'a laissé que des souvenirs confus. Donut tenta de se relever puis elle se mit à hoqueter, le souffle rauque. Le médecin lui tâtait l'abdomen et écoutait avec un stéthoscope. Donut hurlait de douleur.

Moi aussi, je crois.

– Il faut que je prenne une radio, dit la vétérinaire.

J'acquiesçai et elle emmena Donut sur un chariot.

Situation compliquée

– Je crains qu'il n'y ait plusieurs problèmes à la fois, dit la vétérinaire quand elle revint. (Je me levai d'un bond. Elle tenait une feuille de papier.) Premièrement, elle a une fracture du bassin.

– D'accord, dis-je. Et que faut-il faire ?

– Habituellement, une fracture pelvienne ne requiert qu'une immobilisation et l'administration d'un anti-douleur. Mais

Donut a également une double fracture de la patte arrière. Nous aurons peut-être besoin d'un spécialiste pour cela. Mais ce qui m'inquiète le plus, c'est la hernie diaphragmatique. Plus simplement, c'est une ouverture entre la cage thoracique et l'abdomen. Les intestins peuvent passer dans le thorax. Il faudrait l'opérer. Immédiatement.

– Alors allez-y, dis-je en sanglotant.

Le médecin hésitait.

– C'est risqué. Elle peut mourir sur la table d'opération. Nous allons devoir ouvrir le thorax.

– Est-ce qu'elle mourra si on n'opère pas ?

La vétérinaire acquiesça d'un signe de tête.

– Alors, on n'a pas le choix, dis-je, les bras ballants.

Vi s'avança près de moi.

– Combien coûte l'opération ?

– Avec les radios, les perfusions et la trachéo... plus les fractures... environ trois mille dollars.

Non. J'ai dû pâlir car elle me sourit tristement et dit :

– Si vous n'avez pas les moyens de payer l'opération, la solution la moins cruelle est de l'euthanasier. Sinon, elle va énormément souffrir.

– Mon Dieu, soufflai-je. (J'avais soudain envie de vomir.) On ne peut pas la tuer. Je vais trouver l'argent. Est-ce qu'on peut payer en plusieurs versements ?

Versement était mon nouveau mot de prédilection.

Elle hésita.

– Pas si vous avez moins de dix-huit ans. Est-ce qu'un de vos parents peut venir signer à votre place ?

Mes épaules s'affaissèrent.

– Non, je ne crois pas. Mais peut-être nous donneront-ils l'argent.

Vi me saisit par l'épaule.

– On peut prendre cinq minutes pour en parler ?

– Je reviens tout de suite, dit le médecin.

– April ! C'est une grosse somme d'argent. Trois mille dollars ? C'est fou.

Elle s'appuya contre la table d'examen.

– On ne peut pas la laisser mourir comme ça, gémis-je.

Je m'assis sur la chaise dans le coin.

– Trois mille dollars ! Je n'ai pas trois mille dollars ! Toi non plus !

– Mon père m'a viré mon allocation il y a quelques jours, dis-je. Il me reste six cents dollars.

– Mais tu vas avoir besoin de cet argent. Pour te nourrir. Pour tout un tas de trucs. Et tu viens de rembourser le Hula.

– Alors on peut bien payer notre chat !

– J'ai seulement... (Elle secoua la tête.) Je n'ai pas cette somme. Je dois avoir en tout et pour tout cinq cents dollars sur mon livret de caisse d'épargne. On peut l'utiliser.

– Je vais appeler mon père, dis-je en sortant mon téléphone. Je lui demanderai de me donner l'argent.

– Allô ? répondit-il d'une voix ensommeillée.

– Papa ?

– April ? Quelle heure est-il ?

Je jetai un coup d'œil à la pendule au-dessus de la table d'examen.

– Une heure et demie. Je suis à l'hôpital, commençai-je.

– Tu vas bien ? demanda-t-il, paniqué. Quel hôpital ? Je prends l'avion tout de suite.

– Non, papa, je vais bien. Je suis à la clinique vétérinaire. C'est pour Donut.

– Tu manges un donut ?

– Non, papa. Donut, c'est le nom de mon chat.

– Est-ce que ta mère n'avait pas donné ton chat parce qu'elle ne pouvait pas l'emmener en France ?

– Non, c'est mon nouveau chat. (Je ne lui avais jamais parlé de Donut, au cas où il n'aurait pas été d'accord.) J'ai un chat. Depuis que j'habite chez Vi. Mais j'ai laissé la porte de derrière ouverte quand... – je ne lui avais forcément jamais parlé du Hula – ... je suis rentrée. Et elle s'est fait écraser par une voiture. Et il faut qu'elle soit opérée, sinon, elle va mourir. Et c'est très cher.

Il soupira.

– Combien ?

– Trois mille dollars.

Silence.

– April, tu ne peux pas dépenser trois mille dollars pour un chat.

– Ce n'est pas un chat, dis-je, désespérée. C'est mon chat ! Et papa, il faut que je le fasse ! C'est ma faute si elle a besoin d'être opérée ! Je ne peux pas la laisser mourir !

– Je suis désolé, ma princesse, mais c'est insensé ! Tu n'as ce chat que depuis, quoi, deux mois ? Tu n'en as même jamais parlé ! Je ne vais pas te donner trois mille dollars pour payer l'opération d'un chat. Tu n'es pas raisonnable. Pourquoi ne pas aller dormir ? La nuit porte conseil. Je suis sûr que demain tu te rendras compte que j'ai raison.

Je ne savais plus s'il était sans cœur ou si c'était moi qui étais ridicule. Mais je ne pouvais pas laisser Donut mourir. Je ne pouvais pas l'abandonner comme ça.

– Je vais peut-être vendre la voiture.

– Tu n'es absolument pas autorisée à vendre la voiture, dit-il. Elle ne t'appartient pas. Elle est au nom de Penny.

Super.

– Papa, il faut que j'y aille.

– Je suis désolé, princesse. Je suis vraiment désolé pour ton chat.

Les larmes me montaient aux yeux. Pas assez désolé pour lui sauver la vie.

– Au revoir, dis-je avant de raccrocher.

– Rien à faire ? demanda Vi.

– Rien à faire.

Ensuite, j'appelai ma mère. Au moins, là-bas, c'était le matin. Je commençai par :

– Y a-t-il une chance pour que tu me donnes trois mille dollars pour sauver la vie de Donut ?

Elle répondit :

– Je voudrais bien avoir trois mille dollars, mais je ne les ai pas. Qu'est-il arrivé à Donut ?

Je dévidai toute l'histoire en vitesse.

– Tu as demandé à ton père ?

– Il ne veut pas.

– Ça ne m'étonne pas.

Je fermai les yeux.

– Non, maman, je t'en prie, ce n'est pas le moment.

– Appelle-moi quand tu seras rentrée, dit-elle.

– Oui. Il faut que j'y aille.

– Je te donnerais l'argent si je l'avais, ajouta-t-elle.

– Pas mal, pour quelqu'un qui a abandonné son chat en quittant le pays, marmonnai-je.

– Que dis-tu, chérie ?

– Rien. Bye. (Je raccrochai.) Tu veux essayer d'appeler ta mère ? demandai-je à Vi.

– Ma mère n'a pas trois mille dollars à dépenser.

– Tu vois quelqu'un d'autre à qui on pourrait demander ?

– Noah ?

Je ne savais pas s'il pouvait se procurer une pareille somme mais je pouvais toujours essayer. Je fis son numéro et tombai sur sa messagerie.

– Oh, c'est vrai, son portable est chez nous.

– Tu peux l'appeler chez lui ?

– À une heure et demie du matin ?

– C'est un cas d'urgence, dit Vi.

Mon cœur battait à tout rompre tandis que je composais le numéro. Pourvu que ce soit lui qui réponde !

– Allô ? dit la voix aiguë de sa mère.

Aïe. J'aurais dû raccrocher. Non. Numéro d'appel affiché. Ils sauraient que c'était moi. Ce serait pire.

– Bonsoir, madame Friedman, dis-je avec circonspection. Je suis désolée d'appeler aussi tard. Est-ce que Noah est là ?

Évidemment qu'il était là. C'était le milieu de la nuit.

– C'est toi, April ?

– Oui.

– Il dort. Est-ce que je peux lui dire de te rappeler demain matin ?

– Oh.

Maintenant, je fais quoi ? J'insiste pour qu'elle le réveille afin que je puisse lui emprunter de l'argent ?

J'entendis un brouhaha, puis la voix de Noah.

– Allô ?

– C'est moi, lançai-je.

– C'est bon, maman, je prends, dit-il.

– Il est tard, Noah.

– Désolée, madame Friedman, c'est urgent.

– Très bien. Bonsoir. Noah, je suis là si tu as besoin de moi.

Elle raccrocha enfin.

– Qu'est-ce qui se passe ? demanda-t-il.

– Donut s'est fait écraser par une voiture, dis-je en reniflant.

– Non ! Est-ce que...

– Elle est toujours en vie. On est à la clinique vétérinaire. Il faut l'opérer. Ça coûte trois mille dollars. Et je n'ai pas assez d'argent. J'ai demandé à mon père, à ma mère, et Vi n'en a pas non plus. Nous avons environ mille cent dollars, neuf cents si on veut avoir de quoi manger. Alors, je me demandais... est-ce que tu pourrais nous aider ? Je te rembourserai. En plusieurs versements. Je pourrai te rendre au moins cinq cents dollars par mois jusqu'à remboursement complet. Qu'est-ce que tu en penses ?

Silence. Puis :

– C'est une grosse somme. Mes parents me tueraient !

– Alors... ?

Je retenais mon souffle.

– Je ne peux pas.

Il ne peut pas. Ou ne veut pas ? Je savais qu'il avait de l'argent sur son compte bancaire. Des cadeaux pour sa cérémonie de bar-mitsvah.

– Tant pis.

– Vous êtes chez quel vétérinaire ?

– La clinique d'urgence de Norwalk.

– Sais-tu qui a écrasé le chat ?

– Écrasé Donut. Pas n'importe quel chat.

– Donut.

– Non, je ne sais pas qui l'a écrasée.

Quelle espèce de taré pouvait écraser un chaton et ne même pas s'arrêter ?

– Oh, April, ne pleure pas.

– Il faut que j'y aille. (Je raccrochai.) Bon, eh bien, c'est raté.

J'étais rouge d'humiliation.

– Et maintenant ?

– Marissa ?

– Elle n'a pas un sou. Joanna ?

– Pareil.

– Lucy ?

Je fis non de la tête.

– En dernier recours. Et Dean ?

– Il est toujours fauché. Mais tu pourrais demander à Hudson ?

– Moi ?

– Oui ! C'est Hudson qui te l'a donnée.

– Mais c'est encore pire. Il m'a fait un cadeau et je l'ai tuée.

– Tu ne l'as pas tuée. On va la sauver. Tu devrais demander à Hudson. (Elle leva les yeux vers moi.) Il a plein de fric. En plus, il t'aime bien.

Je rougis.

– Même pas vrai.

– Si, crois-moi. Il trouve que tu es la plus jolie fille de Westport. Appelle-le. Il ne dort pas. Il ne dort jamais.

La plus jolie fille de Westport ? C'était une blague ? Non pas que je croyais être laide. Mais il ne manquait pas de filles plus séduisantes que moi. Pinky par exemple.

Attends. Bon. Donut ?

– Je ne connais même pas son numéro, dis-je.

Elle le trouva dans sa liste de contacts. Je composai le numéro. Est-ce que j'avais le choix ?

Il répondit à la deuxième sonnerie.

– Allô ? dit-il calmement comme si on l'appelait toujours à deux heures du matin.

Ce qui était probablement le cas. Des appels de profs. Ou pour le sexe. Ou la drogue. Peut-être vendait-il de la drogue à Mme Franklin. Non. Possible ?

– Salut, Hudson. Excuse-moi de te déranger... C'est April. Je me demandais si tu pouvais me rendre un service ?

– Qu'est-ce qui t'arrive ?

Je ne parvenais pas à refouler mes larmes.

– Je... nous sommes chez le vétérinaire. Donut a eu un accident. Ils ne veulent pas l'opérer si on ne les paie pas immédiatement et il nous manque deux mille cent dollars. Comme tu sembles avoir toujours de l'argent... je me demandais si tu pouvais m'en prêter. Je te jure que je te le rembourserai. Mon père me verse de l'argent tous les mois et je pourrai te rembourser peu à peu et...

Il n'hésita pas.

– Où es-tu ? Je suis là dans dix minutes.

C'est la fête chez le vétérinaire

Hudson nous rejoignit dans la salle d'attente au bout d'un quart d'heure. Je ne songeais pas à le lui reprocher, au demeurant.

– C'est la deuxième fois que tu viens à mon secours, dis-je en le regardant.

Il trouvait que j'étais la plus jolie fille de Westport ? Dingue. Surtout venant d'un mec qui pouvait bien, *lui*, être le plus beau gosse de Westport. Quelles pommettes il avait ! Quels yeux !

Il rougit.

– Ne t'inquiète pas pour ça.

Il tendit une carte de crédit à la réceptionniste.

Il fit un signe en direction de Vi et Lucy, toutes deux endormies sur le canapé.

– J'ai laissé Dean chez *Starbucks*. Il y en a un d'ouvert vingt-quatre heures sur vingt-quatre au bout de la rue. Il prend des cappuccinos frappés pour tout le monde, sauf si je l'appelle pour lui dire que vous n'en voulez pas.

– Super, m'exclamai-je. Merci. Merci infiniment. Et je te rembourserai dès que je le pourrai. À partir de la semaine prochaine.

– Ne t'inquiète pas, dit Hudson, ce n'est pas grave.

La réceptionniste inséra la carte dans la machine avant de la lui rendre.

– Le docteur va commencer la procédure d'ici une vingtaine de minutes. Vous pouvez rentrer chez vous ou attendre ici. Nous ne pourrons sans doute pas savoir comment ça va aller avant plusieurs heures.

– Merci, lui dis-je. Je crois que nous allons rester. (Je regardai Hudson.) Dean et toi, vous n'êtes pas obligés, évidemment.

– On va vous tenir compagnie. On n'a rien d'autre à faire.

– Pff ! dis-je avec un geste désinvolte de la main. À quoi bon dormir ?

J'étais ivre de soulagement. Donut ne s'en sortirait peut-être pas, mais au moins, elle avait une chance.

– Sérieusement, Hudson. C'est beaucoup d'argent. Je te jure que je te le rendrai.

Il acquiesça.

– Je te fais confiance. Si tu penses que ça en vaut la peine, alors c'est vrai.

Je le regardai avec des yeux ronds. Noah n'avait pas eu confiance en mon jugement. Mon père non plus.

– Mais pourquoi ? Tu me connais à peine.

Il sourit.

– Tu as quelque chose... je ne sais pas, tu ne fais pas de bêtises.

Je déglutis. Nos regards se croisèrent. Qu'est-ce qu'il voulait dire, au fait ? Comme je n'étais pas très sûre de ce que je pouvais répondre, je demandai :

– Comment se fait-il que tu aies toujours autant de fric disponible ?

Il sourit et se rapprocha de moi.

– C'est important ?

Je réfléchis.

– Non. Je suis curieuse, c'est tout.

– Tu crois que je suis dealer ?

– Non, dis-je, embarrassée. Peut-être.

– Alors, tu prendrais mes sous même si c'était l'argent de la drogue ?

– Oh, tu veux mettre mon éthique à l'épreuve ?

Il hocha la tête.

– Oui.

– Non, je ne le prendrais pas.

Il haussa les épaules.

– Alors, je crains de ne pas pouvoir t'aider.

- Sérieusement ?

Il sourit encore.

– Non. Pas de problème.

Je me suis avancée vers la rangée de sièges vides en face de Lucy et Vi, qui dormaient toujours, et on s'est assis.

– Mais, Hudson... d'où, ou de qui, tiens-tu cet argent ?

Il posa les pieds sur la table.

– Si je te le dis, il va falloir que je te tue.

Je posai les pieds à côté des siens et lui donnai un petit coup sur la chaussure.

– C'est ce genre de discours qui fait croire aux gens que tu as des activités douteuses.

Il continuait à sourire.

– J'aime bien m'entourer d'un peu de mystère. Qu'est-ce que ces gens disent d'autre ?

– J'ai entendu évoquer plusieurs carrières.

– Par exemple ?

– Gigolo, dis-je. Prestations sexuelles tarifées.

Je sentais mes joues s'empourprer.

Il éclata de rire.

– Sérieusement ? C'est génial.

– On t'a vu entrer chez des femmes célibataires à des heures indues.

Il rit.

– Qui ?

– Mme Franklin, par exemple.

Il écarquilla les yeux en riant de plus belle.

– Tu crois que Mme Franklin me paye pour des relations sexuelles ?

– Je n'ai pas dit ça. Tu m'as demandé ce que les gens disaient.

– Et toi, qu'est-ce que tu crois que je fais ?

– Je ne sais pas, mannequin peut-être ?

Je rougis à nouveau, immédiatement après l'avoir dit. Maintenant, il allait savoir que je le trouvais beau. Il se dirait que je flirtais avec lui. Est-ce que j'étais en train de flirter ? C'était si facile, avec un garçon dont on savait qu'il vous trouvait jolie !

Il rit.

– On m'a déjà dit que j'avais une belle oreille.

– Et qu'est-ce qu'un mannequin spécialisé en oreilles peut présenter ?

– Des cache-oreilles ? Des oreillettes pour baladeur ? Des cotons-tiges ? Mon oreille pourrait avoir beaucoup de boulot.

– Puis-je voir cette superbe oreille ?

Il pencha la tête vers moi.

– Pas mal, hein ?

– Bonne taille. Ni trop grande ni trop petite. Plate. Le lobe n'est pas trop long. C'est une excellente oreille. Comment est l'autre ?

– Pas si bien. Elle a une petite protubérance bizarre sur le haut. Genre oreilles de Spock. (Il se tourna vers moi.) Touche.

Je rigolai. Qu'est-ce que je faisais là, à rigoler dans cette clinique d'urgence ?

– Tu veux que je te touche l'oreille ?

– Évidemment, dit comme ça, ça fait drôle. Pose le doigt sur le bord, c'est tout.

Je tendis la main et frottai le haut de son oreille. Il avait la peau douce, lisse et fraîche. Ses cheveux me chatouillèrent le bout des doigts. Je sentis une onde de chaleur m'envahir la main, remonter le long de mon bras et descendre dans mon dos.

– Salut, dit Hudson en regardant vers l'entrée.

Je suivis son regard et laissai retomber ma main. Noah.

– Salut ! m'exclamai-je. Qu'est-ce que tu fais là ?

Il se balançait d'un pied sur l'autre.

– Je me suis dit que tu avais peut-être besoin de compagnie, répondit-il. Mais apparemment, tu en as déjà.

– Je... (Mon cœur battait à tout rompre. Je me levai d'un bond.) Hudson m'a prêté – *nous* a prêté – l'argent.

Noah lança à Hudson un regard méfiant.

– Sympa de ta part, mon vieux.

– Pas de problème, dit Hudson, en rendant son regard à Noah.

C'est alors qu'apparut Dean, portant un plateau de cafés.

– Qui aurait cru que l'endroit le plus branché le mardi soir était la clinique vétérinaire de Norwalk ? Qui veut un cappuccino ?

– En fait, je crois que je vais partir, dit Hudson en se levant.

– Tu n'es pas obligé, ajoutai-je vivement en touchant la manche de sa veste – puis je retirai la main. Je veux dire, rentre chez toi si tu veux. Évidemment, tu n'as pas besoin de rester ici.

Il remonta la fermeture de son blouson.

– Bonne chance.

– Mais je viens d'arriver, rechigna Dean. Et j'ai déjà bu la moitié de mon café. Je ne peux pas aller me coucher tout de suite !

– Je peux te reconduire plus tard, dit Noah, si ton frère veut s'en aller.

– Cool. Merci, mon vieux.

Hudson, en saluant de la main, se dirigea vers la sortie.

– Merci ! lui criai-je.

Il cligna de l'œil et laissa la porte se refermer.

Dean posa le plateau sur la table.

– J'en ai pris six. En voulez-vous un, Marcy? demanda-t-il à la réceptionniste en lisant le prénom sur son badge.

– Ma foi, oui, dit-elle. Avec plaisir.

Vi étira les bras au-dessus de sa tête et ouvrit un œil.

– Qu'est-ce qui se passe?

– Bonjour, belle dormeuse, dit Dean en s'asseyant sur ses genoux. Je suis venu à ton secours.

– C'est ton frère qui est venu à notre secours. Qu'est-ce que tu nous offres, toi?

– Mon corps.

Vi secoua la tête.

– Ça ne m'intéresse pas. Autre chose?

Une expression peinée passa sur le visage de Dean mais il se reprit aussitôt.

– Que dirais-tu d'un café glacé, un vrai petit dessert? demanda-t-il avec un grand geste du bras.

– Ça, d'accord! (Elle regarda Noah.) Hé, mais tu n'es pas Hudson!

Elle voulait aussi torpiller ma relation, pendant qu'elle y était?

– Noah est venu nous tenir compagnie, dis-je. Hudson vient de partir.

– Mais il t'a donné l'argent?

Elle ne faisait rien pour arranger les choses, Vi.

– Oui. Tout est réglé.

Noah me regarda d'un air interrogateur.

– Alors, Hudson t'a donné trois mille dollars?

– En fait, je n'en avais besoin que de deux mille cent. Et il ne me les a pas donnés. C'est un prêt.

– Pourquoi ?

– Parce que j'en avais besoin ?

– Mais pourquoi te prêter cet argent, à toi ?

Je croisai les bras.

– Parce qu'il me fait confiance pour le rembourser ? Parce qu'il ne voulait pas laisser mourir Donut ?

Malicieuse, Vi demanda :

– Noah, serais-tu jaloux que ce soit Hudson qui ait sauvé la situation, et pas toi ?

Noah fit comme s'il ne l'avait pas entendue et se tourna vers moi.

– On peut sortir une seconde tous les deux ?

Il partit au pas de charge. Je le suivis. Le froid me mordit la peau. Je ne me souvenais pas où j'avais laissé mon manteau, mais je ne l'avais pas sur moi.

– April, dit-il. Un garçon ne prête pas deux mille dollars à une fille. Sauf s'il a des vues sur elle.

– Mais nous sommes juste copains.

– Alors pourquoi est-ce que tu le touchais ?

– Je lui tâtais seulement... – sûr, ça allait paraître bizarre – ... l'oreille.

Il plissa les yeux.

– Est-ce qu'il y a quelque chose entre vous ?

– Non ! Bien sûr que non ! (J'éclatai de rire.) Tu ne crois pas vraiment que je ferais ça, dis ?

Est-ce qu'il me prenait pour... ma mère ?

Il secoua la tête.

– Je te demande pardon. Je sais que tu ne le ferais pas. Mais je n'aime pas qu'un autre marche sur mes plates-bandes.

– Je le rembourserai, affirmai-je. Dès que je le pourrai.

– Je parierais que c'était une idée de Vi, marmonna-t-il. C'est une vraie garce.

– Alors là, non ! Noah !

– Elle aimerait bien te coller avec Hudson pour que vous puissiez faire un confortable petit quatuor.

– Tu dis des trucs dingues ! (Qu'est-ce qui lui prenait ?) D'abord tu es jaloux d'Hudson. Et maintenant de Vi ?

– Je ne suis pas jaloux, rétorqua-t-il. Je n'aime pas te voir menée par le bout du nez. Et c'est ce que Vi fait sans arrêt.

– C'est faux !

Qu'est-ce qui se passait ? Tout entre nous était parfait, mieux que ça n'avait été depuis des mois, et subitement, le sol se fendillait sous nos pieds. Un seul faux pas, et nous allions basculer dans l'abîme.

– Si, c'est vrai ! Je sais que tu la prends pour la huitième...

– Noah... Pas maintenant, d'accord ?

Je ne pouvais pas en supporter davantage aujourd'hui. Impossible.

Il me regarda. Il dut voir l'expression peinée de mon visage car il me prit dans ses bras.

– Pardon.

– On peut rentrer ?

Il me tint la porte ouverte.

À l'intérieur, Dean faisait une tête de six pieds de long.

– Si tu ne veux pas de moi ici, je m'en vais.

– Rien ne t'oblige à rester, dit Vi.

Dean soupira.

– Je sais que rien ne m'y oblige. Rien ne m'oblige à rien.

Ils levèrent les yeux vers nous, puis échangèrent un nouveau regard.

– Tu sais quoi ? dit Dean. Je crois que je vais appeler un taxi.

– Je peux te ramener, proposa Noah. Et ensuite je reviendrai.

– Tu n'es pas obligé de revenir, dis-je vivement.

Ce serait peut-être aussi bien que je sois seule avec Vi et Lucy, qui dormait toujours.

– Je sais, dit-il en m'embrassant sur le front. Mais j'en ai envie.

J'hésitai, puis passai les bras autour de son cou.

– Merci.

– Je t'aime.

– Moi aussi, dis-je.

Après leur départ, je me tournai vers Vi.

– C'était quoi, le problème ?

Elle leva la main d'un geste excédé.

– Il était vraiment trop dans le rôle du copain officiel. Collant et tout. Pas cool.

– Mais il est venu pour te tenir compagnie.

Je bus le reste de mon café.

– Est-ce que je lui ai demandé quelque chose ? La réponse est non.

Lucy se retourna sur son fauteuil en grognant.

– Je n'ai pas entendu parler de café ?

Je lui tendis un cappuccino frappé, puis m'adossai au mur en y appuyant la tête.

– Je suis crevée.

– Moi aussi, dit Vi. Il est presque trois heures.

– Lucy ? Est-ce que tes parents savent où tu es ? demandai-je.

– Non. Ma mère a pris deux somnifères avant de se coucher. Elle est complètement out.

– Et ton père ?

Elle me regarda.

– Il est mort.

– Oh. (J'en avais perdu le souffle.) Je ne savais pas.

– Cancer, précisa-t-elle.

– C'est moche, dit Vi.

Les larmes me montaient aux yeux, mais je serrai les paupières. J'étais là, en train de me faire du souci pour mon chat, alors qu'elle, elle avait perdu son *père*.

– C'était quand ?

– Il y a quatre ans.

– Je suis vraiment désolée, lui dis-je.

– Oui, bon... il y a des trucs merdiques qui arrivent... (Elle fit un signe vers la salle d'examen.) Tu as vu la voiture qui a heurté Donut ?

– Non, répondis-je.

J'avais envie d'en savoir davantage sur son père, mais je ne voulais pas non plus la brusquer si elle ne souhaitait pas en parler.

Je me redressai.

– Mais on l'a entendue. Quand on était dans le jacuzzi. Vi, tu te souviens ?

– Oh mais oui, c'est vrai ! dit Vi.

– Et tu sais ce qui était bizarre ? La voiture qui a fait ça roulait tous feux éteints.

– Tu as raison, dit-elle. Je me rappelle.

– Mais pourquoi quelqu'un serait-il passé devant chez nous avec les phares éteints ?

– Peut-être que les phares étaient cassés ? suggéra Lucy.

– Ou peut-être qu'il ne voulait pas se faire repérer, dit Vi.

– C'est dingue, m'exclamai-je. Qui est-ce qui pourrait faire ça ?

– Je ne sais pas, dit Vi, en plissant les paupières. Mais je donnerais n'importe quoi pour le savoir.

Mon père avait peut-être raison. Peut-être que c'était toujours après dix heures du soir que les problèmes survenaient.

nº 7 : donner asile à une fugitive

Hou ! La menteuse

PINpon PINpon PINpon !

Ce dimanche-là, Noah et moi étions dans ma chambre quand mon père a appelé. Vi était en haut avec Joanna. Nous restions beaucoup en bas quand Vi était à la maison. Désormais, Vi et Noah étaient comme deux chiens gardant leur territoire. Moi en l'occurrence.

– Bonjour, papa, dis-je en faisant signe à Noah de se taire.

– Comment vas-tu aujourd'hui ?

– Bien, soupirai-je.

– Je suis désolé pour Donut, dit-il.

– Moi aussi.

– Mais tu as pris la bonne décision. Il aurait beaucoup souffert.

Il croyait que Donut était morte. Je devais lui dire la vérité. Et que Donut était une chatte.

Ou je pouvais lui donner des remords.

– Oui, enfin, la fin a été dure quand même.

Je prétendais que mon chat était mort. Qu'est-ce qui me

prenait ? Quand étais-je devenue quelqu'un capable de prétendre que son chat était mort ? Capable de faire signe à son copain – avec qui elle était au lit – de se taire quand elle était au téléphone avec son père ?

– Je suis désolé, ma chérie. Est-ce que je peux faire quelque chose pour te remonter le moral ?

– Non, répondis-je.

À moins que… J'aurais bien besoin d'un peu plus d'argent. Comment le dire sans paraître grossière ?

– Peut-être que ça me ferait du bien de sortir. D'aller marcher un peu sur les bords du fleuve, ou d'aller faire un tour en ville, dans les magasins.

– C'est une excellente idée. Vas-y. Emmène Vi déjeuner au restaurant. Achète-toi un cadeau. C'est moi qui te l'offre. Je vais faire verser un supplément sur ton compte.

Gagné !

– Merci, papa.

Je gardais un ton attristé. Depuis quand étais-je devenue quelqu'un capable d'utiliser la fausse mort de son chat pour se procurer de l'argent ?

– Tu viens de soutirer un peu plus d'argent à ton père, si je ne me trompe ? demanda Noah quand j'eus dit au revoir.

– Peut-être.

– Très bien ! Comme ça, tu pourras rembourser Hudson plus vite.

Visiblement, il n'avait pas encore digéré le fait qu'Hudson m'ait avancé de l'argent. Mais ça ne le faisait pas souffrir au point qu'il me le prête lui-même. Au lieu de lui faire cette remarque, je glissai la main sous le dos de sa chemise et l'attirai sur moi.

E-mail envoyé par mon père à la fausse Suzanne après cette conversation

De : Jake Berman / Jake.Berman@kljco.com
Date : Dimanche 8 mars, 20 h 10
À : Suzanne Caldwell / Suzanne_Caldwell@pmail.com
Sujet : Le chat

Suzanne,
J'espère que tout va bien. Je voulais voir avec vous comment April fait face à la situation en ce qui concerne son chat. Je ne m'étais même pas rendu compte qu'elle avait un chat. Je présume que vous étiez d'accord. Elle semble vraiment très affectée, elle avait une voix bouleversée quand je lui ai parlé au téléphone. Pouvez-vous garder un œil sur elle et me dire comment elle réagit ? Elle a fait une petite dépression il y a deux ans – après le divorce – et je voudrais m'assurer qu'elle garde le moral. Si vous avez la moindre inquiétude, téléphonez-moi immédiatement. Merci.
Cordialement, Jake
Envoyé par BlackBerry

Après lecture du mail de mon père à « Suzanne »

Qui est-ce qui avait l'impression d'être idiote ? Moi, moi !

Perdue dans l'espace

L'été suivant la séparation, juste avant mon entrée au lycée, mon père nous avait emmenés à Disney, Matthew et moi. J'avais quatorze ans.

J'avais eu une crise d'angoisse pendant que nous étions sur le Vaisseau Spatial Terre.

Peut-être à cause du vaisseau, du voyage de quarante mille ans dans le temps – les Égyptiens, les Romains, le futur –, je ne cessais de me dire que nous étions tous minuscules et absurdes, que nous prétendions que nos vies étaient importantes mais qu'en réalité tout ça n'avait aucun sens. Tout a une fin. Les années. Les générations. Les civilisations. Tout le monde meurt. Je regardais par-dessus le bord du manège et tout ce que je voyais, c'était un trou noir sans fond. Si mes parents pouvaient se séparer, alors rien n'était éternel. Rien n'était inaltérable. Tout était voué à l'échec. En respirant, j'avais l'impression que des couteaux me perçaient les côtes.

De retour en pleine lumière, ce fut pire. Il y avait des gens partout, des inconnus, et j'étais si insignifiante, si dénuée de sens. Perdue, comme un ballon dégonflé qui tombe au lieu de monter dans le ciel. Le soir à l'hôtel, je ne pouvais pas m'arrêter de pleurer. Je m'efforçais d'étouffer mes sanglots sous mon oreiller pour que ni Matthew ni mon père ne m'entendent.

Bienvenue dans l'asile de fous

Jamais nous n'arriverions à savoir qui avait écrasé Donut. Comment l'aurions-nous pu ? Il n'y avait pas de caméra dans la rue. Personne n'allait le reconnaître, ni donner d'information. « Vous savez quoi ? » dirait l'assassin. « Je passais dans votre rue et j'ai accidentellement écrasé votre chat. Désolé ! » Absurde !

C'était la deuxième semaine de mars, un mardi après les cours, et Vi et moi étions vautrées sur le canapé. Donut était sur mes genoux. Elle avait survécu à l'opération. Après trois jours à la clinique, elle était rentrée depuis une semaine et, à part un horrible plâtre sur la patte arrière, sa vie était redevenue normale. Le docteur avait prévenu qu'elle boiterait sans doute toujours, mais au moins, elle était vivante.

Je lui gratouillai l'arrière du crâne et elle émit un petit miaulement.

– Qui est-ce qui a neuf vies ? roucoulai-je. Je vous le demande ?

Elle me lécha la main. Jamais plus je ne la quitterais des yeux.

– Tu crois que c'était Lucy ? demanda Vi.

– Oh, voyons ! Non. Bien sûr que non.

Je pensais à son père.

– Elle est arrivée dans la rue exactement en même temps que nous. Qu'est-ce qu'elle faisait dans la rue au milieu de la nuit ?

– Elle a dit qu'elle nous avait entendues. Ce n'est pas impossible. On faisait pas mal de bruit.

– Mais ensuite elle est venue avec nous chez le vétérinaire.

– Quoi ? Tu crois qu'elle a écrasé notre chat rien que pour mettre un peu de piment dans sa vie ? demandai-je. C'est trop dingue. Même pour elle.

On sonna à la porte et je bondis pour aller ouvrir.

– C'est probablement Lucy. Elle a un micro dans son cactus et nous a entendues parler d'elle.

Mais c'était Marissa. Elle avait les joues striées de larmes. Elle portait un petit sac de voyage bleu, le sac qu'elle emmenait en camp. Son nom était écrit dessus en lettres noires.

– Je... je...

Elle éclata en sanglots.

– Entre, lui dis-je en la prenant dans mes bras. Qu'est-ce qui t'arrive ?

– Je peux venir habiter avec vous ?

Suite de l'infidélité de ma mère

– April, tu restes avec nous pour dîner? m'avait demandé Dana, la mère de Marissa.

C'était un mercredi après-midi – j'étais en seconde –, le lendemain du cauchemar téléphonique.

J'acquiesçai. J'étais assise devant la table en bois de la cuisine et je faisais semblant de faire mes devoirs. Marissa nous servait du jus d'orange. Sa petite sœur était installée par terre et faisait un dessin. Sa sœur aînée était au téléphone et ses deux frères chahutaient sur le tapis de l'entrée.

– Comment vont tes parents? me demanda Dana.

J'ouvris la bouche pour répondre, mais ne réussis qu'à éclater en sanglots.

– Oh, ma chérie, dit-elle en s'asseyant près de moi et en me serrant contre elle. Qu'est-ce qui ne va pas? Tu veux que j'appelle ta mère?

– Non. Je suis seulement... c'est seulement qu'elle...

Et je me remis à pleurer.

Marissa se précipita derrière moi pour m'entourer les épaules.

– Ta mère est malade? demanda-t-elle.

Oui, me dis-je. Mais je fis signe que non.

– Non, non, ce n'est pas ça. C'est mon père et ma mère... ils sont... ça ne va pas bien.

Dana eut l'air surprise mais hocha la tête et m'étreignit de plus belle. Elle sentait le linge propre.

– Maman, est-ce qu'April peut rester ici ce soir? avait demandé Marissa.

Dana s'écarta et me caressa le bras.

– Tu veux ?

Oui. Oui. Je vous en prie, ne m'obligez pas à rentrer chez moi. Ne m'obligez pas à lui parler. Ce matin, dans la voiture, je n'avais pas pu la regarder en face sans avoir envie de la gifler.

– Je vais appeler ta mère, avait déclaré Dana.

Je fus prise de panique.

– Mais vous ne pouvez pas dire...

– Mais non, me rassura-t-elle. Ne t'inquiète pas. Tout ira bien. Allez vous détendre, toutes les deux.

– Allons regarder la télé, avait dit Marissa en me prenant la main pour me relever, sans la lâcher.

À mon tour de recueillir Marissa

Après deux minutes de sanglots incompréhensibles, Marissa finit par expliquer ce qui s'était passé.

– J'ai été prise pour le stage en Israël cet été !

– Je ne comprends pas, dis-je. C'est une bonne nouvelle, non ?

– Non. Mes parents ne veulent pas me laisser partir !

Une partie de moi – la bonne – avait de la peine pour elle. L'autre partie – la mauvaise – était heureuse pour moi.

– Je ne comprends pas, répétai-je. C'est un voyage gratuit.

– Je sais ! Mais ils en ont parlé et ils ont finalement décidé que c'était trop dangereux ! Ils sont convaincus que je vais me retrouver victime d'un attentat à la bombe.

– Ça paraît peu probable, dit Vi. Tu as sûrement autant de chances d'être victime d'un attentat à Manhattan.

– Je ne suis pas sûre que Vi ait raison, intervins-je en

serrant Marissa contre moi. Mais tes parents sont un peu trop protecteurs.

– Mais oui ! Ils gâchent tout ! Aaron part, et tous mes amis partent aussi !

– Merci, lançai-je.

– Mes amis d'été. Tu sais bien ce que je veux dire. (Elle s'écarta et s'essuya les yeux sur le revers de sa manche.) Ma mère se comporte comme une malade.

– Tu crois qu'elle va changer d'avis ? demanda Vi.

– Je lui ai dit que je la détestais, qu'elle gâchait ma vie, et que je ne lui adresserais plus la parole si elle ne changeait pas d'avis.

– Et qu'est-ce qu'elle a répondu ?

– Qu'elle ne changerait pas d'avis. Alors j'ai appelé mon père au bureau et il m'a dit qu'il ne changerait pas d'avis non plus !

– C'est vraiment nul ! m'exclamai-je. (Je regardai son sac.) Et tu as fait ta valise parce que...

– Parce que je ne peux pas rester là-bas. Je ne parle plus ni à l'un ni à l'autre.

– Et comment es-tu venue jusqu'ici, au fait ? demandai-je.

– À pied.

Elle était folle ou quoi ?

– Il y a bien une demi-heure de marche. Et en plus tu avais ton sac.

– J'étais furieuse. J'avais besoin de prendre l'air.

– Tu aurais dû m'appeler, dis-je. Je serais venue te chercher.

– Je sais mais... je n'ai pas réfléchi. J'ai juste préparé mes affaires et j'ai fichu le camp. (Elle souleva son sac à bout de bras.) Il n'est pas lourd. C'était surtout pour la frime.

– Tes parents savent que tu es ici ? demandai-je.

– Pas vraiment, non.

– Mais ils t'ont vue partir, dit Vi.

– Mes sœurs m'ont vue. Maman s'en apercevra quand elle rentrera de l'hypermarché.

Ça allait mal se passer.

– Alors, en fait, tu t'es enfuie ?

– Pas vraiment. Je suis venue ici.

– Marissa, dis-je en secouant la tête. Tes parents vont être fous d'inquiétude.

– Très bien, lança-t-elle, les yeux brillants. Qu'ils s'inquiètent ! Au moins, ils auront une raison, cette fois.

Son téléphone sonna et elle jeta un coup d'œil au numéro d'appel.

– C'est eux. Je ne réponds pas.

– Il faut que tu leur dises où tu es, déclarai-je. Ils vont croire que tu as été kidnappée ou je ne sais quoi.

– Tant mieux.

– Ils vont prévenir la police ! insistai-je.

On avait justement besoin de ça. Des recherches policières qui aboutiraient ici. Avec deux mineures qui habitaient seules en toute illégalité.

Elle réfléchit.

– J'ai *au moins* quelques heures avant qu'ils n'appellent la police. Est-ce qu'il ne faut pas attendre douze heures pour signaler une disparition ?

Elle s'adressait à Vi.

– Je n'en suis pas sûre, dit Vi. Mais je suis d'accord. Je ne pense pas que tes parents vont appeler la police immédiatement. Il n'est que cinq heures de l'après-midi. Ils vont attendre au moins jusqu'à huit ou neuf heures.

Je soupirai.

– Alors, tu les appelleras après dîner ?

– On verra. Mais de toute façon, je ne rentre pas à moins qu'ils ne changent d'avis.

– Tu peux rester le temps que tu veux, déclara Vi. Tu n'as qu'à t'installer dans la chambre de ma mère.

– Elle n'en aura pas besoin ?

– Je ne crois pas qu'elle ait un week-end de libre avant un certain temps, dit Vi en haussant les épaules.

Je me demandai si c'était vrai.

Le portable de Marissa sonna à nouveau.

– C'est eux.

– Ils vont t'appeler toutes les deux minutes jusqu'à ce que tu répondes, dis-je.

Elle éteignit son téléphone.

Toutes les bonnes mamans sont d'accord

Dana m'appela à sept heures. J'étais en bas dans ma chambre en train d'enfiler un pantalon de survêt avant de dîner. Vi préparait des légumes sautés et Marissa lui tenait compagnie.

– April ? Elle est là ? Dis-moi qu'elle est chez vous.

La mère de Marissa avait l'air totalement paniquée.

J'avais envie que Marissa reste avec nous mais je ne voulais pas que Dana se fasse du souci inutilement. Oublions le docteur Rosini. Si je pouvais adopter une mère de remplacement, ce serait Dana.

– Elle va bien, dis-je d'une voix douce. Elle est ici.

– Oh, bon… (Son ton me rappelait le mien quand la vétérinaire m'avait dit que Donut allait s'en tirer.) Tu peux me la passer ?

– Elle est vraiment bouleversée, vous savez, dis-je.

Je m'assis sur le coin de mon futon.

– Je sais. Mais je dois faire ce qui est le mieux pour elle, même si ça la bouleverse. Je suis sa mère. C'est mon rôle.

Je me demandai quel rôle ma mère pensait avoir à mon égard.

– Est-ce qu'elle a pris un sac ? demanda Dana.

– Oui.

Elle soupira.

– Je viens la chercher.

– Attendez. Vous devriez peut-être lui permettre de rester ici une nuit ou deux. Elle reprendra ses esprits et se calmera. Elle aura envie de rentrer à la maison.

– Je ne sais pas... Si la mère de Vi est d'accord...

– Bien sûr, lançai-je.

– Elle est là ? Tu peux me la passer que je lui dise un mot ?

– Oh... euh... Je ne suis pas sûre. Je vais aller voir et lui demander de vous rappeler tout de suite.

Une fois en haut, je tendis mon portable à Vi.

– Suzanne, pourriez-vous rappeler la mère de Marissa pour lui dire que sa fille peut rester ici aussi longtemps qu'elle le désire ?

– Bonne idée ! s'écria Marissa.

Vi prit le téléphone et passa dans la pièce voisine.

– Bonjour, dit-elle d'une voix grave, très maternelle. C'est Suzanne, la mère de Vi... Non, ça ne pose aucun problème, ça me fait plaisir, au contraire... Je sais... C'est mieux qu'elle évacue sa colère dans un environnement neutre... Pourquoi ne resterait-elle pas dormir ici ? Vi l'emmènera au lycée demain... Parfait. Non, non, nous avons tout ce qu'il faut pour dîner. J'étais en train de préparer un pâté en croûte.

Je haussai un sourcil.

– Super. On reprend contact demain, dit Vi avant de raccrocher. Et voilà, le tour est joué.

– Pâté en croûte pour dîner ? demandai-je.

– Ça faisait plus maternel, déclara Vi avec un haussement d'épaules.

– Génial ! m'écriai-je.

À présent que toute alerte orange était écartée, je n'avais plus qu'à profiter de l'instant. Marissa restait avec nous ! Avec Vi et moi ! Nous étions toutes les trois. Marissa avait toujours été là quand j'avais eu besoin d'aide, et désormais, c'était à mon tour.

– Et maintenant ? On fait quoi ?

Marissa désigna le Hula du doigt.

– Il va falloir que je vous emprunte un maillot de bain.

Miss Westport junior vient chercher son prix

Le mercredi et le jeudi avec Marissa furent géniaux. Nous prenions notre petit déjeuner ensemble, partions au lycée ensemble, rentrions ensemble, bullions ensemble dans le jacuzzi. Nous veillions tard en regardant des vidéos et en grignotant des boîtes entières de biscuits au chocolat. C'était comme une soirée pyjama permanente. Je lui montrai même comment faire sa lessive quand elle n'eut plus de sous-vêtements propres.

– Regardez-moi cette petite fée du logis ! s'exclama-t-elle en me voyant mesurer la dose de lessive.

– J'apprends, dis-je.

– Tu veux que je passe ? me demanda Noah au lycée.

– Cette semaine, c'est plutôt entre filles, répondis-je.

Je ne savais pas trop pourquoi, mais je me disais que la présence de Noah serait bizarre. Je ne voulais pas donner à Marissa l'impression qu'elle était de trop.

– On va faire un truc chouette pendant le week-end. On va bien s'amuser.

Tous les soirs, Dana communiquait avec Vi alias Suzanne.

Tous les soirs, Dana communiquait aussi avec Marissa.

– Je ne rentre pas à la maison tant que papa et toi, vous n'avez pas changé d'avis ! lui disait Marissa.

Ils ne changeaient pas d'avis. Marissa ne rentrait pas chez elle.

– Je ne comprends pas que ma mère n'ait pas encore déboulé ici, s'étonna Marissa le jeudi soir, pendant que nous nous prélassions dans le jacuzzi.

– Elle trouve peut-être très bien d'en avoir une de moins pour lui causer du souci. Ça lui fait des vacances, dit Vi.

Marissa s'appuya la tête contre le rebord du bassin.

– Tu as probablement raison. On est nombreux et il faut nous suivre ! La semaine dernière, mon frère s'est enfermé dans le garage sans le faire exprès et on ne s'en est aperçu qu'au bout de trois heures.

Je ne pus m'empêcher de sourire. D'accord, je regrettais que Marissa soit à couteaux tirés avec Dana, mais... je trouvais génial qu'elle soit avec moi.

Mon portable émit un bip. Message d'Hudson.

Hudson : Qu'est-ce que vous faites ?

Moi : On bulle dans le jacuzzi.

Hudson : Comment va Donut ?

Moi : Elle va bien.

– À qui tu envoies des SMS ? demanda Marissa.

– À Hudson, répondis-je en continuant à pianoter.

– Tiens tiens tiens... dit Vi avec un sourire. On flirte un petit peu ?

– Je me demande pourquoi tu es si pro-Hudson et si anti-Noah ?

– Je ne suis pas anti-Noah. Je pense qu'Hudson est un type formidable, c'est tout. Et quand il est là, tu es... différente, poursuivit-elle. En mieux. Tu es plus audacieuse... Plus...

– Plus comme toi, peut-être ? lançai-je en l'éclaboussant.

– J'allais dire plus téméraire, mais plus comme moi, ça ira très bien. Et Noah est un peu étouffant, tu ne trouves pas ? Je me demande si tu es vraiment encore amoureuse de lui, ou si c'est juste une histoire de confort.

Aïe.

– Je suis encore amoureuse de lui, dis-je. Vraiment.

Elle haussa un sourcil.

– Est-ce que lui, il trouve que tu es la plus jolie fille de Westport ?

Je l'aspergeai de plus belle.

– Il a intérêt.

– C'est vrai, dit Marissa. Sinon, il faut que tu le largues.

Je la regardai, sidérée. Il n'y avait pas si longtemps, Marissa trouvait que Noah et moi formions le plus beau couple du monde. Que s'était-il passé ?

– Invite-le à nous rejoindre, proposa Vi.

– Noah ?

– Hudson, dit-elle.

Je fis un signe de tête négatif.

– Pour le coup, ce serait vraiment flirter !

– Bon, alors, c'est moi qui vais l'inviter, dit Vi avec un soupir exagéré. Je vous jure, je dois tout faire ici !

Elle composa un numéro et lança :

– Salut, Hudson ! Comment va ?

Je l'arrosai avec mon pied.

– Arrête de m'arroser, dit-elle. Si tu mouilles mon téléphone, je vais te donner une fessée. Hud ? Pourquoi est-ce que vous ne viendriez pas nous voir, toi et ton délinquant de frère ?

Dean n'était pas réapparu depuis leur dispute chez le vétérinaire. Il y avait quelque chose de bizarre entre eux, c'était certain. Qui ne disparaîtrait probablement pas juste en l'invitant à venir par l'intermédiaire de son frère.

Vi fronça les sourcils une seconde, puis son visage devint inexpressif.

– Ah bon ? D'accord. Tant pis. Ne t'inquiète pas. À plus.

Elle raccrocha.

– Ils ne peuvent pas venir ? demanda Marissa.

J'étais vaguement déçue, même si je savais que c'était aussi bien comme ça. Hudson dans le jacuzzi avec moi, ce n'était pas le genre de choses qui ferait plaisir à Noah. En outre, s'il passait trop de temps en ma compagnie, il finirait sûrement par remarquer que je n'étais pas la plus jolie fille de Westport.

– Dean est chez Pinky, dit-elle avec un regard d'acier.

– Pinky, celle qui est dans le comité de rédaction de ton journal ? demanda Marissa.

– Oui, celle-là même. Tu en connais d'autres ?

La voix de Vi était tendue. Elle fendit l'eau avec des mains comme des couteaux.

– C'est toi qui lui as dit de le séduire, lui rappelai-je.

– Je sais, rétorqua-t-elle.

– Je ne comprends pas, dit Marissa. Pourquoi as-tu fait ça ?

– En tout cas, elle ne perd pas de temps, déclara Vi, la voix acide. Je n'aurais pas cru qu'il se laisserait faire, pourtant.

Marissa secoua la tête.

– Tu le testais ?

– Non, j'essayais de lui faire... soupira Vi. Peu importe.

– Ça va ? demandai-je prudemment.

Vi leva les yeux au ciel.

– Évidemment ! Pourquoi est-ce que ça n'irait pas ? Je me moque totalement de savoir avec qui il sort. C'est un copain, c'est tout.

Marissa et moi avons échangé un regard.

– J'ai faim, déclara Vi en se hissant hors du jacuzzi. Est-ce que l'une d'entre vous a envie de chips mexicaines ?

– Non, merci, dit Marissa.

Vi laissa la porte se refermer bruyamment.

– Elle l'aime bien, en fait, non ? demanda Marissa.

– Oui.

– Elle a un problème ?

– Elle est persuadée que si elle s'engage avec un garçon, elle sera coincée, et qu'ensuite il la quittera. Problème parental, en fait.

Elle hocha la tête.

– À propos de problème parental, comment ça se passe pour toi ici ? Tu as l'air de très bien te débrouiller toute seule.

– Oui, c'est vrai, dis-je en souriant. Je commence à m'y faire.

– Et tu es heureuse ?

Elle me regarda avec des yeux pleins d'espoir.

Je réfléchis.

– Oui, répondis-je.

Et c'était vrai.

– Et Noah ?

– Noah aussi. Tout va bien.

Elle bougeait les doigts dans l'eau d'un air absorbé.

– Si tu es heureuse, je le suis.

– Je suis heureuse, affirmai-je. Mais Vi ne l'est pas.

– Alors allons manger des chips avec elle pour lui remonter le moral.

Une fois rentrée, je passai le bras autour des épaules de Vi.

– Tu veux bien que je la déteste ? À moins que ce ne soit contraire à tes principes féministes ?

– On ne peut plus contraire, dit-elle en se fourrant une chips dans la bouche. Mais je t'en prie, ne te gêne pas.

Puis vint le quatrième

– Au fait... dit Marissa le vendredi matin pendant que nous allions au lycée. (Elle était assise devant à côté de Vi, et moi, j'étais allongée derrière.)... j'ai parlé avec Aaron au téléphone hier soir et nous nous demandions...

– Oui ?

– Puisque vos parents ne sont pas là et que je suis très triste de ne pas pouvoir passer l'été avec mon copain, est-ce qu'il pourrait venir me voir ?

– Ici ?

Heureusement que ce n'était pas moi qui conduisais parce que je serais allée tout droit sur le trottoir.

– Oui, dit-elle. Sauf si vous ne trouvez pas ça cool. Ce que je comprendrais parfaitement. Mais il a envie de me voir et il pourrait venir en voiture après les cours si ça ne vous gêne pas...

– Bien sûr que ça ne nous gêne pas ! s'écria Vi.

Ah bon ? Nous étions assez contentes de notre intimité entre filles, me dis-je. Surtout moi, puisque j'étais avec mes deux meilleures amies.

– Non, pas du tout. Ce serait marrant, mentis-je.

– C'est vrai ? Vous êtes trop géniales, les filles ! Je vais l'appeler immédiatement pour le lui dire. Coucou ! lança-t-elle au téléphone. Elles ont dit que c'était OK ! Super ! Je t'avais bien dit qu'elles ont un jacuzzi, hein ?

Était-ce mal de ne pas me sentir folle de joie à l'idée de partager ma maison – et mon Hula – avec un type que je n'avais rencontré que deux ou trois fois ?

– Est-ce qu'il a des copains qui sont mignons ? demanda Vi. Dis-lui d'en amener un.

Deuxième inconnu. Encore mieux.

Un oiseau de plus dans le nid

Ils se pointèrent à onze heures. Aaron. Plus Brett.

Aaron se précipita dans la maison, prit Marissa dans ses bras, la souleva et la fit tournoyer.

– Tu m'as manqué ! dit-il.

Elle l'embrassa fermement sur la bouche.

– Prenez un lit ! chantonna Vi.

Marissa rougit et s'écarta. Je me demandais si elle envisageait de changer son plan. Elle avait dit qu'elle attendrait l'été, mais à présent...

– Salut, April, lança Aaron en m'embrassant.

Aaron était grand et avait les cheveux bruns, presque noirs, et des sourcils épais. Il ressemblait un peu à Bert, de *Sesame Street*, mais en plus mignon.

– Voilà pour vous, les filles, dit Brett. (Il avait les cheveux blonds, longs et raides et un look de surfeur. Il tendit à Vi un gros bouquet de fleurs.) Merci de nous recevoir.

– Comme c'est gentil ! s'exclama Vi en les respirant et en jaugeant Brett du regard. Délicate attention.

– Alors, où est-ce qu'on doit poser nos affaires ? demanda-t-il.

– Aaron n'a qu'à mettre les siennes dans la chambre de ma mère, avec celles de Marissa. C'est là qu'il dormira. Et toi, tu laisses ton sac dans le living-room à côté de la télé. Et si tu joues les bonnes cartes, tu pourras peut-être les mettre dans ma chambre.

Au secours !

Il écarquilla les yeux.

– Je suis un champion du poker, je te préviens.

C'est parti.

Tous ensemble

Sur la terrasse, tout le monde était dans le jacuzzi, y compris Lucy.

Aaron tenait Marissa serrée contre lui, et ils se regardaient dans les yeux en échangeant des murmures et des petits rires adorables.

– Tu ne trouves pas que Lucy a un drôle de regard ? me chuchota Noah en arrivant.

– On finit par s'y habituer, répondis-je de la même façon. Tu as apporté ton maillot de bain ?

– Non. Ce truc est un vrai bouillon de culture.

Je n'insistai pas. Il avait pris un bain avec moi dans le jacuzzi, un jour que Vi n'était pas là. Je pense qu'il était complexé à cause de son poids. Non pas que moi, je le trouve trop maigre, mais je savais que c'était son problème. Peut-être qu'il voulait seulement éviter d'avoir à parler à Vi.

– Salut tout le monde !

– April ! s'écria Vi. (Elle avait le bras autour de la taille de Brett.) Si tu savais comme on s'amuse !

– Super, dis-je.

– Il faut que vous veniez vous baigner. C'est trop bon ! C'est le jacuzzi le plus chaud de Westport ! Noah, tu sais qui est la plus jolie fille de Westport ? Selon...

– On dirait qu'il n'y a pas beaucoup de place, l'interrompis-je.

– Mais Hula te fera toujours une petite place ! N'est-ce pas, Hula ? Devine qui vient nous voir ? Miss Westport et son petit ami.

– Je ne suis pas sûre que ce soit une bonne idée.

– Pourquoi ?

– Eh bien...

Parce que tu es secrètement amoureuse de Dean et que tu l'as invité pour le rendre jaloux avec ton surfeur.

– Tu es paf? hasardai-je

– Penses-tu ! Je n'ai bu qu'une bière. Je vais demander à Pinky de nous faire son salut.

– De quoi parle-t-elle ? me demanda Noah.

– Son salut de reine de beauté ! s'exclama Lucy.

Elle avait les yeux brillants et je supposai qu'elle avait déjà bu plus d'une bière, elle. Je devrais peut-être appeler sa mère.

– Tu peux apporter d'autres bières ? me demanda Vi. Puisque tu es debout. Et sèche.

J'entendis la sonnette et redoutai de l'ouvrir. Dean et Pinky, c'était déjà beaucoup. Mais si Hudson les accompagnait ? Noah était déjà perturbé par la présence des deux nouveaux. Ça n'arrangerait pas les choses si Hudson se pointait en plus.

Il n'y avait que Dean et Pinky.

– Salut ! dis-je avec un grand geste du bras. Bienvenue !

Noah et Dean se firent un signe de tête.

– La voilà ! s'écria Vi de l'autre côté du panneau vitré.

– Démonstration ! Démonstration ! hurlait Lucy.

Non. J'hallucine.

Lucy, Vi et Brett agitaient maintenant les mains, style salut de reine de beauté. Pinky les imita en riant. Dean avait l'air de vouloir faire demi-tour immédiatement.

– Elle est soûle ? demanda-t-il.

– Non, elle a envie d'être odieuse, c'est tout.

– C'est qui, ce mec ?

– Un copain du copain de Marissa. Ils arrivent de Boston.

– Et ils restent... ?

– Ici, oui.

La mâchoire de Dean s'affaissa.

– Tous les deux ?

– Oui.

– Où vont-ils dormir ?

– Aaron avec Marissa, et Brett sur le canapé, dis-je. Sur le canapé, oui.

Je l'espérais.

Au moment où nous regardions par la porte vitrée, Vi passa les bras autour du cou de Brett et l'embrassa sur la bouche.

Pauvre Jane ! Séduite et abandonnée !

Jane, séduite et abandonnée

– Vi, nous avait dit Marissa une heure plus tôt, en nous attirant toutes les deux dans la cuisine. Brett sort avec une fille qui s'appelle Jane.

J'étais en train de vider un sachet de chips mexicaines dans un bol.

– Elle était d'accord pour qu'il vienne passer le week-end avec nous ? demandai-je.

– Je n'en sais rien, avoua Marissa en tortillant une boucle de cheveux autour de son doigt. J'ai dit à Aaron d'amener un copain, et Brett a une voiture et... je suis désolée. Mais sérieusement, je voulais te prévenir.

– Il n'a pas l'attitude de quelqu'un qui a une relation solide, dit Vi en remuant la tête. Il n'arrête pas de me reluquer depuis que je lui ai fait le commentaire du lit. Qu'est-ce qu'ils ont donc, ces mecs ? Personne ne l'oblige à avoir une copine. Il pourrait choisir d'être célibataire. Au contraire, il décide d'en avoir une et ensuite il flirte avec moi. Je devrais coucher avec lui, prendre une photo et l'envoyer à sa copine.

Je secouai la tête et m'accroupis devant le frigo pour y prendre la salsa.

– C'est horrible ! s'écria Marissa. Pourquoi ferais-tu une chose pareille ? Jane serait anéantie !

– Mieux vaut maintenant que trop tard, tu ne crois pas ? Elle ne mérite pas de savoir que c'est un salaud, d'après toi ?

– Ce n'en est peut-être pas un ! Il n'a encore rien fait. Il a juste flirté un peu avec toi. Nous ne savons pas s'il a vraiment fait quelque chose. C'est juste une rumeur ! dit Marissa.

– Quelle rumeur ? demandai-je en fouillant dans le frigo. (Tiens, ces yaourts étaient périmés. Il allait falloir faire un peu de ménage là-dedans. Voilà, j'ai trouvé !) De quoi parlez-vous ?

Je fermai le frigo et posai le pot sur le comptoir.

Marissa était toute rouge.

– Rien. Je disais seulement... ce serait un piège.

– Jane l'appréciera plus tard, déclara Vi.

J'éclatai de rire.

– Voilà une photo que moi, je n'aurais jamais envie de voir. Noah avec une autre ? Non merci. Crois-moi, Jane ne l'appréciera pas du tout. Elle te méprisera. Tu deviendras « *l'autre* ». Ne fais pas ça.

Vi mit la main sur sa hanche.

– Qui préférerais-tu être ? La fille qui trompe ou la fille trompée ?

Marissa leva les bras au ciel.

– La fille qu'on trompe ne fait rien de mal. Ce n'est pas sa faute. La fille qui participe à la tromperie, c'est une moins que rien.

– Je sais celle que je préférerais être, dis-je en emportant le bol dans le living-room. Ni l'une ni l'autre.

Soirée, suite

Vi était toujours en train d'embrasser Brett goulûment dans le jacuzzi.

– Tu sais quoi ? dit Dean. Je crois qu'on va y aller.

Non, non, non !

– Vous venez d'arriver ! Ne partez pas. Elle essaie seulement de...

– Pinky, tu veux qu'on aille chez Kernan ?

Kernan était un copain de terminale qui organisait apparemment une soirée.

– Déjà ? demanda Pinky.

Elle avait une voix étonnamment grave. On aurait dit une femme de quarante ans.

– Ne partez pas, dis-je. Attendez. (Je ressortis en courant, m'accroupis et tapotai l'épaule de Vi.) Je peux te parler une seconde ?

Elle s'écarta de Brett.

– Quoi ?

– Arrête de faire l'idiote. Dean est arrivé.

– Moi, je fais l'idiote ? Lui, il a amené Pinky.

– C'est toi qui le lui as demandé !

– Salut, dit Pinky, apparaissant soudain par-dessus le bord du jacuzzi. Merci de nous avoir invités.

– Oui, merci infiniment, lança Dean. On passe juste pour dire bonjour. On va chez Kernan.

– Ah oui ? demanda Vi.

– Oui, absolument, répondit Dean en la fusillant du regard.

Vi sourit.

– Pinky ne peut pas partir sans nous faire son plus beau salut de Miss Westport, quand même ?

Pinky éclata de rire et s'exécuta. Tous les occupants du jacuzzi applaudirent. Après avoir fini, elle passa le bras autour de la taille de Dean.

– On y va ?

Dean regardait toujours Vi.

– Oui, dit-il lentement. Bien sûr.

Oh non. Vi posa très ostensiblement la main sur la jambe de Brett. Il valait peut-être mieux que Dean et Pinky s'en aillent. Si on les laissait tous les quatre, on risquait un défi pornographique.

– OK, dis-je doucement, pour que Vi ne m'entende pas. Au revoir, passez une bonne soirée.

Après avoir refermé la porte derrière Dean et Pinky, je ressortis en entraînant Noah.

– Il est vraiment parti ? demanda Vi en se levant.

L'eau lui dégoulinait le long du dos.

– Oui.

– Je ne peux pas croire qu'il ait osé partir.

– J'imagine qu'il ne tenait pas à rester ici pour te regarder en train de peloter un parfait inconnu, lançai-je rageusement.

– Je n'étais pas... (Elle sortit du jacuzzi et s'enveloppa dans une serviette.) Oh ! Il est trop chiant !

– Où vas-tu ? interrogea Brett.

– Chercher quelque chose à manger. J'ai envie de pizza.

– Oui ! applaudit Brett. Au pepperoni !

– Je vais commander, dit Noah en sortant son portable. Je connais les gars chez *Bertucci*.

– Je suis capable de commander ma pizza moi-même, coupa-t-elle méchamment.

– D'accooord, dit Noah en lui passant le portable. Tiens.

Vi aboya sa commande au téléphone.

– Je caille ! Je retourne dans l'eau.

Elle se précipita dehors et se glissa dans le jacuzzi.

Brett tenta de passer le bras autour d'elle, mais Vi le repoussa. Peut-être que finalement, il allait coucher sur le canapé, me dis-je.

– Est-ce que je peux inviter RJ ? me demanda Noah.

– Non, répondis-je. Il vient toujours avec Corinne.

– Alors on peut aller dans ta chambre ? hasarda-t-il.

Je soupirai.

– Si tu veux...

On se cache

Noah remonta les couvertures par-dessus sa tête.

– On est obligés de retourner là-haut ?

Il y avait une heure que nous nous retranchions dans le sous-sol.

– J'espère bien que non ! dis-je. Mais est-ce qu'on a faim ? Oui, et il y a de la pizza.

– Pas trop tentant. Elle a commandé chez *Pete*. Berk. Ça ne vaut pas le déplacement. (Il secoua la tête.) Je ne sais pas comment tu peux supporter de vivre avec elle.

– Noah !

– Quoi ? Elle est odieuse.

– Non, elle est... têtue, c'est tout.

– Heureusement que je ne suis pas à ta place. Je ne pourrais pas la supporter vingt-quatre heures sur vingt-quatre, sept jours par semaine.

– Ce n'est pas vingt-quatre heures sur vingt-quatre, dis-je. Je n'ai pas un seul cours commun avec elle.

Je ne l'aurais pas admis devant Noah, mais j'étais bien contente que nous ne soyons pas dans la même année. C'était bien de pouvoir s'échapper de temps en temps. Je décidai de changer de sujet.

– J'ai faim.

– Tu dois bien avoir des trucs à grignoter ici.

– Non, rien du tout.

– Dommage que Donut ne soit pas un vrai beignet.

Donut miaula. Vigoureusement. En agitant sa patte plâtrée.

– Ne t'inquiète pas, Donut, dis-je. Je te promets que nous ne te mangerons pas.

Noah secoua de la tête.

– Ne fais pas de promesses que tu ne pourras pas tenir, ma mignonne.

Je le repoussai et le regardai droit dans les yeux.

– *Donut* est mignonne. Je voudrais que *moi*, tu me trouves belle.

Il me caressa la tête.

– Ne fais pas de promesses que tu ne pourras pas tenir, ma belle.

Pas vraiment ce que j'aurais voulu entendre.

– On n'est pas encore dimanche ? dit Vi, allongée en travers de mon futon le lendemain matin.

Je m'assis en riant.

– Pas encore, non.

– Une invitation d'une nuit aurait suffi.

– Deux nuits, c'est un peu trop, non ?

– Je voudrais bien récupérer mon living-room. Et quels porcs ! Ils laissent la lunette des toilettes relevée ! Et la vaisselle dans l'évier ! Toi et Donut, vous avez de la chance d'avoir vos appartements privés.

– C'est vrai. Où sont-ils tous ?

– Marissa et Aaron sont enfermés à clé dans la chambre de ma mère.

– Ah bon ? Qu'est-ce qu'ils font ?

– J'espère qu'ils ne fouillent pas dans les armoires. Tu n'imagines pas les horreurs qu'elle peut avoir là-dedans !

– Mon Dieu. Quoi donc ?

Elle rit.

– En tout cas pas des trucs que toi, tu aurais envie d'avoir, ma petite. Des costumes. De toutes les pièces dans lesquelles elle a joué. Elle les pique pour sa collection.

– Très peu pour moi, en effet, dis-je en tapotant mon oreiller. Et Brett ?

Elle se glissa à côté de moi.

– Il dort sur le canapé.

– Tu as décidé de ne pas être « l'autre » ? demandai-je.

– Il n'en vaut pas le coup. Il est mignon mais... peut-être

qu'il aurait été bien pour une première fois. Mieux que Dean. Au moins, il aurait fichu le camp à Boston tout de suite après.

– En parlant de Dean... (Je haussai un sourcil interrogateur.) Tu l'as appelé ?

Elle se renfrogna.

– Non. Pourquoi je l'aurais fait ?

– Voyons, Vi. (Je lui tapai sur l'épaule.) Premièrement, c'est ton ami. Mais en plus, il tient à toi. Et toi, tu tiens à lui. Tu t'en rends compte, non ?

– S'il tenait à moi, pourquoi sortirait-il avec Pinky ?

– Tout simplement parce que tu l'as jetée dans ses bras.

Elle haussa les épaules.

– N'importe quoi. Je m'en fous.

Effectivement. N'importe quoi.

On entendit des bruits de pas à l'étage. Vi se cacha la tête sous mon oreiller.

– Dis-leur de rentrer chez eux.

J'étais très mal à l'aise. Vi était chez elle, mais Marissa était mon amie.

– Je vais leur demander de partir, si tu veux.

– Oui. Non... (Elle soupira. Gratouilla Donut derrière les oreilles.) Je vais essayer d'être gentille. Mais Donut, si tu leur mords les chevilles, je vois une boîte de thon dans tes prévisions astrologiques...

Bon voyage

Les adieux furent larmoyants. Pas pour tout le monde, évidemment, mais pour Marissa et Aaron.

– Je reviendrai bientôt, dit Aaron. Je te le promets.

Nous leur avons fait de grands signes d'adieu quand ils sont partis. Puis j'ai pris Marissa par l'épaule.

– Alors, tu t'es bien amusée ?

– Trop bien. Merci de leur avoir permis de rester.

– Et alors... tu as franchi le pas ? dit Vi en se penchant en avant.

– Je ne dirai rien. Pour qui me prenez-vous ? lança Marissa d'un ton hautain.

Vi lui donna une petite tape sur le bras.

– Oh, allez... !

Elle sourit.

– D'accord, d'accord. Non, je n'ai rien fait.

– Vraiment ? Comment ça se fait ?

– Comment se fait-il que tu n'aies pas couché avec Brett ?

– Parce que je ne suis pas vraiment une moins que rien. (Elle éclata de rire.) Parce que ça ne me paraissait pas bien.

– Exactement. Ce n'était pas le bon moment, dit Marissa. Pas encore.

Je la serrai contre moi. J'étais contente de l'avoir à nouveau pour moi toute seule.

– On peut rentrer, maintenant ? dit Vi. Vous n'avez pas un petit creux ?

– Bonne idée, lançai-je, prête à la suivre.

Marissa me retint au moment où Vi entrait.

– Attends, je voudrais te parler une seconde. Je suis allée aux toilettes au milieu de la nuit et j'ai vu Vi qui faisait de la gym avec une vidéo.

– Où était Brett ? demandai-je en riant.

– Il dormait sur le canapé.

– Oui, je sais, elle est obsédée par ces vidéos. Elle voulait sans doute éliminer la pizza.

– April, faire de la gym à quatre heures du matin, ça n'est pas un comportement normal. Surtout si elle fait ça souvent.

– Elle le fait souvent, c'est vrai, admis-je.

– Tu devrais peut-être en parler à sa mère ?

– Tu rigoles ! Vi me tuerait. Et de toute façon, ce n'est pas comme si sa mère pouvait y faire quelque chose.

Et Vi et moi avions un code. Nous étions des enfants abandonnées. Si j'appelais sa mère, c'était comme piétiner notre code ou le jeter par la fenêtre.

– Mais tu devrais peut-être lui parler, à elle.

– Pour lui dire quoi ?

– Lui dire qu'elle en fait trop, je ne sais pas. Que tu te fais du souci. Que tu l'aimes.

Je soupirai.

– Oui, je suppose.

Était-ce vraiment si grave ? D'accord, elle faisait beaucoup de gym. Parfois même au milieu de la nuit. Il y avait de plus mauvais procédés pour contrôler son stress, non ? Ce n'est pas comme si elle s'était mise à l'héroïne.

– Bien ! approuva-t-elle. Et de toute façon il faut que je rentre chez moi.

– Quoi ? (Je fis un pas en arrière.) Tu t'en vas ? Pourquoi ? Tu n'es pas obligée !

– Non, confirma-t-elle. Mais je crois qu'il y a trop longtemps que je vous encombre.

– Mais non ! Pas du tout ! Le week-end a été un peu mouvementé, mais ça sera plus calme ce soir.

Marissa regardait par terre.

– En fait, ma famille me manque.

Je reçus ces mots comme un coup dans l'estomac.

– Je croyais que tu te plaisais ici ?

– Bien sûr que je me plais. Mais il y a cinq jours que je suis partie de chez moi. Ça commence à faire long.

– Mais je… (Je ne savais pas quoi dire. Je ne voulais pas qu'elle parte.) Ne t'en va pas.

– Je ne peux pas habiter éternellement avec vous. On savait bien que je finirais par rentrer chez moi, non ?

Je suppose. Mais je m'étais efforcée de l'ignorer. Je savais que c'était stupide de croire, ou d'espérer qu'elle viendrait vivre avec nous pour de bon. Depuis qu'elle était là, j'étais si heureuse. J'avais à peine pensé à mes parents. Comme si j'avais retrouvé une famille.

Mais tout le monde devait finir par rentrer à la maison.

Tout le monde sauf moi.

n° 8 : organiser une fiesta d'enfer

De : Jake Berman / Jake.Berman@kljco.com
Date : Lundi 16 mars, 6 h 10
À : April Berman / April.Berman@pmail.com
Sujet : New York

Coucou princesse,
Nous venons à New York pour un mariage le week-end de ton anniversaire. Nous serons à l'hôtel Plaza. Nous n'aurons pas le temps d'aller à Westport – nous arrivons à l'aéroport de LaGuardia le samedi en fin de matinée et le mariage est à cinq heures. Désolé de ne pouvoir être là le jour même de ton anniversaire (j'ai envoyé ton cadeau), mais j'espère que le lendemain tu pourras nous rejoindre par le train pour le brunch du dimanche ?
Affectueusement,
Papa.
Envoyé par BlackBerry

Problèmes d'argent

– Alors, dit Vi tandis que nous bullions avec Lucy dans le Hula. Est-ce que Noah fait toujours son caprice de bébé parce qu'Hudson t'a prêté de l'argent ?

Le mot *bébé* m'agaça. J'avais le droit de trouver que Noah

faisait le bébé, mais pas Vi. Exactement comme j'avais le droit de penser que Vi était autoritaire, mais pas Noah. Et personne d'autre que moi n'avait le droit de dire du mal de mes parents.

– Noah voudrait que je rembourse Hudson le plus vite possible, dis-je. Ce qui est logique. Personne n'aime avoir des dettes.

– Combien lui dois-tu encore ? demanda Lucy.

– Mille neuf cents dollars. Au début du mois prochain, j'aurai huit cents dollars. Et j'espère que le cadeau dont parle mon père dans son e-mail sera un chèque.

– On devrait lancer une collecte de fonds, dit Vi, les yeux brillants.

Lucy s'allongea.

– Quel genre ? Lavage de voitures ?

Vi agita négativement l'index.

– Pas question. Je ne veux pas aller laver des pare-brise en maillot de bain. On va faire une soirée.

– Mais on fait toujours des soirées, intervins-je.

– Mais non. Une vraie fiesta organisée, je veux dire.

– Comme celles qu'on voit dans les séries télé, s'exclama Lucy. Où les jeunes mettent la maison à sac !

– Exactement, confirma Vi. Sauf que ce sera sans la mise à sac.

– Je vois comment ça peut nous coûter de l'argent, dis-je, mais je ne vois pas comment ça peut nous en rapporter.

Vi haussa les épaules, comme si c'était évident.

– On fera payer cinq dollars par personne et ensuite on leur fera payer un supplément pour la nourriture et les boissons. Et voilà.

– Oui, dis-je. Pourquoi pas ?

– Et quand est-ce que vous feriez ça ? demanda Lucy.

– Samedi soir, dit-elle. C'est évident. Le jour de l'anniversaire d'April.

– Il vaut mieux le faire vendredi, objectai-je. Il faut que je prenne le train pour aller à New York dimanche matin et je ne me vois pas le faire avec la gueule de bois.

Incroyable que mon père vienne à New York et me fasse prendre le train au lieu de venir me voir. Non pas que j'aie précisément envie de le voir dans cette maison. Mais quand même. C'était le week-end de mon anniversaire, et c'était moi qui devais faire tous les efforts.

– Vendredi soir, alors. Ce sera ton anniversaire à minuit de toute façon.

Je fis semblant de me mettre à pleurer à cette idée.

– Qu'est-ce que tu as contre les anniversaires ? demanda Lucy.

Vi éclata de rire.

– Et c'est reparti...

Le blues de l'anniversaire

Le problème n'était pas celui du jour même de mon anniversaire. Non, tout se passait bien ce jour-là, en général.

Le problème, c'était le lendemain.

Le 29 mars.

Non seulement mes parents m'avaient annoncé leur séparation un 29 mars...

... mais j'avais été victime d'un empoisonnement après avoir mangé des crevettes, un 29 mars.

La mère de mon père était morte d'une congestion cérébrale un 29 mars.

Je m'étais perdue dans l'aéroport O'Hare un 29 mars et avais dû aller au bureau de police, et mon père, ma mère, Matthew et moi avions raté notre correspondance.

Ces trois derniers événements n'étaient pas intentionnels. L'annonce de la séparation l'était. Mes parents avaient voulu que j'aie un ultime heureux anniversaire avant de m'apprendre la nouvelle. Bouh ouh. Joyeux anniversaire !

Messages de Matthew

Matthew : Tu viens nous voir cet été ?
Matthew : Helllllo
Moi : Bonjour, excuse-moi. Non, pas sûr.
Matthew : J'ai besoin de savoir la date. Je vais à Cleveland mais je ne voudrais pas être là-bas quand tu seras ici.
Moi : J'y penserai.
Matthew : Quand ?
Moi : Bientôt. Bisous.

Qui est invité pour la fiesta ?

Tout le monde.
C'est vrai.
Tout le monde.

Aïe

C'était le mercredi matin, deux jours avant notre grande fiesta. J'étais aux toilettes.

J'ai ressenti une brûlure quand j'ai fait pipi.

Aïe. Aïe aïe aïe.

Je tirai la chasse et me précipitai au rez-de-chaussée. Vi était sur son tapis de gym et faisait des ciseaux.

– Vi, tu te souviens quand tu m'as parlé des infections urinaires de ta mère ?

– Sérieusement ? C'est ça dont tu veux parler... (Elle continua ses ciseaux, puis fit une pause.)... à sept heures du matin ?

– Je n'ai pas envie d'en parler. Je crois que j'en ai une.

– Oh, zut ! C'est douloureux ?

– Un peu, oui.

– Ma mère avait horreur de ça. Elle était obligée de faire pipi toutes les cinq secondes. Mais tu n'as qu'à aller chez le médecin et il te donnera de l'amoxicilline. Tu as probablement attrapé ça dans le jacuzzi. Il va falloir qu'on améliore notre gestion du niveau de pH. On est censées ajouter du chlore tous les jours, et non pas seulement toutes les semaines. Mais ça va s'arranger, tu verras.

Je fis un geste du menton en direction de la télé.

– Tu ne crois pas que tu en fais trop avec ces DVD ?

– Non, répondit-elle. (Jambe gauche en l'air. Jambe droite. Retour au sol.) Je suis obligée de faire de l'exercice, sinon je vais ressembler à ma mère. Je me bats contre la nature, figure-toi.

Je ne savais pas trop quoi répondre. Quand elle l'expliquait, ça ne paraissait pas si anormal. En parlant de nature...

– J'ai encore envie de faire pipi, dis-je en dévalant l'escalier.

Rebonjour

Je n'eus pas d'autre sensation de brûlure de la journée, et je repoussai donc l'expérience au fond de ma mémoire, classée dans la rubrique des trucs agaçants qui apparaissent et disparaissent. Comme quand vous perdez vos clés mais que vous les retrouvez dans la poche de votre veste, avec un vieux bout de chewing-gum.

Mais le lendemain après-midi, la douleur réapparut.

Je décidai de passer chez le docteur Rosini après les cours. Je ne voulais pas avoir à penser à une infection urinaire le jour de mon anniversaire. J'aurais probablement envie de faire l'amour ce jour-là, et je n'étais pas sûre que ce soit compatible avec ce genre de désagréments.

– Comment se passe votre traitement contraceptif ? me demanda le médecin quand je la vis.

– Très bien, merci. Mais ce n'est pas pour ça que je suis ici. Je crois que j'ai une infection urinaire.

– Vous avez des contractions quand vous urinez ? Des brûlures ?

– Oui. Pas de douleurs atroces, mais un peu quand même. J'ai eu cette sensation de brûlure hier et à nouveau aujourd'hui. C'est mon anniversaire samedi, alors je me suis dit qu'il fallait que je me soigne avant...

– Nous pouvons faire une analyse d'urine immédiatement, dit-elle en me tendant un gobelet.

Faire pipi dans un récipient est plus difficile qu'on ne le croit. Ce n'est pas tant faire pipi dans le récipient que ne pas se faire pipi sur les doigts, en fait. Ce que je fis, naturellement. Enfin, bon. Je ne ressentis aucune brûlure. Peut-être étais-je venue pour rien. Je retournai dans le cabinet de consultation.

Le médecin trempa une bande test dans le gobelet, quitta la pièce et revint quelques minutes plus tard.

– Non, il ne semble pas y avoir d'infection urinaire, dit-elle.

– Non ? Oh, tant mieux. (Le soulagement m'envahit.) Mais alors qu'est-ce que c'est ?

– Ne vous inquiétez pas. C'est sans doute seulement une irritation temporaire. Avez-vous eu des relations sexuelles récemment ?

Je rougis.

– Il y a deux jours.

Et aussi il y a trois jours. Nous faisions beaucoup l'amour.

– C'est peut-être uniquement à cause de ça, dit-elle. Mais nous allons effectuer d'autres tests et nous vous préviendrons du résultat.

– Merci. En fait, tout à l'heure, je n'ai pas eu mal du tout. Peut-être que c'est fini.

– C'est possible. Donc, nous nous reverrons le mois prochain pour le suivi de votre traitement contraceptif ?

– Oui.

– Très bien. Et... April ?

– Oui ?

Elle sourit :

– Bon anniversaire !

Mon quatorzième anniversaire

La fête avait eu lieu dans le sous-sol de notre maison, rue Oakbrook. Le jour même de mon anniversaire. Nous avions invité une cinquantaine de mes camarades. Il y avait un DJ. Je portais une robe de velours vert et ma première paire de talons hauts. Quand on a servi le gâteau (fondant au chocolat préparé par ma mère), je fis le vœu d'avoir un amoureux.

Si j'avais su que mes parents allaient m'annoncer leur

séparation le lendemain, j'aurais probablement fait un vœu différent.

Délit de fuite

Le jeudi matin, j'étais sur le siège passager de la voiture de Vi, à environ deux rues du lycée, quand elle accéléra subitement.

Tout droit sur Pinky.

– Euh... Vi ? Il faudrait ralentir.

Il pleuvait à verse et ça ne semblait pas une bonne idée d'accélérer. Encore moins pour foncer sur quelqu'un.

– Hein ? dit-elle en fixant sa proie.

– Vi ! Ralentis ! Tu vas l'écraser.

Elle freina violemment au milieu de la rue.

– De quoi tu parles ?

– Enfin, tu n'as pas vu Pinky, là-bas ?

Pinky, à quelques mètres, dans toute sa gloire de gazelle. Elle portait un imperméable fuchsia ceinturé.

– Elle s'habille en rose, effectivement, dis-je.

Pinky ne s'était même pas rendu compte de ce qui avait failli lui arriver. Elle devrait quand même jeter un coup d'œil autour d'elle de temps en temps. On pouvait se faire écraser si on ne faisait pas attention.

Vi serra le volant des deux mains.

– Elle se croit tellement extraordinaire, la Miss Teen de Westport, cette chochotte !

– Je croyais que ça n'était pas sa faute, dis-je, sarcastique. Que c'étaient ses parents qui l'avaient obligée. Qu'elle avait juste besoin d'un bon modèle féminin.

– On ne peut pas tout reprocher à ses parents.

– Pourquoi pas ? demandai-je. Moi, je reproche tout aux miens.

– Bon, mais Pinky ne s'est pas engagée dans le concours sous la menace d'un pistolet, que je sache. C'est bien elle qui a défilé sur la scène. Qui s'est dandinée en maillot de bain et en robe du soir. Elle leur a raconté qu'elle voulait la paix dans le monde. C'est bien elle qui a participé à ce rituel misogyne. Ridicule. Comment crois-tu que les hommes réagiraient si on les rabaissait en les soumettant à des concours de beauté ?

– Ils adoreraient ça, si ça se trouve, dis-je.

Elle soupira.

– Probablement.

– Moi, j'aimerais bien, ajoutai-je en rigolant. Tu imagines Noah et Dean...

– Et Hudson.

– Et Hudson, en train de se pavaner en étalant leurs attributs sur une scène ?

– En slip de bain ? En costume de soirée ? Répondant à la question « Si vous pouviez changer une chose dans le monde, que choisiriez-vous ? ».

– Bière gratuite pour tous, dis-je d'une voix grave.

On a éclaté de rire toutes les deux.

Elle pianotait sur le volant.

– Et si le prochain numéro du *Point* était sur les concours de beauté ? proposa-t-elle.

– Il faudrait que tu interviewes Pinky, dis-je.

Elle fronça le nez.

– Tant pis. Ce sera sur le racisme.

– Tu n'es pas forcée d'organiser une soirée juste pour me rembourser, me dit Hudson dans la journée. Franchement, je n'ai pas un besoin urgent de ce fric.

Nous étions dans la cafétéria, à côté de la porte. J'attendais Noah.

– Je crois que Vi cherchait juste un prétexte pour faire une fiesta d'enfer, avouai-je.

– Tu sais combien il y aura de gens ?

– Le monde entier ?

– Presque tous ceux du lycée, en tout cas, dit-il.

– Exact. Plus quelques-uns qui ne sont pas du lycée.

Aaron avait prévu de revenir. Avec Brett. Et un autre copain. Célibataire. Nous avions accepté à condition qu'ils ne restent qu'une nuit et qu'ils nous aident tous les trois à nettoyer le lendemain, c'est-à-dire consentent à être nos esclaves. Ce que je ne croirai pas avant de l'avoir vécu.

– Vous êtes sûres que vous voulez le faire ? demanda Hudson. Ça peut dégénérer.

– Je pense qu'on peut maîtriser la situation. Et tu seras là pour nous donner un coup de main, non ?

Il secoua la tête.

– En fait, j'ai d'autres projets pour vendredi soir.

– Oh, lançai-je, surprise. (Je m'étais dit qu'il serait là.) Mais c'est mon anniversaire !

– Je croyais que c'était samedi.

Il connaissait la date de mon anniversaire ? Tiens.

– Quand même. Avec qui as-tu donc des projets ? Quel autre

traître ne vient pas à notre fiesta? Que je puisse lui faire sa fête.

Il bougea comiquement les sourcils.

– Tu voudrais bien le savoir, hein?

– Bien sûr! Qu'est-ce qui pourrait être plus important que ma soirée d'anniversaire? C'est Mme Franklin?

Il se contenta de sourire.

– Je vais te dire : j'essaierai de passer après. Après minuit. Pour ton véritable anniversaire. Et pour le gâteau.

– Bien sûr, amuse-toi bien avec Mme Franklin et ensuite viens te régaler! Je ne me sens pas du tout exploitée...

Je sentis une main sur mon épaule et me retournai. Noah.

– Salut, dis-je, avec un vague sentiment de culpabilité. Figure-toi qu'Hudson a mieux à faire que de venir à ma fête d'anniversaire. Tu te rends compte?

– Ça sera dur de se passer de toi, mais on fera de notre mieux, dit Noah avec un sourire forcé.

– À plus, lança Hudson avant de s'éloigner.

– Pourquoi es-tu toujours aussi désagréable avec lui? demandai-je en pinçant Noah.

– Et pourquoi devrais-je être agréable? Ce n'est pas comme s'il était sympa avec moi. De toute façon, c'est un camé.

– Mais non!

– J'ai entendu dire qu'il trafiquait de la drogue.

– C'est faux, dis-je.

Il me regarda.

– Comment le sais-tu?

– Je... je ne sais pas. (Je ne savais toujours pas ce que faisait Hudson, mais j'étais certaine que ça n'était pas du trafic de drogue.) Tu as hâte de venir à notre soirée?

– Je suis impatient, dit-il. On va s'amuser comme des fous. J'ai regardé l'émission *Cocktail* pour me préparer.

Noah serait notre barman.

– On ne servira que du punch, lui rappelai-je. On ne peut pas se permettre autre chose.

– Ne dévalorise pas le punch. Surtout le punch corsé, dit-il. Mon punch sera gastronomique.

– Bien sûr, mon cher.

Il m'entoura de son bras.

– Tu doutes de mes capacités ?

– Jamais de la vie.

Il m'embrassa et, bien que nous soyons au beau milieu du hall, il me communiqua une impression de chaleur et de sécurité.

Le premier baiser

C'était en novembre. La première année de lycée. Le samedi suivant notre déjeuner avec Marissa au *Burger Palace*. Il m'avait appelée ce soir-là pour me demander si je voulais aller voir un film avec lui, et j'avais accepté.

Le samedi, je fouillais dans les tiroirs de ma mère à la recherche d'un tee-shirt à porter avec mon jean. Je tombai sur les papiers du divorce.

Je me précipitai dans ma chambre, me blottis sous les couvertures et appelai Marissa.

– Je crois qu'il vaut mieux que j'annule.

– Tu as l'intention de rester chez toi pour te lamenter sur ton sort ?

– Oui.

– Pas question. Tu sors. Va prendre ta douche.

– Je n'ai rien à me mettre. Je ne retourne pas dans la chambre de ma mère.

– Je t'apporte des vêtements. Prends ta douche.

J'obéis, me coiffai et empruntai une des robes que Marissa m'avait apportées. Noah et son père vinrent me chercher en voiture pour nous emmener au cinéma.

Dans le noir, il m'entoura de son bras. Le poids sur mes épaules me faisait du bien. Me rassurait.

Au milieu du film, je sentis qu'il se rapprochait de moi. Je me tournai un peu vers lui et il se tourna un peu vers moi, nos lèvres étaient à quelques centimètres. Il me regarda, puis se pencha. Ses lèvres étaient douces et avaient le goût beurré du pop-corn et je me disais : c'est bon. Je me disais : c'est moi qui choisis. Je me disais : peut-être que tout va s'arranger, après tout.

Tenue de soirée

– Tu devrais la garder, dit Vi tandis que nous nous préparions.

Je portais sa robe rouge pour ma soirée. La robe rouge de la Saint-Valentin.

– Quoi ? Non.

– Sérieusement. Tu n'as qu'à considérer que c'est ton cadeau d'anniversaire. Elle te va mieux qu'à moi et tu l'as déjà portée pour une occasion super symbolique, alors... elle est à toi.

Vi, quant à elle, portait un jean gris étroit, un tee-shirt de soie verte au décolleté plongeant et de grands anneaux d'or aux oreilles. Elle avait les cheveux tirés en queue-de-cheval. Elle ressemblait un peu à une gitane.

Je lui sautai au cou.

– Oh ! Vraiment, tu es géniale !

– Oui, je sais, dit-elle en faisant claquer sa langue.

Autres cadeaux

J'eus une boîte de cookies au chocolat nouée d'un beau ruban bleu. Elle attendait sur le pas de la porte quand nous étions rentrées du lycée. Je pensais que c'était un cadeau de Noah, mais la carte indiquait :

On t'aime. Tu nous manques. Dommage qu'on ne puisse pas être avec toi. Nous te souhaitons un très bon anniversaire. Affectueusement, Maman, Daniel, et Matthew.

Moi aussi, j'aurais bien voulu qu'ils soient là. Ma mère me faisait toujours son fameux gâteau au chocolat, mon préféré. Cependant, compte tenu des circonstances, je regrettais qu'elle ne m'ait pas envoyé de l'argent.

– Il doit bien y avoir une centaine de cookies là-dedans, dit Vi en en sortant un pour le manger. On peut les vendre à deux dollars la pièce.

Mon père m'avait envoyé un chèque de trois cents dollars. Officiellement, c'était la plus grosse somme qu'il m'ait jamais offerte pour mon anniversaire. Visiblement, il se sentait toujours coupable de m'avoir fait tuer mon chat.

Quand Noah arriva vers cinq heures, il me donna une jolie carte et de superbes boucles d'oreille en argent. Je les mis sur-le-champ.

Le premier cadeau de Noah

Pour mon quinzième anniversaire, Noah m'avait offert un cadre digital.

Il avait je ne sais comment réussi à le charger de toutes les photos que j'avais sur mon ordinateur, à mon insu. Des images de mes amis, de mes parents, de moi, de lui ; elles apparaissaient toutes suivant un ordre aléatoire. Le carnaval quand j'étais en sixième. La fête des Mères de l'an dernier. La fête des Pères d'il y a deux ans. Marissa et moi devant nos casiers. Un mix de toute ma vie. Ma préférée était une photo de Noah et moi que Marissa avait prise au lycée la veille du jour où il m'avait fait le cadeau. Nous étions assis tous les deux. Un couple. J'adorais l'idée qu'il soit à moi. J'avais un amoureux. Mon vœu d'anniversaire s'était réalisé, même si c'était huit mois plus tard. Je me demandais si je n'avais pas inconsciemment fait un marché. Parents contre amoureux.

Est-ce que je ferais l'échange inverse si la possibilité m'en était donnée ?

Pas le temps pour maman

De : Maman / Robin.Frank@pmail.com
Date : Vendredi 27 mars, 18 h 07
À : April Berman / April.Berman@pmail.com
Sujet : Joyeux anniversaire !

Joyeux anniversaire ! Joyeux anniversaire ! Joyeux anniversaire, chère April... Joyeux anniversaire ! Je voulais être la première à te souhaiter ton anniversaire... Je sais que ce n'est pas encore le jour exact chez vous mais

ici nous sommes le 28 ! Je viens de t'appeler, mais tu dois être en train de faire la fête ! J'ai laissé plusieurs messages cette semaine, mais... j'imagine que tu es très occupée. As-tu reçu mon cadeau ? Je t'ai acheté autre chose, mais je veux te le donner en personne. As-tu réfléchi aux dates pour ta venue cet été ? Je vais t'acheter un billet dès que tu auras décidé de ton emploi du temps. Je te rappellerai demain ! Plein de bises affectueuses.
Maman

La fiesta

La sonnette retentit.

– Tout le monde est prêt ? lança Vi.

Nous avons acquiescé d'un signe de tête. Nous étions tous à notre poste. Donut était soigneusement enfermée dans ma chambre. Lucy et moi étions à la porte, prêtes à faire payer cinq dollars à tous les arrivants. Je tenais un sac plastique destiné à recevoir la monnaie. Noah était derrière la table transformée en bar. Il avait pris le grand saladier de verre habituellement posé sur la table du salon, en avait vidé les imitations de fruits, l'avait rempli de glaçons, d'eau, de jus de fruit et de tous les alcools que nous avions pu trouver dans les placards. (Vin ordinaire. Fond de bouteille de vodka. Un liquide marron qui avait une odeur d'alcool à 90°.) Il avait prévu de faire durer les alcools susmentionnés le plus longtemps possible. Nous avions également acheté des gobelets en carton au bazar. Nous faisions payer cinq dollars le verre. Quatre si on réutilisait le gobelet. Nous avions parié sur l'idée que les invités paieraient n'importe quoi pour une boisson alcoolisée, soit-elle infâme, sucrée et excessivement diluée.

Je plaçai Marissa à côté de Noah, pour se charger de la nourriture. Elle avait piqué chez elle des restes de dessert du dîner de la veille, et nous disposions d'une véritable banque de biscuits. (J'avais également repéré accidentellement au fond du frigo une boîte blanche qui contenait un gâteau décoré d'un « Joyeux Anniversaire, April ! ».)

Maintenant que j'avais le chèque de trois cents dollars de mon père, j'espérais ramasser mille six cents dollars entre les entrées, les gâteaux et les boissons.

Probablement impossible.

Vi jouait le rôle de coordinatrice. Elle était également chargée de prévenir la casse. Tous les vases avaient été soigneusement rangés, ainsi que le téléviseur et les DVD de gym.

Nous ne pouvions nous permettre de remplacer quoi que ce soit en cas de dégât.

Ça commence

Marissa ouvrit la porte.

C'était Aaron et compagnie.

– Youpi ! s'écria Marissa en sautant au cou de son ami.

La compagnie était constituée de Brett et d'un unique autre copain, Zachary. Zachary avait des cheveux courts et frisés et portait une tenue de camouflage. Sans rire. Pantalon et veste militaires.

– Tu t'engages dans l'armée ? demanda Vi, en haussant les sourcils.

Il acquiesça de la tête :

– Quand j'aurai le bac, marmonna-t-il.

Elle pencha la tête sur le côté. Je voyais qu'elle se demandait si Zachary était sexy.

Vinrent ensuite RJ, avec Corinne et Joanna. Puis Pinky et Dean.

Je vis toutes les émotions passer sur le visage de Vi. Plaisir de le voir, jalousie qu'il soit avec Pinky, désir, agacement. Et tout ça pendant la fraction de seconde où elle s'autorisa à le regarder.

Dean avait également apporté de la bière. Une quantité de bière.

– De ma part et de la part d'Hudson, dit-il en la déchargeant de la voiture de son frère. Pour que vous les vendiez.

– On a organisé cette fête pour rembourser Hudson, m'exclamai-je, pas pour qu'il dépense encore de l'argent !

À huit heures et demie, tout le reste du lycée était là. Tout le monde. Même Liam Packinson. Sans oublier sa copine. Même Stan, le gars du jacuzzi, était venu.

Tout le monde sauf Hudson – même s'il y avait sa voiture. Mais où était-il passé ?

À dix heures et demie, nous avions encaissé un paquet d'argent à la porte et Noah ratissait au bar. La moitié des invités avaient les lèvres tachées de rouge, moi y compris. Sauf que moi, je buvais gratuitement.

Je rentrai afin d'aller féliciter Noah pour son travail, mais il n'était pas à son poste. Les gens se servaient eux-mêmes. Fantastique. Je jetai un coup d'œil circulaire. D'habitude, j'arrivais à le repérer n'importe où. Son allure, sa nuque, son menton. Sous n'importe quel angle, je pouvais le trouver. Peut-être était-il aux toilettes ? Non, il était là. Dehors, à l'arrière de la maison.

Presque un quart des invités étaient sortis et s'étaient éparpillés sur la terrasse. La porte était ouverte. Je me faufilai dans la foule et le trouvai en grande conversation avec Corinne.

Vraiment ? Il fallait qu'il discute avec elle pendant ma fête d'anniversaire ? Était-ce nécessaire ? Je l'avais déjà aperçue qui rôdait autour du bar pendant la première moitié de la soirée.

– Tiens, dis-je en ajoutant un maximum d'acidité à ma voix. Tu as quitté ton poste ?

– Il fait cent degrés là-dedans. J'avais besoin d'air frais.

D'air frais avec Corinne. Le jour de mon anniversaire.

– C'est une fête d'enfer, lança celle-ci, avant de se lécher les lèvres pour faire plus d'effet.

– Comme tu dis !

– Tu veux que je rentre ? demanda Noah.

J'étais sur le point de lui répondre oui, quand les lumières de l'intérieur vacillèrent et s'éteignirent.

C'était l'heure du gâteau d'anniversaire ! Ah ! Je m'attendais à voir la lueur des bougies, au lieu de quoi les lampes se rallumèrent.

Vi monta sur la petite table du salon, comme si c'était une estrade. Elle brandissait un sac plein d'argent. Qu'est-ce qu'elle fabriquait ?

– J'aimerais faire une annonce, hurla-t-elle.

Elle chancelait sur la table. J'espérais que c'était à cause de ses talons et non pas parce qu'elle était paf à ce point-là.

– Nous avons récolté seize cent soixante-dix dollars pour aider Donut !

Noah m'entoura de son bras et me serra contre lui. C'était dingue. Je n'aurais même pas besoin d'entamer ma mensualité d'avril !

– Notre but était d'atteindre seize cents dollars, les boissons sont désormais gratuites jusqu'à la fin de la soirée. Et nous avons soixante-dix dollars pour nous amuser ! Quelqu'un veut-il gagner soixante-dix dollars ? cria Vi.

Tout le monde applaudit et plusieurs personnes levèrent la main.

– C'est bien ce que je pensais. Voilà donc ce que nous allons faire. Nous allons organiser un petit concours. Mesdames, vous n'êtes pas éligibles. Mais vous verrez que ça ne vous déplaira pas. Parce que nous allons nous faire un petit concours de Monsieur Teen Westport ! Le prix du lauréat sera de soixante-dix dollars !

Oh non, Vi. S'il te plaît.

La foule applaudit en poussant des vivats.

– Attendez, lança Brett, le copain d'Aaron. Pourquoi seulement Monsieur Westport ? Je suis de Boston et vous savez que je suis un concurrent sérieux.

Vi réfléchit.

– Quand tu as raison, tu as raison. OK, je change d'avis. Nous allons nous faire un concours de Monsieur Univers !

Vi leva les bras en V. La foule applaudit encore plus fort.

n° 9 : organiser un concours de Monsieur Univers

Le concours

Nous avons choisi quatre concurrents : Aaron, Brett, Zachary et Dean. Aaron, Brett et Zachary parce qu'il avait été convenu qu'ils seraient nos esclaves, et Dean parce qu'il était visiblement au cœur de tout le projet et qu'il le savait. Il n'était pas homme à esquiver un défi. Vi voulait que Noah participe, mais il refusa tout net.

– Bébé, murmura Vi, les lèvres d'un rouge sanglant. Quel rabat-joie. C'est pour ton anniversaire. Il pourrait faire un effort pour ne pas plomber la fête !

Je secouai la tête.

– Ne nous fais pas croire que tu fais ça pour moi. Tu le fais uniquement pour rendre Dean furieux.

– Les deux, dit-elle. Mais Dean, contrairement à Noah, est beau joueur.

Elle se retourna vers les concurrents.

– Vous sortez sur le ponton !

– Quoi ? demandai-je. Pourquoi ?

– C'est l'estrade idéale pour défiler, expliqua-t-elle. Il y a même de la lumière. Tout le monde peut regarder de la maison ou de la terrasse. Et les juges peuvent s'asseoir sur l'escalier.

– Qui sont les juges ?

– Pinky, *bien sûr*, roucoula-t-elle. C'est celle qui a la plus grande *expérience* des concours de beauté.

Je levai les yeux au ciel.

– Bon, Pinky. Qui d'autre ?

– Moi.

– Tu n'es pas la maîtresse de cérémonie ?

– Je peux faire les deux. Je suis parfaitement multitâche.

– Bon, d'accord. Et qui d'autre ?

– Et Lucy, continua Vi. Parce qu'elle peut les défier du regard sans battre un cil. Et parce que je la trouve de plus en plus sympa. Et Marissa, parce que je l'aime bien. Et Joanna, parce que je l'aime bien aussi, même si elle a été scandaleusement absente ces temps derniers. Et toi, parce que c'est ton cadeau !

– J'ai déjà mon cadeau, dis-je en désignant ma robe.

– Ton deuxième cadeau, renchérit-elle en avalant une gorgée de punch. Parce qu'être juge au concours de Monsieur Univers est le cadeau le plus génial du monde, et que je suis la colocataire la plus géniale du monde.

– En plus, tu as le gâteau, dis-je.

Elle se frappa le front.

– Ton gâteau ! J'ai oublié ton gâteau. Si seulement il était plus gros, pour que le gagnant puisse en bondir au moment des résultats !

– La prochaine fois, dis-je.

Le spectacle va commencer

Tout le monde était derrière nous et encourageait bruyamment les concurrents. Lucy, Pinky, Marissa, Joanna et moi étions assises sur les marches du ponton et Vi orchestrait le spectacle.

Nous avions plongé dans les armoires de la mère de Vi et en avions sorti une foule de robes style « tenues de soirée ». Robes drapées lavande, boas en plumes, colliers de perles, talons compensés... et en ce moment même, tandis qu'on tamisait les lumières, les concurrents quittaient leurs vêtements et endossaient les costumes de Suzanne.

Voilà qu'ils apparaissent. Un par un. Déguisés en femme.

La foule se déchaîne.

Aaron rigole comme un fou d'un bout à l'autre du parcours. Brett garde son sérieux. Je me demandais si Zachary allait décider de sauter dans la rivière et de revenir à la nage plutôt que de défiler – mais il n'a pas molli. Il n'a pas pris les talons, cependant, et marche pieds nus. Dean est étonnamment à l'aise avec des talons hauts. En plus, il envoie des baisers à la foule.

– Il est vraiment bien, dis-je à Pinky.

Elle acquiesce, les yeux écarquillés.

– Oui, hein ? Meilleur que moi, je crois.

Vi ne quitte pas non plus Dean des yeux.

– Nous allons nous dispenser des questions rituelles, hurle-t-elle. Je suis sûre que personne ne tient vraiment à savoir ce que ces garçons ont à dire, non ?

Les filles redoublent d'acclamations.

– Nous allons passer directement à l'épreuve finale, dit Vi en se frottant les mains. L'épreuve du maillot de bain !

Nouvelles acclamations des filles.

– Étant donné que personne n'a de maillot de bain, nos concurrents vont défiler sur le ponton – je veux dire l'estrade – en sous-vêtements.

Tonnerre d'applaudissements.

Oh non ! Était-ce vraiment la chose à faire ? Il faisait doux pour cette période de l'année, mais à peine quinze degrés quand même.

On ralluma les lampes et les garçons commencèrent à se déshabiller, déposant en tas les costumes de Suzanne. Ils n'allaient sans doute pas les remettre.

Marissa me prit la main et la serra.

– Oh non, oh non !

Aaron était le premier. Il portait un caleçon noir Calvin Klein et avait beaucoup de poils sur la poitrine. Vraiment beaucoup.

– Yessss ! lança Marissa, extatique.

– Yessss ! acclamai-je en écho.

Pourquoi mon copain n'était-il pas sur l'estrade ? Je le cherchai des yeux et finis par le repérer dans la maison avec RJ. Au moins, il n'était pas avec Corinne.

Je me retournai, c'était le tour de Brett. Il portait ce qui ressemblait à un short de surf qui lui descendait jusqu'aux genoux, qu'il avait légèrement cagneux.

Ensuite, c'était... Waouh.

Zachary.

Le silence se fit dans la foule. Zachary était superbe. Tablettes de chocolat. Bras musclés. Caleçon noir Calvin Klein, moulant. Il avait tout ce qu'il fallait.

Marissa siffla.

– Sûr que ça va plaire à Vi !

– Comme tu dis, acquiesçai-je. Si seulement elle arrêtait de regarder Dean cinq secondes.

– Quoi ? réagit Pinky en tendant son cou de gazelle. Vi en pince pour Dean ?

Aïe.

– Euh... Non...

– Pourquoi tu dis ça, alors ?

– Je...

– Quand on parle du loup... lança Marissa.

Dean avançait sur le ponton. Vêtu d'un slip moulant blanc.

– Oh, non ! murmurai-je.

Je fermai immédiatement les yeux.

La foule hurlait. J'ouvris un œil. Dean marchait sur les mains.

– Il est très... souple, dit Marissa.

Dean avait atteint l'extrémité du ponton et faisait demi-tour. Je jetai un coup d'œil à Pinky pour voir comment elle réagissait, mais je m'aperçus qu'elle ne regardait pas Dean. Elle observait Vi. Qui regardait Dean. Qui regardait Vi.

Aïe aïe aïe.

Pouvez-vous me passer l'enveloppe ?

Joanna et moi avons voté pour Dean.

– Je dois reconnaître, dit Vi avec un soupir, que ce garçon a du tonus. Vous avez vu sa pirouette ?

– Hou ! lança Marissa. Vous avez toutes tort. C'est Aaron le meilleur.

– Vous avez vu les abdos de Zachary ? demanda Lucy. C'est lui le gagnant, c'est certain.

Au lieu de donner son avis, Pinky se contentait de jouer avec ses doigts.

– Je crois que je vais partir, dit-elle.

– Pourquoi ? s'écria Vi. Tu ne peux pas t'en aller comme ça. Il faut que tu félicites le vainqueur. Tu n'as pas envie de l'embrasser ?

– Non, dit-elle en fusillant Vi du regard. Et toi ?

Vi soutint son regard mais ne répondit pas.

– Il faut que nous soyons quatre pour annoncer le vainqueur. Qui est partante ?

Et le gagnant est…

Nous étions huit sur le ponton. Marissa derrière Aaron. Lucy derrière Zachary. Vi derrière Dean. Et moi derrière Brett. Je regrettais que ce ne soit pas Noah.

Aaron et Brett étaient sur le bord ouest du ponton, et Zachary et Dean sur le bord est. Tous face au fleuve. Derrière chacun d'eux, il y avait une fille, la main posée sur leur épaule. Les garçons étaient toujours en sous-vêtements. Brett avait la chair de poule.

Et Pinky ?

Pinky regardait, debout sur la terrasse, les bras croisés.

– À trois, hurla Vi, le gagnant sera poussé dans l'eau. Êtes-vous prêts ?

Hurlements d'approbation de la terrasse.

Le vent transperçait ma robe. C'était une idée dingue. Mais on ne sait pourquoi, les garçons l'avaient acceptée sans discuter. Peut-être parce que celui qui serait mouillé recevrait également le prix. Ou peut-être parce qu'ils étaient dingues, eux aussi. Ou qu'ils avaient bu trop de punch.

– Tout le monde répète après moi ! hurla Vi. Un !

– Un ! répéta la foule.

– Deux ! continua Vi.

– Deux ! cria la foule en écho.

– Trois ! s'écria Vi.

Au moment où tout le monde hurlait « Trois ! », Vi poussa Dean par-dessus le bord du ponton. Malheureusement pour elle, Dean tendit le bras en arrière et la saisit par la taille, et ils tombèrent ensemble dans l'eau.

Vi refit surface en glapissant :

– Mon top est en soie ! Tu vas me payer le nettoyage !

Dean se contenta de rire.

– Vraiment ? Tu ne l'avais pas vu venir ?

Vi nagea jusqu'au ponton.

– Quelqu'un peut m'aider à sortir de là ? C'est glacial, punaise !

Dean fit un saut périlleux dans l'eau.

– Je partage mes gains avec tous ceux qui sautent avec moi ! Cinq dollars par tête de pipe !

Brett trempa l'orteil.

– Ce n'est pas si mal.

– Oh, si, c'est horrible, dit Vi. (Elle lâcha le ponton et fit la planche.) Mais on s'y fait. C'est comme pour Lucy ! Viens, Lucy, viens !

Lucy éclata de rire et plongea.

– Quelle horreur ! hurla-t-elle en réapparaissant.

– C'est bon pour l'âme, ajouta Dean.

Brett fit la bombe.

– Aaahh ! hurla-t-il en ressortant. C'est froid !

– Mon Dieu, dit Marissa. Ils vont faire une hypothermie.

Zachary sauta à la manière de Brett en rugissant :

– Geronimo !

Vi hurla de rire.

Aaron, tenant Marissa, le suivit.

– Non, non, non ! cria Marissa jusqu'à la dernière seconde.

Il n'y avait plus que moi sur le ponton. Tous les autres batifolaient en s'éclaboussant dans l'eau glacée.

– Allez, c'est ton anniversaire, ma petite ! ordonna Vi. Amène-toi !

– Pas avec cette robe, dis-je.

Elle but la tasse, toussa et lança en riant :

– Enlève-la, alors !

Mon Dieu. Est-ce que je dois le faire ? Non. Ou peut-être que si. Je portais un soutien-gorge et une petite culotte assortis, noirs et corrects. Allez, tant pis ! Je tirai ma robe par-dessus ma tête et sautai dans l'eau avant d'avoir pu changer d'avis. Mes amis applaudirent.

Tandis que l'eau glacée me submergeait, ma première sensation fut un choc paralysant. Mais ensuite. Peu à peu. Je me sentis bien. Vivante. Revivifiée. Heureuse. Joyeuse. Je rejoignis Vi à la nage. Son mascara dégoulinait sur ses joues. Je supposai que c'était pareil pour moi.

– C'est trop drôle ! dis-je. Merci.

Elle hocha la tête.

– J'ai les doigts de pieds gelés, déclara-t-elle.

– On reste combien de temps là-dedans ?

– Jusqu'à ce que quelqu'un nous apporte des serviettes, dit-elle.

– On pourrait peut-être tout simplement foncer jusqu'au Hula ? suggérai-je.

– Oui ! Bonne idée. Tout le monde est prêt ? hurla-t-elle. À trois, on y va. Répétez après moi. Un !

– Un ! hurlai-je.

J'étais la seule. Je nageai en direction du bord. Vi nagea jusqu'à Dean et grimpa sur son dos.

– J'ai dit : répétez après moi ! Un !

– Un ! crièrent la plupart.

– Deux !

– Deux !

– Trois ! clama-t-elle et tout le monde nagea jusqu'au ponton et grimpa l'escalier.

Dean courait les bras en avant :

– Laissez-nous passer !

En quelques secondes, nous étions dans le jacuzzi. Vingt secondes plus tard, d'autres nous y avaient rejoints.

Ahhhh. Malgré le fait que le jacuzzi était ridiculement bondé, l'eau ne m'avait jamais paru si bonne. Je penchai la tête en arrière et laissai la chaleur m'envahir, me ramollissant bras et jambes.

– C'était incroyable, dit Vi.

Elle avait quitté son jean et son tee-shirt avant d'entrer dans le bassin.

– J'ai l'impression d'être au paradis, déclara Marissa.

– Moi aussi, dis-je en fermant les yeux.

Je sentis une main sur mon épaule.

– April.

Je tournai légèrement la tête et vis Noah s'accroupir près de moi.

– Coucou, dis-je. Allez, viens avec nous.

– Euh… pas ce soir. Je vous ai apporté des serviettes. Vous aviez l'air d'avoir froid là-dedans. En… sous-vêtements.

Je sentis le rouge me monter aux joues. Il avait un ton tellement… désapprobateur.

– Noah, je crois bien que je ne t'ai jamais vu dans le Hula, dit Vi. Comment ça se fait ?

– C'est pas mon truc, rétorqua-t-il.

– Comment un jacuzzi peut-il ne pas être ton truc ? demanda-t-elle. Je croyais que tout le monde aimait ça. Comme les cadeaux.

– Je retourne à l'intérieur, me dit-il.

– Et le gâteau ! Comme les cadeaux et le gâteau ! Noah ! Il faudrait qu'on mange le gâteau !

– C'est moi qui t'ai apporté le gâteau, dit-il. C'était censé être une surprise.

Ah.

– Merci, soufflai-je.

– April, fais semblant d'être surprise, OK? dit Vi en se hissant hors du jacuzzi.

Je saisis une serviette et m'en drapai.

– Je crois que j'ai envie de m'habiller pour manger mon gâteau.

– Rabat-joie ! dit-elle avec un clin d'œil.

– J'en ai pour deux secondes.

Je ramassai ma robe sur le ponton et rentrai en courant. Je n'avais pas envie de remettre la robe, et je sortis un jean et une chemise à manches longues. J'enlevai le maquillage qui s'était agglutiné sous mes yeux et me brossai les cheveux. Il était exactement minuit une. C'était mon anniversaire. *Joyeux anni-*

versaire, April ! En remontant, je trouvai les lumières éteintes et Noah tenait un gâteau éclairé de dix-huit bougies. Dix-sept plus une pour porter bonheur.

– Joyeux anniversaire. Joyeux anniversaire...

Je ne pouvais m'arrêter de sourire. J'étais environnée de plus d'une centaine de personnes qui me chantaient toutes « Joyeux anniversaire ». D'accord, mes parents n'étaient pas là pour me le souhaiter. Tant pis. J'avais une centaine d'amis pour me faire la fête. C'était déjà bien.

Une fois la chanson terminée et le gâteau coupé, je ne pouvais toujours pas arrêter de sourire. Je serrai la main de Noah. Qui ne me rendit pas la pression.

– Qu'est-ce qui ne va pas ?

– Rien.

Je l'attirai vers moi.

– Merci pour le gâteau. Et pour les boucles d'oreille. Je les adore.

Je levai la main pour les toucher et en sentis... une seule. Zut.

J'espérais qu'il n'avait pas remarqué.

Il avait remarqué.

– Tu en as déjà perdu une ?

– Je suis sûre que je vais la retrouver. Elle doit être quelque part, dis-je vivement.

– Oui. Probablement au fond du détroit de Long Island.

J'ouvris la bouche, mais rien ne sortit.

– Je vais la retrouver. Elle est sans doute dans ma chambre.

Il regarda par terre.

– N'importe quoi.

– C'est l'heure des toasts d'anniversaire ! cria Vi en

saisissant une bouteille de schnaps, une poignée de verres à shot et en se glissant entre nous deux.

– Je n'en veux pas, dit Noah avant de faire demi-tour et de s'éloigner.

– Noah, attends... lançai-je.

Mais il était déjà sorti sur la terrasse.

– C'est quoi, son problème ? rouspéta Vi. Pourquoi a-t-il toujours un tisonnier dans le cul ?

– Vi !

– Mais c'est vrai !

– Où est le papier d'alu ? demanda Lucy en apparaissant subitement. (Avant de voir nos verres.) Moi aussi !

– Tiroir du haut à gauche de la cuisinière, dit Vi. Pourquoi ?

– Je crois que Zachary mérite bien une couronne. Tu as vu ses abdominaux ? Waouh !

– Allez, on fait d'abord les toasts. Marissa ! Toasts d'anniversaire !

Marissa nous rejoignit et Vi passa les verres à la ronde.

– À la santé d'April !

– À la santé d'April ! reprirent-ils en chœur.

– Merci, tout le monde, dis-je, au bord des larmes.

J'aimais mes amis. Je les aimais...

Tout le monde but.

– Un autre ! ordonna Vi.

Trois toasts plus tard

– Vous entendez ? demanda Marissa.

Il y avait un tel bruit ambiant qu'entendre était plutôt difficile. En plus, j'avais les oreilles qui bourdonnaient.

Mais je perçus pourtant distinctement : *PINponPINpon-PINponPINpon !*

Mon téléphone. Il était dans ma poche arrière. Je le sortis et regardai l'écran, m'attendant à y voir inscrit PAPA, mais au même instant je me rendis compte qu'en fait il ne sonnait pas.

PINponPINponPINponPINpon !

– C'est inquiétant, dit Vi.

Nous nous sommes précipitées toutes les quatre à la fenêtre pour regarder à travers les stores. Il y avait effectivement une voiture de police qui descendait la rue. Elle ralentit en face de la maison et s'arrêta.

– Zut, jura Vi. Zut, zut, zut.

Mon cœur battait à tout rompre.

– Qu'est-ce qui va se passer ?

Ils allaient appeler nos parents. Nous allions nous faire arrêter.

Vi reposa la bouteille de schnaps sur le comptoir.

– On est foutus !

– Taisez-vous, tout le monde ! hurla Lucy. La police est devant la maison. Suivez-moi dehors. En silence. En file indienne ! On va passer par mon jardin et se disperser au bout de la rue !

Elle sortit en courant et fit signe à la foule de la suivre. Je repérai Noah derrière elle, à côté de Corinne et de Joanna. Merci beaucoup, Noah. J'apprécie tout ce que tu fais pour moi.

– Il faut vider l'alcool, dit Marissa. Se débarrasser des preuves.

Dehors, une policière descendait de la voiture. Catastrophe.

– Et qu'est-ce qu'on fait pour tout le bazar ? On se croirait dans une zone de guerre, poursuivit Marissa.

– Débarrassons-nous d'abord de l'alcool, indiqua Vi. On ne peut pas être arrêté pour cause de bazar.

J'acquiesçai. En tout cas, je crois. J'avais le cerveau embrumé par le schnaps.

– Quelqu'un peut m'aider pour le punch ?

À trois, nous avons soulevé le saladier pour le porter au-dessus de l'évier où nous l'avons soigneusement vidé.

– April ? demanda Vi.

– Oui ?

– Tu sais que tu n'as plus qu'une boucle d'oreille ?

– Oui, je sais. Merci.

– Ensuite ? dit Vi.

– L'alcool de pêche.

Vi ramassa un verre qui restait sur le comptoir et l'avala d'un trait.

– Un de moins. À toi.

J'éclatai de rire et obéis. Ça me brûla la gorge. Mais franchement, si je devais être arrêtée, je préférais ne pas m'en souvenir demain matin.

– Les filles, hurla Marissa. Il faut qu'on se débarrasse de la bouteille !

– Bonne idée, dis-je. J'en reprends un verre !

Vi m'en servit un et je le descendis cul sec.

– Encore un pour porter chance ! renchéris-je.

– Non, dit Marissa en tentant de prendre la bouteille. On devrait vider le reste dans l'évier.

– Non ! gémit Vi. Pas le schnaps ! Ne tue pas le schnaps !

Tandis qu'elles se disputaient la bouteille, je jetai un coup d'œil par la fenêtre. La policière était devant la maison, sur notre trottoir ! Et elle... parlait à quelqu'un. Hudson. Hudson était ici ? Dans quel état étais-je si j'imaginais que je voyais Hudson ?

La policière avait la main sur son épaule.

Oh non.

Et si Hudson était effectivement impliqué dans un truc illégal ? Et voilà qu'il se faisait prendre, juste devant la maison de Vi ? Est-ce qu'il irait en prison ?

La policière fit un pas en arrière. Puis demi-tour. Et se dirigea vers sa voiture. Elle arrêta la sirène et s'éloigna. Qu'est-ce que... ?

La sonnette retentit.

– Il faut absolument la vider, siffla furieusement Marissa en arrachant la bouteille à Vi. Et on a oublié les bouteilles de bière ! Et les gobelets ! Il y en a partout !

– Attendez, dis-je. Tout va bien. (Je me précipitai vers la porte et l'ouvris en grand.) Comment as-tu fait ?

Hudson sourit.

– Fait quoi ?

– Pour te débarrasser de l'officier de police ?

Il pencha la tête sur le côté.

– Quel officier de police ?

– Ne me prends pas pour une idiote, dis-je en l'attirant à l'intérieur avant de fermer la porte. Je t'ai vu lui parler.

– Elle s'était trompée d'adresse, répondit-il en haussant les épaules. Elle cherchait une autre maison dans la rue.

– Ne me raconte pas d'âneries, dis-je. Elle venait nous arrêter, et toi tu lui as parlé et alors... (Je m'immobilisai.) Tu ne lui as pas promis de faveurs sexuelles, quand même ?

Il éclata de rire.

Attendez. J'ai compris.

– Oh non. J'ai pigé.

Je me penchai vers lui et murmurai :

– Tu es un flic en mission secrète.

– Tu crois ? dit-il en riant.

– Oui. Bien sûr ! C'est ça. Tu enquêtes sur un truc illicite qui concerne les ados du lycée ! Voilà pourquoi tu es tout le temps dehors à fouiner à n'importe quelle heure ! Tu cherches des arnaques ! Et c'est pour ça que tu as tant de fric ! Tu as un boulot d'adulte !

– Tu as beaucoup bu ?

– Oui, pas mal. Mais là n'est pas la question.

Vi et Marissa s'approchèrent.

– La policière est partie ? demanda Vi.

– Elle est partie, affirmai-je.

– Oui, dit Hudson, je lui ai filé un billet de vingt dollars. Où sont-ils tous passés ?

– Ils sont partis en douce par-derrière, expliqua Marissa.

– La voie est libre, nous assura Hudson. Mais vous devriez vous tenir tranquilles pour le reste de la soirée.

– Je vais appeler Aaron et compagnie pour leur dire que tout va bien et qu'ils peuvent revenir, dit Marissa en composant le numéro.

Je pointai sur Hudson un index accusateur.

– Tu es flic ! Attends une seconde. (Je tournai lentement autour de lui.) Peut-être que toute ta vie n'est qu'une couverture. J'ai toujours trouvé que tu ne ressemblais pas à Dean. Peut-être que tu es à la fac et que tu fais semblant d'être lycéen. Quel âge as-tu ?

– Dix-huit ans.

– Hum. D'accord. Et es-tu vraiment le frère de Dean ? Ça n'est peut-être qu'une couverture.

– OK, fit-il. Je vais te dire mon grand secret, mais il faut que ça reste entre toi et moi.

– Oui ! D'accord, m'écriai-je. (Je baissai la voix.) D'accord.

– Alors voilà. Tu veux savoir ce qu'il en est ? Pourquoi l'officier de police Stevenson m'a écouté quand je lui ai promis que tu renverrais tout le monde chez soi ?

– Oui ! Dis-moi !

– OK. Mais il faut que tu me jures le secret.

– Je le jure.

– Tu jures pour de vrai ? Parce que ma réputation est en jeu, April.

– Je jure pour de vrai.

– Je peux te faire confiance ?

– Tu peux.

– Je te dis ça uniquement parce que c'est ton anniversaire... Joyeux anniversaire, au fait.

– Merci. Et merci pour la bière. Et maintenant, vas-y !

– D'accord. Je suis le baby-sitter de ses gosses.

– Tu... quoi ?

– Je suis le baby-sitter de Max et Julie. Max a six ans et Julie trois ans et demi. Je les garde le dimanche soir pour que l'officier Stevenson puisse aller au ciné avec son mari.

– Tu gardes des enfants... répétai-je, incrédule.

– C'est vrai. Mais c'est notre petit secret, tu n'oublies pas ?

– C'est comme ça que tu gagnes tout ce fric ? Comme baby-sitter ?

– C'est étonnamment lucratif de garder des enfants. Quinze dollars de l'heure, cinq soirs par semaine... davantage en été et pendant les vacances. Je me fais presque vingt mille dollars par an.

Je faillis m'étrangler.

– C'est dingue.

– Et c'est net d'impôts, en plus.

– C'est pour ça que je t'ai vu chez Mme Franklin ?

– Tommy et Kayla m'adorent. Je les laisse se coucher tard pour regarder American Idol.

Si je m'attendais à ça !

– C'est tout ? C'est ça ton grand secret ? Tu joues les nounous. Mais pourquoi le cacher, alors ? (Je levai les bras au ciel.) Tout le monde s'en moque !

– Je n'ai pas voulu en faire un secret, au départ. Je n'en ai pas parlé, c'est tout. Parce que, bon, je voulais avoir l'air cool, c'est idiot. Puis les gens ont commencé à inventer des trucs insensés... et, je ne sais pas. Dean trouvait ça drôle.

Je n'étais pas sûre de le croire.

– Mais... peut-être que ton histoire de baby-sitter n'est qu'un mensonge de plus. Je crois toujours que tu es un flic en mission secrète.

C'est le moment que choisit Dean pour rentrer par la porte de derrière. Je lui fis signe d'approcher.

– Dean ! Ton prétendu frère est arrivé !

– Mon quoi ? demanda-t-il.

Aaron et Brett entrèrent à sa suite.

– Ton faux frère. Je viens de comprendre pourquoi il ne te ressemble pas du tout.

Vi me fit un signe de dénégation.

– Quoi ? C'est vrai, j'ai compris ! criai-je. Hudson n'est même pas parent avec lui ! Il utilise juste la famille de Dean comme couverture ! C'est pour ça qu'ils ne se ressemblent pas du tout !

Je m'attendais à des rires. Ou à un « N'importe quoi ! ». Ou en tout cas à quelque chose. Quelque chose d'autre que les regards gênés et furieux que je reçus.

– April, dit Hudson, je ne suis pas un flic sous couverture. (Puis il éclata de rire.) Je suis un enfant adopté.

Ah. Je rougis comme une pivoine.

– C'est vrai ?

– Oui.

– Je crois que ça explique tout, dit Marissa.

Elle me fit une grimace style « Tu as mis les pieds dans le plat », avant de me laisser pour suivre Aaron.

– Pas grave, dit Hudson.

Je me cachai le visage dans les mains et me mis à rire.

– Oh non ! Je suis désolée. Quelle idiote. Pourquoi est-ce que je ne le savais pas ? C'était un secret ?

– Non, dit-il. C'est juste qu'on n'en parle pas souvent. Sauf pendant les soirées. En criant à tue-tête.

– *D'accord !* Je suis désolée, excuse-moi.

Il se pencha vers moi et chuchota :

– C'est moi qui suis désolé de ne pas t'avoir dit que j'étais adopté. (Son haleine sentait le chewing-gum à la menthe.) Je suppose que je devrais me rendre compte que les gens se demandent pourquoi Dean et moi sommes si différents.

– Oui. Je me le suis demandé, en effet. Est-ce que... tu sais qui sont tes parents biologiques ? Est-ce que c'est une question à ne pas poser ?

– Non, pas de problème. J'ignore qui ils sont.

– Tu as envie de le savoir ?

– Oui. Non. Les deux. (Il se mit à rire.) Je regarderai sans doute dans mon dossier d'adoption l'année prochaine, quand je partirai.

Son regard brûlant se riva au mien.

– Ah...

J'avais l'impression que nous étions liés, d'une certaine façon. Nos parents nous manquaient, quelque part. Nous manquaient, mais pas vraiment.

– April, entendis-je.

Zut. Noah. Encore lui.

Je fis un pas en arrière et me tournai vers lui.

– Désolée, dis-je.

Et en même temps, je me demandai pourquoi je le disais. Désolée ? De parler à Hudson ? De parler avec Hudson de trucs bien réels ? Pourquoi étais-je désolée ? Est-ce que je devrais l'être ?

– Je vais y aller, dit Noah.

Il avait le visage fermé.

Je lui pris la main.

– Quoi ? Mais non.

Il s'écarta et se dirigea vers la porte.

– Noah ! Attends !

Je sortis derrière lui.

– Qu'est-ce que tu fais ?

– Je m'en vais.

– Pourquoi ?

– Parce que tu es en train de flirter avec Hudson sous mon nez !

Je sentis le rouge me monter aux joues.

– Pardon ?

– Tu m'as très bien entendu.

– Je lui parlais, c'est tout. Comment peux-tu être aussi stupide ? hurlai-je.

– Pourquoi est-ce que tu te comportes comme une traînée ? brailla-t-il en réponse.

– Comment ?

Est-ce qu'il avait vraiment dit ça ?

– Tu cours partout en sous-vêtements, tu te baignes dans un jacuzzi presque à poil avec la moitié du lycée, tu t'enfiles je ne sais combien de schnaps et ensuite tu t'isoles avec ce jobard.

J'avais l'impression d'avoir reçu une gifle en plein visage. Je trébuchai en reculant d'un pas, comme s'il m'avait effectivement frappée.

– Va te faire voir, lançai-je.

Nous nous étions déjà disputés, mais nous ne nous étions jamais insultés avec une telle violence. Et il ne m'avait jamais dit de telles horreurs. Je n'en avais jamais dit non plus.

Noah fit demi-tour et s'éloigna.

Je restai plantée sur le perron, encore sous le choc.

Puis je partis à la recherche d'Hudson.

À vos marques, prêts, partez

Ma mère m'avait dit un jour que la première chose que veut faire un homme après son divorce, c'est se remarier. Immédiatement.

Elle m'avait dit aussi qu'un homme ne quitte jamais sa femme à moins d'avoir une remplaçante en coulisses. Elle disait que les gens trouvaient plus facile de courir vers un but que d'échapper à une situation.

Je suppose que c'est la raison pour laquelle elle avait eu une aventure. Pour avoir quelqu'un vers qui aller. Ou pour donner à mon père un prétexte d'échapper à quelque chose.

Dix évidences à trois heures du matin

1. Il pleut à torrents.
2. Les clés d'Hudson sont dans le sac de Pinky (par la faute de Dean).
3. Pinky est partie.
4. Dean et Vi sont amoureux.
5. Brett est rétamé sur le canapé, toujours en short de surfeur (mouillé).
6. Il me manque toujours une boucle d'oreille.
7. Zachary et Lucy ont également disparu.
8. Je suis vraiment paf.
9. Noah est un salaud.
10. Hudson est beau.

Après la fête

– Hud, comment es-tu arrivé jusqu'ici ? demanda Vi.

Nous étions tous les quatre sur le canapé.

– Quelqu'un m'a amené.

– Qui ? demandai-je à mon tour.

J'avais allongé les jambes sur les genoux d'Hudson. Ma tête était sur un des coussins du canapé. Le cactus bougeait. Un soutien-gorge blanc y était accroché. Était-ce le mien ? Je me passai la main sur la poitrine. Non. Le mien était toujours là.

Il sourit.

– M. Luxe.

– M. Luxe, père de… commençai-je.

– De Léo, âgé de six ans.

Je roulai la tête de part et d'autre.

– Adorable. Adorable. Et qu'as-tu fait avec Léo, âgé de six ans ?

– Je lui ai appris à jouer au Monopoly. Nous avons mangé de la pizza. Et je lui ai lu une histoire.

– Je suppose que vous allez quand même devoir dormir ici tous les deux, dit Vi.

– Je demande ta chambre, déclara Dean. Sauf si tu as l'intention de faire ta tête de mule.

Vi éclata de rire et lui lança un coup de pied.

– Au fait, où est Donut ? me demanda Hudson.

Donut ! Ma mignonne petite Donut. J'adorais ma Donut. Avec sa petite patte plâtrée. Je voulais la câliner sur-le-champ.

– Elle est en bas. Tu veux venir voir comment elle va ?

– D'accord.

En descendant l'escalier, je me tenais à la rampe pour garder l'équilibre. Est-ce que je ne venais pas d'inviter un garçon à venir dans ma chambre ? Si. Un garçon avec qui je ne sortais pas ? Si. Alors que je m'étais disputée avec celui avec qui je sortais ? Encore si. Je n'aurais sans doute pas dû faire ça. Même si j'en avais envie. Quand on a ouvert la porte, Donut était roulée en boule sur mon lit. Elle se mit à ronronner en nous voyant.

– Alors, quand est-ce qu'on lui enlève son plâtre ? demanda Hudson en regardant sa patte arrière.

– Plus que deux semaines.

Il vaudrait mieux remonter maintenant. Mais j'avais les paupières incroyablement lourdes. Et la tête aussi. Au moins cent kilos. Pourquoi avais-je la tête si lourde? Donut était-elle sur ma tête? Où était Donut? Où était Noah? Noah Noah Noah. Pauvre mec. Nullard. Je détestais le mot *jobard.* Je détestais Noah d'avoir utilisé le mot *jobard.* Et *traînée.* Il m'avait traitée de traînée. Je n'arrivais pas à le croire!

– Pauvre Donut, dit une voix qui n'était pas celle de Noah.

Le propriétaire de la voix se coucha sur la couverture et gratouilla Donut sous le menton.

– Tu es trop mignonne, toi.

Hudson. C'était Hudson. Hudson était gentil. Non, Hudson était une bombe.

– Coucou, Hudson, dis-je, allongée en travers du lit.

La chambre se mettait à tourner à présent. Peut-être que ça s'arrêterait si je posais la tête sur l'oreiller. Non. Ça tournait toujours. Mais de façon plus confortable. Donut se frotta l'oreille contre ma main. Mon jean me serrait. Il vaudrait mieux que je l'enlève. Mais ce serait clairement une invitation. Étais-je prête à faire cette invitation au garçon qui était sur mon lit, tout en n'étant pas Noah? Je pourrais essayer de le quitter sans qu'il me voie. Je me glissai sous les couvertures, déboutonnai le jean et m'en débarrassai sous les draps.

– Ceci n'est pas une invitation, l'informai-je.

Hudson avait posé la tête sur le matelas.

– Il faudrait que j'y aille, dit-il.

Il était couché dans le lit à mes côtés. Dans mon lit. C'était mal. Je savais que c'était mal. Je n'avais pas de pantalon. Noah avait peut-être raison, en ce qui me concernait.

– Pour aller où? demandai-je.

– Je ne sais pas, dit-il en se levant.

Non. Ne pars pas. Tu ne peux pas t'en aller.

– Reste, ordonnai-je. Il faut que tu m'obéisses. C'est mon anniversaire.

Peut-être devais-je faire en sorte que Noah ait raison.

Il s'immobilisa au-dessus de moi.

– Bon… attends, je vais éteindre.

L'aventure de ma mère

Je n'avais jamais raconté à mon père ce que j'avais entendu. La conversation porno au téléphone.

Un an plus tard, mes parents m'avaient annoncé, au restaurant *David*, qu'ils se séparaient.

Peu de temps après l'annonce de cette nouvelle, ma mère et moi rentrions à la maison en voiture. Je lui demandai si elle allait commencer à sortir avec l'Autre.

Elle faillit brûler un feu rouge.

– Pourquoi dis-tu… Comment as-tu… Ton père t'en a parlé ?

J'étais horrifiée.

– Papa est au courant ?

Elle arrêta la voiture sur le bas-côté.

– Oui.

Je m'effondrai sur mon siège.

– C'est pour ça que vous divorcez ? À cause de ton aventure ?

Elle secoua la tête.

– Non. Ce n'est pas à cause de ça. Cette histoire est finie, de toute façon. Ton père et moi… Nous avons seulement… nous avons des problèmes depuis longtemps. Il y a longtemps que je ne suis pas heureuse. Et il ne voulait pas… il ne voulait pas écouter.

– Comment l'a-t-il appris ? demandai-je.

J'espérais qu'il n'avait pas décroché le téléphone par hasard.

Ou qu'il n'était pas tombé nez à nez avec eux. Mon Dieu, faites qu'il ne les ait pas vus.

Elle me regarda.

– C'est moi qui le lui ai dit.

Par la suite, je me suis demandé si ce n'était pas la raison pour laquelle elle l'avait trompé. Pour être obligée de le lui dire.

Maintenant ou jamais

La lumière éteinte, Hudson s'allongea près de moi.

Nos visages étaient à quelques centimètres l'un de l'autre. Je pouvais l'embrasser si je voulais. Rien de plus facile.

Évidemment, il y avait Noah.

Mais il avait été odieux. Je pouvais oublier Noah si je voulais. Hudson pouvait m'y aider. Je pouvais quitter Noah pour Hudson, directement.

Et comme ça je ne verrais jamais le grand trou noir.

Mais est-ce que je le souhaitais ?

Oui. Non.

Noah.

J'aimais toujours Noah. Oui. J'en étais sûre.

Alors pourquoi étais-je attirée par Hudson ? Parce qu'il était beau. Et sexy. Et gentil. Et parce que l'idée d'être la plus jolie fille de Westport me plaisait beaucoup.

Mais ça ne suffisait pas à modifier mon idée de ce qui était bien.

Je ne pouvais pas sortir avec Hudson uniquement parce que j'étais furieuse contre Noah. J'aimais encore Noah. Je l'aimerais toujours. Nous avions connu tant de choses ensemble. Je ne pouvais – ni ne voulais – effacer deux années extraordinaires pour une attraction sexuelle. Ma relation avec Noah m'avait sauvée du grand trou noir. Je ne pouvais pas l'oublier. Je ne le voulais pas.

Je m'écartai et reposai la tête sur mon oreiller.

– Bonne nuit, April, chuchota-t-il.

– Bonne nuit, Hudson, répondis-je en fermant les yeux.

Pourquoi on devrait toujours vérifier ses faux comptes e-mail

De : Jake Berman / Jake.Berman@kljco.com
Date : Vendredi 27 mars, 20 h 10
À : Suzanne Caldwell / Suzanne_Caldwell@pmail.com
Sujet : Demain

Suzanne,
Je voulais vous dire que nous allons passer chez vous demain matin. Désolé de ne pas vous avoir prévenue plus tôt, j'étais un peu débordé. April sait que nous venons à New York, mais notre visite à Westport est une surprise (pour son anniversaire), alors faites que cela reste entre nous. J'ai hâte de vous revoir.
À bientôt, Jake
Envoyé par BlackBerry

Le lendemain matin

PINponPINponPINpon !

Je m'éveillai en sursaut en entendant la sirène de police, sans savoir si c'était une vraie sirène ou… la sonnerie d'appel de mon père. Je cherchai le téléphone à tâtons dans le lit. Pas de téléphone. Et le futon… eh bien, le futon était un peu surpeuplé. Il y avait une jambe. La jambe d'un mec. Qui n'appartenait pas au garçon avec qui je sortais, posée sur la mienne. Pourquoi Hudson était-il dans mon lit ?

Oh non. Non. Qu'est-ce que j'avais fait ?

PINponPINponPINpon !

Là-haut. Le bruit de sirène provenait du rez-de-chaussée.

Je jetai un regard circulaire, à la recherche d'un pantalon. Le seul vêtement à proximité était la robe rouge de Vi que je portais la veille au soir, et que je me rappelais vaguement avoir quittée à un moment, sur le ponton.

Une vraie robe d'enfer.

Je courus au rez-de-chaussée, jambes nues.

Zone de guerre. Gobelets en plastique ! Bouteilles de bière ! Chips mexicaines ! Taches sur les rideaux !

Il y avait un soutien-gorge sur le cactus.

Brett, en short de surfeur, à plat ventre sur le canapé. Avec une nappe de lin mauve en guise de couverture. Zachary ronflait, la tête en arrière, sur l'une des chaises de la salle à manger, coiffé d'une tiare en papier d'alu. La porte du patio était ouverte… et une flaque d'eau inondait le tapis délavé.

PINponPINponPINpon ! La sonnerie du téléphone se fit plus distincte. Plus proche. Mais où ? Sur le comptoir de la cuisine. Niché entre une soucoupe pleine de mégots et une bouteille de schnaps vide ! Je plongeai dessus. Il y avait un message de Noah, mais je l'ignorai.

– Allô ?

– Bon anniversaire, princesse, dit mon père. Je te réveille ?

– Tu me réveilles ? répétai-je, le cœur battant à tout rompre. Bien sûr que non. Il est déjà… (Je repérai l'horloge du micro-ondes de l'autre côté de la pièce.)… neuf heures trente-deux.

– Tant mieux, alors, parce que nous sommes presque arrivés, Penny et moi.

Pétrifiée de terreur, j'articulai :

– Qu'est-ce que tu veux dire ?

Mon père se mit à rire.

– On a décidé de te faire une surprise pour ton anniversaire. En fait, c'est Penny qui a eu l'idée.

– Attends. C'est vrai ?

– Bien sûr que c'est vrai ! Surprise !

Non, je rêvais. Tout ça ne pouvait pas se passer dans la réalité. J'allais tout perdre. Si, après la soirée d'hier, j'avais encore quelque chose à perdre. Je fis un pas et un fragment de chips se planta dans mon pied nu.

Ouille !

– Super, papa, me forçai-je à dire. Alors, vous êtes à la Guardia ?

– Non, nous venons de traverser Greenwich. On devrait arriver d'ici vingt minutes.

Vingt minutes !

Un grognement émergea du canapé. Brett se retourna sur le dos et dit :

– Punaise, ça caille là-dedans !

– April, il n'y a pas de garçon chez toi dis-moi ? demanda mon père.

Je fis un geste menaçant pour réduire Brett au silence.

– Quoi ? Non ! Bien sûr que non ! C'est la mère de Vi qui écoute la radio.

– On vient de passer devant le terrain de golf de Rock Ridge. Apparemment, nous allons plus vite que je ne le pensais. On sera là dans un quart d'heure. J'ai hâte de te voir, princesse.

– Moi aussi, dis-je d'une voix étouffée avant de raccrocher.

Je fermai les yeux. Puis les rouvris.

Deux garçons à moitié nus dans la salle de séjour. Dont un coiffé d'une tiare.

D'autres garçons arborant la même tenue dans les chambres.

Des bouteilles d'alcool et des gobelets vides éparpillés.

Et la mère de Vi qui brillait par son absence.

J'étais une princesse morte.

Vite

– Réveille-toi ! hurlai-je de toute la force de mes poumons. Vi !

Mon père arrivait. Mon père arrivait ! La maison était dans un état catastrophique et mon père arrivait ! J'avais quinze minutes pour remettre cet endroit en ordre.

– Alerte rouge ! Alerte rouge !

Toujours torse nu, Brett bondit du canapé.

– Quoi ? Qu'est-ce qui se passe ?

– Il faut que tu disparaisses, lui dis-je. Et que tu mettes un tee-shirt.

Il remonta la nappe par-dessus sa tête.

– Ce n'est pas une très bonne cachette, mais avant de te cacher, tu vas nous aider. Allez, les esclaves ! Au boulot ! J'ai besoin de vous !

Zachary se leva et la chaise sur laquelle il était assis tomba.

Vi sortit en courant de sa chambre.

– Qu'est-ce qu'il y a ?

Elle avait la tête effarée de quelqu'un qui se lève. Indubitablement. Dean apparut à sa suite.

Je crois que je savais ce qui leur était arrivé.

Marissa et Aaron surgirent ensuite de la chambre de la mère de Vi.

Je me frottai les tempes.

– Ils arrivent. Mon père. Tout de suite. Il faut qu'on fasse en sorte qu'on ne voie pas qu'on a fait une fiesta dans cette maison. Sinon...

– En principe, les fêtes ne sont pas interdites dans le règlement, intervint Dean. En tout cas, ça n'est pas marqué sur le frigo.

– Exact, dis-je. Mais je crois que c'est sous-entendu.

Nous avons tous jeté un coup d'œil circulaire. Verres renversés. Miettes de chips. Nombreux garçons à moitié nus.

– Pas terrible, remarqua Vi.

– Non, répondis-je avec un regard vers la pendule.

Neuf heures trente-quatre. Aaah ! Je commençai à ramasser les gobelets en les serrant contre moi. J'avais besoin d'un sac-poubelle.

– Est-ce qu'on peut le retenir à l'extérieur ? demanda Vi.

Brett s'étira en bâillant.

– Qui doit-on retenir à l'extérieur ?

– Le père d'April, expliqua Vi.

– Il habite ici, lui aussi ? demanda Brett.

– Non, répondis-je en écrasant un sachet de chips vide. Et moi non plus, je n'y habiterai pas longtemps si vous ne m'aidez pas, les gars. (Je frappai dans mes mains.) Dean, tu te charges de nettoyer la bouffe qui traîne. Vi, va chercher les sacs-poubelle. Débarrasse-toi des mégots. Et trouve le désodorisant. Qui est-ce qui a fumé ici, au fait ? Et tous les autres, commencez à nettoyer. Je vais chercher le Miele.

– C'est quoi, un Miele ? demanda Brett.
– Un aspirateur, hurlai-je. Et maintenant, allez-y ! Foncez !

Plus que dix minutes

Je rangeai. Vi passa l'aspirateur. Tous les autres épongeaient.
– Si je comprends bien, le père de Vi ne serait pas d'accord avec la fête d'hier soir ? demanda Brett.
– Pas vraiment, dis-je. Continue à éponger.

Plus que six minutes

– J'ai les doigts qui vont tomber, se plaignit Dean. Vi, tu ne veux pas me faire un bisou pour les soigner ?
– Ça va pas, non ?
Je lui aurais bien dit de ne pas faire l'idiot, mais le temps pressait.

Plus que deux minutes

Presque fini. L'inondation était épongée, la nappe de retour sur la table et les chips dans le ventre du Miele.
– Je vais sortir les poubelles, prévint Vi. Maintenant, les garçons, il faut soit que vous partiez, soit que vous vous cachiez.
– Je ne vois pas où on pourrait aller, dit Aaron. Où est-ce qu'on peut se cacher ?
– Dans le Hula ? demanda Brett avec espoir.
– Tu es fou ? s'écria Marissa. On pourrait peut-être se cacher dans ta chambre, suggéra-t-elle.
– Non, c'est trop risqué. Tu imagines s'il veut la voir ?

– Allez dans la chambre de ma mère. Vite !

Elle les expédia dans le couloir.

– Vérifiez que les stores sont fermés. Et n'allumez pas les lampes pour qu'on puisse faire croire qu'elle dort. Le premier qui parle est mort ! Compris ? ordonnai-je.

Je fermai soigneusement les rideaux pour dissimuler le Hula. Et enlevai du frigo le règlement de mon père. Quoi d'autre ? Qu'avais-je oublié ?

Plus qu'une minute

Un verre à liqueur ! Sur la table du salon ! Je l'ai... je l'ai...

Vlan ! En mille morceaux. Zut. Zut zut zut. C'est bien le moment ! Je prends une profonde inspiration et je ramasse tout. Voilà, la pièce a l'air impeccable. Tout va bien. Je vais réussir à m'en sortir.

C'est alors que je me souvins. Hudson. Dans ma chambre. Endormi. Dans mon lit. Non ! Et, au fait, il fallait que je trouve un pantalon. J'ouvris la porte du sous-sol et descendis les marches quatre à quatre. Donut, malgré son plâtre, tenta de filer dans l'escalier.

– Non, Donut, reste ici !

– Miaou !

– Il ne faut pas que tu fasses de bruit, lui murmurai-je en la redescendant. Tu es censée être morte.

– Bonjour, dit Hudson.

J'avais envie de me fourrer sous les draps avec lui.

– La situation est un peu chaude, lui annonçai-je. Mon père arrive. Tout le monde est caché dans la chambre de la mère de Vi. (Je lui apportai Donut.) Est-ce que tu peux te charger d'elle ?

– Bien sûr. Écoute, pour hier soir...

– Il ne s'est rien passé, dis-je vivement. On pourra en parler plus tard, d'accord ? Mon père arrive et s'il trouve quelqu'un ici, ça va très mal se passer.

Je ne pouvais m'empêcher de me sentir coupable. Même si rien ne s'était passé, je n'aurais pas dû laisser un garçon dormir dans mon lit. Même si j'étais furax après Noah. Je n'aimerais pas qu'une autre fille dorme dans le même lit que Noah, non ?

– Je sais, répondit-il. Mais il faut que je te dise quelque chose. Je...

Le téléphone sonna.

Je priai pour que ce soit mon père qui m'annonçait une crevaison. Mais ce n'était pas son signal d'appel. C'était peut-être Penny ?

PRIVÉ, indiquait l'écran.

Pas le temps pour un appel inconnu. Mais si jamais c'était Penny ?

Je m'assis à côté d'Hudson et lui fis signe de se taire.

– Allô ? dis-je, tandis que Donut s'enroulait autour de mon bras.

– April ? demanda une voix féminine.

– C'est moi.

Je n'avais vraiment pas le temps. Mon père allait arriver d'une minute à l'autre.

– C'est le docteur Rosini. J'ai des informations vous concernant. Vous avez une minute pour en parler ?

– Des informations ?

Que voulait-elle dire ?

– Votre test de chlamydia s'est révélé positif, déclara-t-elle.

À voix haute et distincte.

Donut me mordilla le poignet.

– Comment ? demandai-je.

Est-ce que j'avais bien entendu ce qu'elle venait de dire ?

– Nous avons testé vos urines et le test de chlamydia est positif. C'est une maladie sexuellement transmissible. Il faut que vous veniez chercher une ordonnance d'antibiotiques.

J'avais la tête qui tournait. Donut me mordait toujours le poignet. Je tâchai de me libérer mais elle ne voulait pas lâcher prise. Les larmes me brûlaient les yeux mais je ne savais pas si c'était à cause de ce que je venais d'apprendre ou de la morsure sur ma peau.

– Donut ! dis-je finalement. Arrête !

– Je vais la prendre, souffla Hudson en la détachant de mon bras.

La chatte se mit à pousser des miaulements perçants.

– Tout va bien ? demanda le docteur Rosini.

– Je... je... (Je regardai Hudson. Avait-il entendu ?) Non, dis-je.

Je me levai et, laissant Hudson avec Donut, entrai dans la salle de bain. Je fermai la porte et m'assis sur le siège des toilettes. Puis je me relevai, ouvris le robinet à fond avant de me rasseoir.

– Pouvez-vous reprendre au début ? dis-je enfin.

– Vous avez une chlamydia, répéta-t-elle.

– Chlamydia, dis-je en écho.

– Oui.

– C'est... (Ma voix se brisa.) C'est une MST ?

– Oui.

– J'ai une MST.

– Malheureusement, oui.

– Mais c'est impossible.

– Vous avez bien une activité sexuelle ? demanda-t-elle.

– Je... oui.

– Donc, c'est possible.

J'avais une MST. Une MST ? Comment cela se pouvait-il ? Je me sentais vulnérable et sale et j'avais grand besoin de prendre une douche. Une douche chaude. Une longue douche chaude. Je posai un bras sur ma poitrine avant de l'enlever. Je n'avais pas envie de me sentir si proche de mon corps.

– Non, mais vous ne comprenez pas. Mon ami et moi, nous sortons ensemble depuis deux ans.

– Il est possible que l'un de vous deux ait eu une relation antérieure.

Je secouai négativement la tête, comme si elle pouvait me voir.

– Mais il n'y avait pas de relation antérieure. Nous étions vierges tous les deux !

– Hum. Il est possible de transmettre la chlamydia par voie orale. Mais c'est rare. (Elle se tut un instant.) Vous êtes sûre de votre ami ?

– Non, mais...

Je ne savais que dire. Je ne cessais de secouer la tête. Est-ce que Noah... avait eu des relations sexuelles avec quelqu'un d'autre ?

– Nous aimerions que votre ami vienne également nous voir de façon à se faire soigner, lui aussi.

– Noah a besoin de se faire soigner ? demandai-je. Il est contaminé ?

– Vraisemblablement, dit-elle.

– Chlamydia, répétai-je.

– Oui.

– Mais... je ne sais même pas comment ça s'écrit.

– Difficile à orthographier, mais facile à attraper, dit-elle sèchement. C'est un des slogans de notre campagne d'information.

J'aurais ri si je n'avais eu autant envie de pleurer.

– Vous êtes sûre ?

– Nous pouvons faire un second test si vous le souhaitez, mais celui-ci est tout à fait concluant, et de toute façon je voudrais que vous commenciez les antibiotiques le plus vite possible. Pour éviter les complications.

Complications ?

– Quel genre de complications ?

– Si elle n'est pas traitée, la chlamydia peut entraîner une inflammation pelvienne – qui peut conduire à l'infertilité.

Tous ces mots bouillonnaient dans mon cerveau comme de l'eau de vaisselle sale dans le lavabo.

– L'infertilité ? (Mon cœur s'arrêta de battre.) Vous voulez dire que je ne pourrais pas avoir d'enfants ?

Je pensai à Penny.

– Vos symptômes n'indiquaient pas d'infection pelvienne, et par conséquent je ne m'inquiéterais pas trop de séquelles permanentes. Mais c'est une bonne chose que vous ayez été testée.

– J'avais une sensation de brûlure quand j'urinais, dis-je.

– La plupart des gens n'ont aucun symptôme, m'apprit-elle.

Est-ce que je devais m'estimer heureuse ? J'avais l'impression d'avoir reçu un coup de pied dans le ventre.

La sonnette retentit. Mon père. Mon père arrivait et j'avais la chlamydia. Bonjour papa ! Comment vas-tu ? Bien ? Super ! Moi aussi je vais bien. À part la chlamydia.

Chlamydia, chlamydia, chlamydia. Difficile à orthographier, oui, et aussi à prononcer. Combien six scies pourraient scier de cigares si une scie pouvait scier une chlamydia ?

– April ? demanda le docteur. Puis-je avoir l'adresse de votre pharmacie pour vous envoyer l'ordonnance ? Il vous faut une seule prise d'antibiotiques.

– Oui. Euh... pouvez-vous l'envoyer à la pharmacie Walgreens de la rue Saugatuck ?

J'entendis des pas à l'étage. Les pas de mon père. Il fallait que je monte. Et que je trouve un pantalon. Je fermai le robinet et courus dans ma chambre.

– April ! cria Vi. Ton papa et Penny sont là !

– J'arrive ! J'en ai pour deux secondes.

– Donc, je vous vois dans quinze jours, dit le médecin. Et nous aimerions voir votre ami le plus vite possible.

– Oui. Très bien. Puis-je vous rappeler pour prendre rendez-vous ?

Je repérai mon jean, roulé en boule sous mes couvertures, et l'enfilai.

Quel genre de fille quitte son jean quand elle dort à côté d'un garçon avec qui elle ne sort pas ? Oh ! Une fille qui a la chlamydia, bien sûr !

– Alors, dit Hudson. (Il cherchait mon regard, mais il n'était pas question que je cède. Pas question.) Ça va ?

– April, poursuivit le docteur au téléphone. Je suis désolée de ce qui vous arrive, mais je suis contente que nous l'ayons pris à temps.

Pris. Comme un rat. J'imaginais un rat courant à l'intérieur de mon corps et me rongeant les ovaires. Je voulais prendre ces antibiotiques. Immédiatement. S'il te plaît, papa, avant le petit déjeuner, on peut s'arrêter pour acheter de la mort-aux-rats ?

Quand le médecin eut raccroché, Hudson me prit le bras.

– April ?

– Non, ça ne va pas, dis-je en évitant cette fois le contact de sa main autant que son regard. (Je boutonnai mon jean.) Tu as tout entendu ?

Il ne répondit pas.

Génial. Mon visage me brûlait. Visage et urine. Encore plus génial.

– Je suppose que tu bénis ta bonne étoile que nous n'ayons rien fait hier soir, hein ?

– Ce n'est pas si grave, dit-il.

Je me regardai dans ma glace en pied. Et voilà. Je n'avais pas changé. J'avais la même apparence qu'avant la chlamydia. Qu'avant de savoir que je l'avais, du moins.

Il fallait absolument que je m'attache les cheveux. J'avais une tête à faire peur.

– Si, c'est grave, lançai-je. (Je pris un élastique et nouai mes cheveux en queue-de-cheval. Je me tournai vers lui.) J'ai l'air malade ?

Nos regards se rivèrent.

– Non, dit-il.

– Tu t'arranges pour que Donut ne fasse pas de bruit, d'accord ?

Il acquiesça.

Je grimpai l'escalier quatre à quatre et refermai la porte en priant le ciel que mon père ne demande pas à voir ma chambre.

Impassible. Il fallait que je garde un visage impassible. Même si la seule chose à laquelle je pouvais penser était chlamydia, chlamydia. Il fallait que je parvienne à empêcher le mot de résonner dans mon cerveau. Absolument. Je devais y parvenir. Et parvenir à dire bonjour à mon père. En espérant que la maison était propre et qu'il ne verrait aucune trace de la fiesta d'hier soir. Qu'il ne se rendrait pas compte que la mère de Vi n'habitait pas ici, ni que je lui avais menti, ni que j'avais la chlamydia.

Parce que s'il s'apercevait que j'avais la chlamydia, je serais obligée de partir dans l'Ohio.

Oui, j'en étais certaine. Il ne me laisserait jamais rester ici s'il le savait. Il ne me laisserait pas vivre dans une ambiance malsaine et pourrie. Il voudrait me protéger, m'aimer, me garder propre et en sécurité.

Je serrai les paupières pour chasser mes larmes. Impossible de pleurer maintenant. Impossible de penser à ça. Impossible. Im-pos-si-ble. Je tournai la poignée de la porte et entrai d'un pas décidé.

– Bonjour, papa ! lançai-je.

nº 10 : flagrant délit d'effraction

La visite

Mon père et Penny s'étaient mis à l'aise sur le canapé qui, vingt minutes plus tôt, avait servi de lit à Brett, mais ils se levèrent d'un bond quand je remontai du sous-sol.

– Joyeux anniversaire ! me dit mon père en me serrant contre lui. Tu m'as manqué, tu sais !

Il sentait bon. Je retrouvais son odeur chaude, musquée.

– Toi aussi, murmurai-je en posant la tête sur son épaule. (Puis je songeai : *ne t'approche pas trop, tu es peut-être contagieuse*. Je m'écartai.) On y va ?

– En fait, je me disais que nous allions attendre que Suzanne sorte de la douche. Pour lui dire bonjour.

– Je ne l'ai même jamais rencontrée ! s'exclama Penny en regardant autour d'elle. Vous imaginez ?

La douche. Ils croyaient que la mère de Vi était sous la douche. Pourquoi donc ? J'écoutai avec attention et effectivement, j'entendis couler l'eau. Qu'est-ce que ça voulait dire ? Je lançai un regard à Vi. Celui qui avait osé prendre une douche était mort.

– Elle a hâte de vous rencontrer, dit Vi avec le plus grand calme. J'espère qu'elle va bientôt sortir de la salle de bain. Elle a l'habitude de rester un temps infini sous la douche. Je vais aller lui dire que vous êtes arrivés.

Vi disparut dans le couloir et referma la porte derrière elle.

Je m'assis en face d'eux et souris.

– Alors, vous allez à un mariage ce soir ?

– Oui, dit Penny. Le mariage de Tricia. Tu l'as déjà rencontrée ? C'est une vieille amie, une collègue de travail.

– J'étais prête à prendre le train pour vous retrouver demain, assurai-je.

– Je sais, mais nous voulions te faire une surprise aujourd'hui, répondit mon père.

– D'accord, dis-je avec un sourire forcé. Qui n'aime pas les surprises ?

Vi réapparut.

– Ma mère s'est enfermée à clé. Je suis désolée. J'espère qu'elle ne va pas tarder à sortir.

Puis elle articula silencieusement à mon intention : « Dean. Sous la douche. » Tout en faisant le geste de se trancher la gorge.

Un quart d'heure plus tard, l'eau coulait toujours.

– Tu sais quoi, papa ? lançai-je. Pourquoi ne pas dire bonjour à Suzanne quand tu me ramèneras ? Je suis sûre qu'elle aura fini à ce moment-là.

– Oui, enchaîna Vi en se levant. C'est une meilleure idée. Elle utilise la douche comme hammam et ça peut prendre des heures. Elle croit que ça lui fait perdre du poids. Ha ha.

La perte de poids comme obsession. Sûrement un truc héréditaire. Je fermai les paupières. Pas le temps de se faire du souci pour Vi en ce moment. J'avais trop d'autres sujets d'inquiétude.

Quatre à table (papa, Penny, moi... et ma MST)

Les lèvres de mon père et de Penny bougeaient, mais j'avais toutes les peines du monde à comprendre les mots qu'elles prononçaient.

Bonjour. Bonjour. Chlamydia. Chlamydia. Question numéro un : comment t'ai-je attrapée ? Par Noah. Évidemment, puisque c'est la seule personne avec qui j'ai couché. Faux ! La seule personne avec qui j'ai eu des relations *sexuelles*. Ces temps-ci, je n'arrêtais pas de coucher dans le même lit que d'autres garçons. Ha ha, elle est bonne. Mais je n'ai eu de relations sexuelles qu'avec un seul. Noah était l'unique personne avec qui j'avais fait *quoi que ce soit*.

Réponse : c'est Noah qui m'a refilé la chlam. Oui, c'est le surnom que je lui avais trouvé. J'avais bien le droit de donner un surnom à ma MST, puisque nous étions si intimes.

Question numéro deux : comment Noah l'a-t-il attrapée ?

La question la plus délicate, de toute évidence. Je ne pouvais pas la lui avoir refilée, puisque c'était de lui que je l'avais eue. Ce qui signifiait qu'il l'avait chopée avec quelqu'un d'autre. Pour autant que je sache, j'étais sa première expérience. Et il n'avait jamais été assez *loin* avec quelqu'un d'autre pour qu'on lui transmette la chlamydia. Donc. Voilà. Noah m'avait trompée. Non. Je bus une gorgée de café. Si. C'était obligatoire. Quand nous avions commencé à sortir ensemble, il m'avait dit qu'il n'avait jamais fait l'amour. Ou alors il m'avait menti. Soit il m'avait trompée, soit il m'avait menti. Tandis que je pesais le pour et le contre de ces différentes options, je laissai couler une goutte de café sur mon tee-shirt.

Penny bondit et sortit une lingette de son sac. L'idée me vint que je pouvais peut-être en utiliser une pour me nettoyer le corps.

– Alors, comment va ma petite fille de dix-sept ans ? disait mon père, avec un grand sourire.

– Tu as une mine superbe, s'exclama Penny. C'est simple, tu as une peau éclatante. Tu utilises un nouveau savon ?

Non, voyons, c'est la chlamydia ! Elle fait merveille pour les ovaires, et le teint par la même occasion !

– Merci, me contentai-je de dire. C'est peut-être l'eau de chez Vi ?

En fait, c'était probablement l'effet de la pilule contraceptive.

– Comment va le lycée ? demanda mon père.

– Très bien. (En essayant de me convaincre que mon visage était en caoutchouc, je l'étirai en un grand sourire.) Tout va très bien.

Absolument génial de chez génial.

– On voulait te parler de l'an prochain, dit mon père.

– D'accord.

L'an prochain ? D'abord, il allait falloir finir cette année.

– Nous sommes très fiers de toi, déclara-t-il, rayonnant.

– Tu as toujours d'aussi bonnes notes, dit Penny.

– Et tu t'es montrée très responsable, ajouta mon père.

C'est quoi, le monde où je suis responsable ? De quoi parle-t-il ? Je n'ai pas embouti la voiture ? Ni mis le feu à la maison de Vi ?

– Merci, dis-je.

– Nous savons que Vi va s'en aller...

Ils échangèrent un regard, puis mon père se tourna vers moi et dit :

– Nous pensons que tu es prête pour avoir ton appartement l'an prochain.

– Mon appartement ? répétai-je, abasourdie.

– Oui, confirma Penny. Je pensais à un studio en ville. Dans un immeuble avec portier. Comme ça, nous saurions que tu es en sécurité. Nous préférerions que tu viennes à Cleveland, mais puisque c'est ce que tu veux... Qu'en penses-tu ?

– Waouh !

Ce fut tout ce que je fus capable de dire. Mon appartement.

Juste pour moi.

Ce que je voulais.

Mon propre appartement. À dix-sept ans. C'est ce que j'avais demandé. Ma vaisselle, ma lessive, mes factures, ma télé et mon four. Je n'aurais pas eu cette possibilité en janvier dernier, mais maintenant, je l'avais. Pourtant, était-ce vraiment ce que je désirais ? Vivre toute seule ? Dans mon appartement rien qu'à moi, pour que Noah puisse venir à tout moment. Noah, ce crétin de menteur ? Ce que je voulais, en fait, c'était mettre la tête de Noah dans le four, à la mode Zelda.

Je me forçai à sourire et dis :

– Ça me paraît une super idée.

Voyage en voiture

J'appelai Vi de la banquette arrière de la voiture de mon père.

– Coucou, chuchotai-je, comment ça va ?

– Ils sont tous partis. Dieu merci. Je suis toute seule avec Donut. Tu peux ramener Papa Ours en toute sécurité.

– Quoi ? dis-je d'une voix bien sonore. Ta mère avait un rendez-vous ?

Penny se tourna vers moi en fronçant les sourcils.

– Oui, en effet. Avec son oreiller, probablement. Ou une bouteille de merlot. Elle affectionne ce genre de rendez-vous.

Je haussai les épaules d'un air exagérément déçu.

– C'est nul ! Mes parents auraient tant voulu lui dire bonjour ! (Je levai les yeux vers Penny.) Désolée, elle est partie... chez le coiffeur.

– Oh, c'est vrai ? Lequel ? J'ai pris un rendez-vous, moi aussi !

Hum. Voyons.

– Vi, demandai-je, tu sais chez quel coiffeur va ta mère ?

– Euh... le salon *Mary Poppins*, tu crois ?

– Elle n'en est pas sûre, dis-je à Penny.

– Ce serait drôle si tu tombais sur elle, non ? lança mon père.

– Si c'est le cas, dis-je, n'oublie pas de lui faire un petit coucou de ma part.

Il faut que nous parlions

Quand mon père me déposa devant la maison, je lui fis au revoir depuis le seuil. Dès qu'il se fut éloigné, je refermai la porte et me dirigeai vers ma voiture.

Et voilà. La visite de mon père était finie. La crise parentale évitée. Il me fallait maintenant me concentrer sur ma crise virale.

Vi rouvrit la porte et passa la tête dans l'entrebâillement.

– Où vas-tu ?

– Faire une course, répondis-je.

Je lui raconterais tout. Après. D'abord, il me fallait aller à la pharmacie. Et parler à Noah.

C'est drôle comme la vie peut vous jouer des tours. Ce matin, quand mon père avait appelé, je croyais qu'un désastre était sur le point de m'anéantir. Et j'avais raison. Sauf que ce n'était pas celui que j'avais vu venir. Ce désastre-ci avait fait long feu. L'autre m'avait prise par surprise.

– Je n'en ai pas pour longtemps, dis-je.

Je fermai la portière et sortis de l'allée en marche arrière. Vi resta plantée sur le seuil, les bras écartés en un geste interrogatif.

Mon ordonnance m'attendait à la pharmacie Walgreens. Zithromax. Une dose. Je me demandai si la pharmacienne connaissait son application. J'évitai de la regarder en face. J'achetai également une bouteille d'eau. Dans ma voiture, sur le parking de Walgreens, je pris immédiatement le comprimé. Voilà. Accomplis ta mission, Zithromax ! Et maintenant, je fais quoi ?

Je savais. Il fallait que je parle à Noah. Je vérifiai le texto qu'il m'avait envoyé le matin.

Noah : Es-tu réveillée ? Je ne peux pas dormir. Mais je ne veux pas t'appeler au cas où tu dormirais encore... Pardon pour hier soir. Je t'aime. Joyeux anniversaire.

Il fallait que je l'appelle.

Non. Je n'avais pas envie de l'appeler. Je n'avais pas envie de lui parler. Parce que si je lui parlais, il allait devoir répondre.

Je ne voulais pas entendre sa réponse.

Non. Il fallait que j'aille chez lui et que je lui parle de vive voix. Je passai la marche arrière. Mon téléphone sonna.

– Salut, dit Noah.

– Salut.

Je remis le levier de vitesse au point mort. Je ne savais pas par où commencer.

– Tu as reçu mon texto ? demanda-t-il.

– Oui.

– Pour hier soir... Je suis désolé de m'être conduit comme un imbécile. Je suppose que c'est parce que je n'aime pas te voir avec ce crétin. Et au fait, la boucle d'oreille ? Tu l'as retrouvée ?

– Hein ?

– La boucle d'oreille ?

La boucle d'oreille. Il parlait de la boucle d'oreille. J'avais l'impression que l'épisode datait de dix ans.

– Noah.

– Oui ?

Par où commencer ? Par une devinette, peut-être ? Quel mot peux-tu faire avec les lettres *Y, C, H, L, M, A*...

– Noah, est-ce que tu m'as trompée ?

– Quoi ? De quoi parles-tu ?

– Est-ce que tu as couché avec quelqu'un d'autre ?

Les mots sortaient de ma bouche mais j'avais l'impression que c'était quelqu'un d'autre qui les prononçait.

– Qu'est-ce qui te fait penser ça ?

Parce que j'ai des preuves. Des preuves malencontreuses. Mais...

– Oui ou non ? demandai-je.

– Non.

Il hurlait presque. Il mentait. Il mentait obligatoirement.

– Je te jure, dit-il. April, non.

Le cœur me faisait mal.

– J'ai la chlamydia.

– Quoi ?

– Une maladie. Sexuellement transmissible. Que je ne peux avoir attrapée que par toi.

Silence.

– Allô ? Tu peux m'expliquer ?

Toujours rien.

Je fermai les yeux. Dehors, il faisait soleil. Trop de soleil.

– Noah ? Tu es toujours là ?

– Oui.

– Alors, tu as entendu ce que je viens de dire. J'ai cette saleté. Ce qui veut dire que tu me l'as refilée.

– Comment le sais-tu ?

Je frappai du poing sur le volant.

– Tu es allée chez le médecin ? demanda-t-il.

– Évidemment ! Ce n'est pas un test que tu peux faire chez toi !

– Quand ça? Tu ne m'as jamais dit que tu allais chez le médecin.

– Je ne voulais pas... (Attends.) Quelle importance si je te l'ai dit ou non ? J'y suis allée, c'est tout.

– Tu ne crois pas que ça peut être une erreur ? demanda-t-il. Ou si ça se trouve, tu as attrapé ça ailleurs ?

J'avais la poitrine si serrée que je ne pouvais plus respirer.

– Où, par exemple ? Est-ce que tu es en train de me demander si c'est moi qui t'ai trompé ?

Ce n'était pas le moment de mentionner l'incident avec Hudson, bien que je sois sûre que c'était à ça qu'il pensait.

– Je ne sais pas, dit-il. Un siège de toilettes ou un truc comme ça.

Cette fois, c'est ma tête que je cognai sur le volant.

– Je ne l'ai pas attrapée sur un siège de toilettes.

– Et votre jacuzzi, alors ? Je savais que ce truc était une mauvaise idée. C'est dégueulasse.

– Ce n'est pas dans le jacuzzi. Il faut que tu ailles consulter. Pour te faire tester.

– Mais je n'ai aucun problème. Je me sens très bien, moi.

– La plupart des gens n'ont aucun symptôme.

– Je n'ai pas de MST, dit-il, d'une voix incrédule.

– Si ! hurlai-je. (Et avant que je m'en rende compte, les larmes ruisselaient sur mes joues.) Si j'en ai une, toi aussi. Même si ce n'est pas toi qui me l'as refilée, de toute façon je te l'ai transmise et maintenant tu l'as. Nous l'avons tous les deux.

Il m'agaçait prodigieusement. Pourquoi devait-il me donner l'impression que j'étais seule dans le pétrin ? Je n'avais pas attrapé ce truc par magie, non ? Dans tous les cas de figure, nous y étions ensemble. Je ne pouvais pas être seule. C'était physiquement impossible.

– Tu as raison, dit-il. Je suis désolé. Mais enfin ! Ce truc vient de nulle part, ou quoi ?

– Tu parles ! lançai-je en m'essuyant les yeux.

– Je vais appeler mon médecin, d'accord ? Et je me ferai examiner. Mais je parie que c'est une erreur. C'est obligatoire.

– Alors tu ne m'as pas trompée ? demandai-je, la voix pleine d'espoir.

– Je t'aime. Je ne ferais pas ça. Je ne ferais jamais ça.

– Mais Corinne, alors ? Tu n'as pas couché avec elle ? Peut-être que c'est elle qui l'avait ?

– Je n'ai jamais couché avec Corinne.

– Mais avant Corinne, alors ? Avant moi ?

– Non ! Non, personne. Et je ne t'ai jamais trompée avec Corinne. Tu le sais. Il faut que tu arrêtes de toujours ramener ça sur le tapis.

– Je sais. C'est juste que... (J'avais la tête qui tournait.) Je ne sais plus où j'en suis, d'accord ? Et je suis bouleversée.

– Il ne faut pas. Tout va bien se passer. Je te le promets.

Était-ce possible ? Si ça n'était pas lui et que je l'accusais... Je voulais le croire. C'était peut-être le Hula. Ou un siège de toilettes. Ou alors les résultats des tests étaient faux.

– D'accord, répondis-je.

Tout était possible.

Retour à la maison

– Alors, dis-je en laissant tomber mon sac sur le plancher. Nous sommes seules ?

Vi était assise sur le canapé, avec entre les mains un pot de beurre de cacahuète et une petite cuillère.

– Oui. Où avais-tu disparu tout à l'heure ?

Debout au milieu de la pièce, je mis les mains sur les hanches.

– Chez Walgreens. J'avais besoin d'antibiotiques. Pour ma chlamydia.

Sa mâchoire s'affaissa.

– Non !

– Je ne rigole pas. Et tu sais quoi ? Quand ça brûle quand tu fais pipi : ce n'est pas toujours une infection urinaire.

Si horrible que ça puisse être, ça faisait du bien d'en parler.

– Oh. Mon. Dieu. April, je suis vraiment désolée.

– Moi aussi, crois-moi. Mais ça y est, j'ai pris les antibiotiques. Alors j'espère que c'est fini. Ou en passe de l'être.

– La vache ! Je n'y crois pas. Mais comment as-tu attrapé ça ? Tu utilisais bien des préservatifs ?

– Je...

Les mots refusaient de sortir.

La onzième fois que Noah et moi avions fait l'amour

– Tiens tiens, dit-il. Je crois qu'on a fini les préservatifs.

– C'est vrai ? Il n'y en a plus un seul ?

Il rit.

– Non, j'ai oublié d'en racheter.

Il était allongé sur moi.

– Oh.

– Oui. Comme tu dis. Oups.

– Bon... je prends la pilule.

– Oui. Tu es sûre ?

– Oui.

– OK.

– OK.

– Je t'aime, dit-il.

– Moi aussi.

– April, insista-t-elle. Vous utilisiez bien des préservatifs ?

Je ne répondis rien.

– Non mais j'hallucine ! Tu as couché avec lui sans préservatif ? Tu es idiote ou quoi ?

J'avais le cœur serré à me faire mal.

– Je ne sais pas.

– À quoi pensais-tu ?

– Que nous sortions ensemble, que c'était l'amour de ma vie.

– Voilà pourquoi je ne veux pas de relation sérieuse avec un garçon, dit-elle, rageuse. On ne peut pas leur faire confiance. Il ne faut pas arrêter d'être vigilante. De se respecter soi-même.

– Je n'ai vraiment pas envie d'un sermon en ce moment. On utilisait des préservatifs mais à un moment il n'en restait plus, et on se sentait tellement plus proches. Et après tout, je prends la pilule.

– La pilule ne protège pas contre les MST ! Ni contre le VIH !

– Arrête de te prendre pour une pub du service public !

– Visiblement, tu as pourtant besoin de l'entendre ! Tu viens de te faire refiler une chlamydia par ton copain !

– Probablement...

– Attends. Quoi ? Tu as couché avec quelqu'un d'autre ? Avec Hudson ? Ne me dis pas qu'Hudson a fait ça !

Je secouai la tête.

– Ce n'est pas Hudson. Il ne s'est *rien* passé avec Hudson. Et je n'ai jamais couché avec personne d'autre.

– Alors quoi ? demanda-t-elle. Tu ne peux pas attraper ça sur un siège de toilettes.

Je haussai les épaules.

– Tu n'en sais rien.

Elle ricana ironiquement.

– Si, April, je le sais. Qui a écrit l'article sur les MST pour le journal du lycée, d'après toi ?

– Alors, peut-être que c'était dans le jacuzzi.

Elle ferma les yeux en se frictionnant le front.

– Tu ne viens pas de dire ça, hein ?

– C'est possible, criai-je.

– Non, April, ça n'est pas possible. C'est ce que Noah t'a dit ? Que tu l'avais chopée dans le jacuzzi ?

Je ne répondis pas.

– C'est lui qui est contaminé.

– Non, déclarai-je. C'est un bouillon de culture dans ce jacuzzi. On oublie toujours de vérifier les niveaux de pH et...

Mais qu'est-ce qui me prenait ? Est-ce que je répétais vraiment ce que Noah avait dit ?

Elle ne cessait de secouer la tête.

– D'abord, même si c'était un bouillon de culture, même si tu avais effectivement attrapé ça dans le jacuzzi, ce qui, petit rappel, est totalement impossible, le Hula n'aurait pas produit spontanément des germes de chlamydia. C'est quelqu'un d'autre qui te l'aurait refilée. Es-tu en train de dire que c'est moi ? Et que moi aussi je suis contaminée ?

– C'était un jacuzzi d'occasion. Peut-être qu'il n'a pas été correctement désinfecté.

Je savais que ce que je disais était débile mais je ne pouvais pas m'en empêcher.

– Tu es vraiment idiote.

– Ne me dis pas que je suis idiote !

– Mais c'est la stricte vérité. Ton copain te ment. Il a couché avec quelqu'un d'autre, a chopé un sale truc et te l'a refilé.

– Non, il doit y avoir une autre explication.

– Je sais que c'est dur pour toi de renoncer à lui. Il t'a soutenue après le divorce de tes parents. Et quand ta mère est partie. Mais tu ne peux pas rester avec lui juste pour ça. Il ne faut pas avoir peur d'aller de l'avant. C'est un nul qui te tire vers le bas. Il est clair que tu es attirée par Hudson...

– Il n'est pas question d'Hudson ! dis-je.

Bon, j'étais attirée par Hudson, d'accord. Mais j'aimais Noah. Non ?

– Arrête. Tu te racontes des histoires. Il faut que tu ouvres les yeux.

Je croisai fermement les bras. Elle n'avait pas le droit.

– Tu peux parler. Tu es parfaite, c'est ça ?

– Je n'ai jamais prétendu que j'étais parfaite.

– Tu es une vraie maniaque, tu veux dire, oui ! Tu as refilé le garçon que tu aimes à une autre pour ne pas avoir à t'engager ! Tu fais de la gym au milieu de la nuit ! Tu ne veux pas me laisser conduire ! Tu me suis partout pour éteindre la lumière ! C'est pire que de vivre avec Penny. Et laisse-moi te dire, ce n'est pas parce que tu es une obsédée du contrôle que ça va changer le fait que ta mère est complètement à la masse ! Et tu sais quoi ? J'aurais aussi bien pu occuper sa chambre, parce qu'elle ne va pas revenir.

Vi accusa le coup. Puis elle fit demi-tour et s'élança vers sa chambre, dont elle claqua la porte, me laissant seule.

Mon cœur se serra. Est-ce que j'avais vraiment dit tout ça ?

Tant pis. Elle avait été nulle. Juste au moment où j'avais besoin de réconfort, elle m'avait attaquée. Elle m'avait dit que j'étais idiote. Et avait accusé Noah.

Mais quand même. Ce que je lui avais dit était vraiment moche.

Et maintenant ? Il fallait que je sorte. J'avais besoin de quelqu'un qui compatisse, et non qui m'engueule. J'avais besoin de me laisser aller et d'entendre que « tout allait s'arranger », de la part de quelqu'un d'autre que Noah. J'avais besoin de ma mère. J'avais envie de poser la tête sur ses genoux pendant qu'elle jouait avec mes cheveux, comme quand j'étais petite. J'avais envie de l'entendre me dire que tout irait bien. Mais elle n'était pas là. Comme d'habitude.

Je ramassai mon sac par terre, sortis par la porte de devant et remontai dans ma voiture. J'avais l'intention d'aller chez Marissa.

Je l'appelai au feu rouge. Pas de réponse.

– Salut, dis-je. C'est moi. Il faut que je te parle. Appelle-moi quand tu auras ce message.

Je conduisais au hasard. Sans but précis. Il fallait que je réfléchisse à tout ça. Est-ce qu'il m'avait trompée ? Était-ce possible ? Oui. Sûrement. Il avait dû coucher avec Corinne. J'avais besoin de preuves. Qui pouvait le savoir ? Corinne. Corinne le saurait. Oui. Je devais aller chez Corinne. Je fis demi-tour, pris à gauche, puis à droite, avant de m'arrêter devant sa maison.

En descendant de la voiture, j'avais un peu mal au cœur. Et j'étais surexcitée. Pas de façon joyeuse, juste incroyablement énervée. Les couleurs étaient plus vives. Les bruits plus sonores. Je savais ce qu'il y avait entre Corinne et Noah depuis longtemps, non ? Oui, bien sûr. Évidemment. Corinne et Noah couchaient ensemble. Elle le voulait. Elle l'avait toujours voulu. Et quelqu'un lui avait refilé cette saleté et elle l'avait passée à Noah et maintenant c'était moi qui l'avais. Tout était sa faute.

Le cœur battant, je montai les marches en courant et sonnai à la porte. Peut-être que Noah était là en ce moment même. Peut-être qu'ils étaient en train de faire l'amour et de rigoler.

J'entendis un bruit derrière la porte. Je sentais que quelqu'un me regardait. Puis :

– April ? Qu'est-ce qui se passe ?

Corinne, en jean et tee-shirt blanc, ses cheveux roux noués en chignon, ouvrit la porte. Puis elle se mordit la lèvre. Elle ne paraissait pas surprise de me voir.

– Il faut qu'on parle, dis-je gravement.

Elle fit oui de la tête. Oui ! À l'évidence, elle était coupable ! Elle sortit et referma la porte derrière elle, bien qu'elle soit pieds nus. Elle s'assit sur les marches, tentant de se ressaisir.

Je redescendis au pied de l'escalier. Pas question de m'asseoir. Je mis les mains sur les hanches et la toisai d'un air menaçant.

– Je suis au courant, dis-je.

Ses épaules se voûtèrent. Elle baissa la tête. Elle avait l'air d'une tortue effrayée.

– Je suis désolée.

Mon Dieu. Elle avouait ! Elle reconnaissait les faits !

– Ça ne suffit pas d'être désolée. Trop facile, crachai-je méchamment. Ce que tu as fait est ignoble.

Elle éclata en sanglots.

– Je sais.

Elle savait que ce n'était pas bien de coucher avec mon copain. Mais est-ce qu'elle savait pour la chlam ? Est-ce qu'elle l'avait fait exprès ? Est-ce qu'elle essayait de me contaminer ?

Je me rendis compte que ça semblait un peu tiré par les cheveux, en fait. Peut-être qu'elle n'en savait rien. Peut-être qu'elle l'avait sans le savoir. Et si je ne lui disais rien ? Elle n'avait qu'à le découvrir toute seule, après tout. Un jour. Dans dix ans.

Non. Je n'étais pas vache à ce point-là.

– Il faut que tu saches que tu lui as refilé un sale truc, lui dis-je. Il vaudrait peut-être mieux que tu ailles chez le médecin.

Elle me regarda à travers ses larmes.

– Qu'est-ce que je lui ai refilé ? Pas possible. Je ne suis pas sortie de la voiture.

Hein ?

– Qu'est-ce que tu racontes ? Ne me dis pas que vous n'avez fait ça que dans la voiture ? Quoi, vous faisiez le tour de la ville en recherchant les parkings déserts ?

Elle haussait les sourcils d'un air complètement paumé.

– Ce n'était pas dans un parking. Ça s'est passé juste devant chez toi.

Jusqu'où était-elle capable d'aller dans l'horreur ?

– Tu as couché avec Noah juste devant chez moi ? Tu cherchais à me provoquer ou quoi ?

Elle cligna des paupières. Et cligna encore.

– De quoi tu parles ? Je n'ai jamais couché avec Noah. Je veux dire, je l'ai embrassé, il y a un million d'années, tu étais au courant...

Si elle n'a pas couché avec Noah...

– Alors pourquoi es-tu désolée ?

Elle fondit à nouveau en larmes.

– J'ai écrasé ton chat !

Je reculai d'un pas.

– C'est toi qui as écrasé Donut ?

Elle acquiesça.

– Pourquoi as-tu écrasé Donut ?

– Je ne l'ai pas fait exprès ! Je te jure ! Je passais juste dans ta rue en voiture et je ne l'ai pas vue traverser devant moi.

Tout ça n'avait aucun sens. Je repensai à la nuit de l'accident. Vi et moi étions dans le jacuzzi. J'avais laissé la porte ouverte. Corinne n'était pas venue.

– Mais qu'est-ce que tu faisais devant chez moi ?

– Je passais juste en voiture, dit-elle en jouant avec ses doigts.

– Corinne, j'habite dans une impasse. Il n'y a aucune raison de passer devant chez moi. Et tes phares n'étaient pas allumés.

Elle ferma les yeux et je vis les larmes couler du coin de ses paupières.

– J'étais chez Joanna.

– Tu étais chez Joanna ? Je ne savais même pas que tu étais amie avec Joanna.

– Je ne le suis pas, répondit-elle aussitôt. Enfin... je veux dire, si.

Elle rougit comme une tomate.

Je compris tout.

– Tu veux dire que tu sors avec Joanna.

– Oh, je t'en prie, ne le dis à personne.

– Attends, rassure-toi. Je n'en parlerai à personne. (Je m'assis à côté d'elle.) Mais je n'en avais aucune idée. Quand est-ce que tu as commencé à sortir avec elle ?

– Je ne *sors* pas avec elle. J'essaie seulement de voir où j'en suis. À la suite de l'épisode avec Noah, je me suis dit qu'après tout les garçons n'étaient peut-être pas pour moi. Mon Dieu. Je n'arrive pas à croire que je viens de te dire ça.

– Mais tu es toujours en train de flirter avec Noah.

– Pas vraiment. Enfin, peut-être un peu. Mais c'était juste pour la galerie. Parce que je ne suis pas encore prête à ce que tout le monde sache pour Joanna. Ou pour les filles. Enfin, un truc comme ça.

– Je croyais que tu essayais de...

– De te piquer Noah ?

À la façon dont elle le disait, ça avait l'air complètement idiot.

Nous sommes restées assises en silence pendant un moment.

– Est-ce qu'on peut revenir à l'épisode de l'accident de mon chat ? demandai-je au bout d'un instant.

Elle acquiesça.

– J'ai éteint mes lumières en passant devant chez vous pour que vous ne puissiez pas me voir. Et après avoir entendu le bruit du choc...

Nous avons frissonné ensemble.

– J'aurais dû descendre de la voiture. Je voulais le faire. Mais je ne pouvais pas. J'aurais été obligée de vous dire pourquoi je passais devant chez vous et...

– Pourquoi n'as-tu pas appelé quelqu'un ? La clinique vétérinaire ?

Si je n'avais pas remarqué l'absence de Donut, elle serait restée dehors toute la nuit dans cet état.

– Je ne savais pas que c'était ton chat. Je ne savais pas que tu en avais un. J'espérais que c'était une branche, peut-être, ou un truc comme ça.

– D'accord.

– Je suis désolée. Je ne l'ai appris que plus tard, dans le courant de la semaine, quand Noah m'en a parlé en cours. Et j'étais mal, tu sais. Trop mal. Je te rembourserai. Je n'arrive pas à croire comme c'était cher ! J'ai acheté la moitié du punch, à ta soirée, pour essayer de te dédommager !

– Merci, dis-je.

Et je me rendis compte que j'étais sincère.

Dire que je croyais qu'elle était venue à la soirée pour draguer Noah.

Noah.

Mais au fait ? Qu'est-ce que ça voulait dire ? Est-ce que ça signifiait... est-ce qu'il était possible qu'il m'ait dit la vérité ? Qu'il ne m'avait jamais trompée ? Mais alors comment avais-je pu attraper la chlam ? Mon téléphone sonna et l'écran afficha MARISSA.

– Corinne, il faut que j'y aille. Mais je te promets de ne rien dire de ce dont tu m'as parlé, murmurai-je. Même à propos du chat. Ça reste entre nous.

– Tu es super. Merci. Merci beaucoup. Et je te rembourserai, je te promets.

– Donut va bien, maintenant. Ne t'inquiète pas. Avec la soirée, on a récolté assez d'argent. (Je lui fis un signe d'adieu et répondis au téléphone.) Salut, dis-je.

– Salut ! Joyeux anniversaire ! Oh là là, j'ai eu une matinée dingue ! Mais c'était trop bien de voir Aaron ! Je suis furax que nous ne puissions pas passer l'été ensemble. Mais j'ai eu une idée géniale. Je me disais qu'on pourrait peut-être passer toutes les deux l'été à...

– Il faut que je te parle, dis-je en l'interrompant. Je serai devant chez toi dans deux minutes.

– Hé ! Qu'est-ce qui se passe ? Ton père a tout découvert ? Qu'est-ce qu'il y a entre Hudson et toi ?

– Rien, lui dis-je. Viens me rejoindre dehors, c'est tout.

– Tout va bien ? Tu as une voix bizarre.

– Oui, en fait, je me sens bizarre. J'ai besoin de parler. J'ai besoin d'un conseil.

– Je sors.

Le temps que j'arrive, elle m'attendait dans l'allée.

– Qu'est-ce qu'il y a ? demanda-t-elle en se glissant sur le siège à côté de moi. (Elle regarda mon visage.) Qu'est-ce qui ne va pas ?

Je mis le levier au point mort et éteignis le moteur.

– J'ai une chlamydia.

Sa mâchoire s'affaissa.

– C'est pas vrai !

– Comme tu dis.

– Comment le sais-tu ?

– Je suis allée chez le médecin pour faire un test, parce que je croyais que j'avais une infection urinaire. Et c'est là qu'ils l'ont trouvée.

– Tu en as parlé à Noah ?

Je me tournai vers elle.

– Il... Il a dit qu'il ne m'avait jamais trompée. Je ne sais plus. Vi prétend qu'il ment. C'est forcément lui qui me l'a refilée, non ? C'est le seul garçon avec qui j'aie jamais couché !

– Oui, confirma-t-elle lentement. C'est forcément lui.

– Vi dit qu'il m'a trompée. Mais... je ne suis pas sûre. Je n'arrive pas à croire qu'il m'aurait fait ça. Je ne peux pas. On était si bien. Comme un vrai couple. On se parle tous les soirs. On passe nos journées ensemble. Il n'a pas pu me tromper. Où est-ce qu'il aurait trouvé le temps ? Si c'est lui qui m'a contaminée... je me dis que ça devait être avant. Quand on n'était pas ensemble. Peut-être quand on était en seconde ? Je sais bien qu'il m'a assuré qu'il n'avait jamais couché avec une fille mais... je me dis que s'il avait eu des relations sexuelles quand il était en seconde, il en aurait parlé à quelqu'un. À tout le monde. Je veux dire, c'est ce que n'importe quel garçon aurait fait, non ?

Je savais que je disais n'importe quoi, mais je ne pouvais pas m'arrêter. Si je ne cessais pas de parler, je ne serais pas obligée de réfléchir.

– Peut-être qu'il l'aurait attrapée à ce moment-là, poursuivis-je. Je pensais qu'il avait peut-être couché avec Corinne, mais je ne crois vraiment pas qu'il y a eu autre chose entre eux, alors je ne sais pas...

– April, dit-elle.

Elle gardait les yeux fixés sur ses genoux.

– Je divague, c'est ça ?

– J'ai entendu une rumeur.

– Hein ?

– J'ai entendu une rumeur concernant Noah.

Mon cœur s'arrêta.

– Quoi ?

– Qu'il est sorti avec quelqu'un d'autre. Qu'il t'a trompée.

Je fermai les yeux.

– C'est vrai ?

– Je n'y ai pas cru, dit-elle précipitamment. Vous étiez le couple idéal. Mais maintenant... je me demande.

Tout se figea.

– Avec qui ?

– Pas avec Corinne. Une nana qu'il aurait rencontrée en vacances. Je me suis dit que c'était une rumeur idiote.

– Ça s'est passé quand ?

– Pendant les vacances de Noël. À Palm Beach. Pour le Nouvel An.

– Noël dernier ?

– Oui.

Je me souvenais de ce Noël. Je lui avais annoncé mon déménagement. Et ensuite il m'avait trompée. Je suppose qu'il ne tenait pas spécialement à ce que je reste dans le coin, après tout. Ou alors il était vexé que je repousse notre grande nuit d'amour parce que j'étais stressée par le déménagement de mon père.

– Il m'a trompée avant qu'on ne couche ensemble.

– Oui.

– Alors il a couché avec quelqu'un d'autre et ensuite il a couché avec moi.

– Je suppose. Mais c'est juste une rumeur. Si ça se trouve, ce n'est même pas vrai. C'est pour ça que je ne t'en ai pas parlé. Vous aviez l'air d'être un super couple et il te rendait si heureuse.

– Où as-tu entendu cette rumeur ?

– C'est une fille qui était en camp avec la copine de Brett, et Jane a demandé à Aaron si je la connaissais, et...

Tout le monde était au courant. Toute l'équipe d'Aaron. Cette pauvre Jane. Que j'avais prise en pitié. C'était moi maintenant la pauvre April.

– Elle s'appelle comment ? Cette fille ?

– Lily, dit-elle. Lily Weinberg.

Lily. Lily l'idiote. Lily, avec ses saletés. Lily la pétasse.

– Je ne peux pas... Attends ! Quand est-ce que tu as découvert ça ?

Elle haussa les épaules, détournant le regard.

– Il y a déjà un moment.

– Combien de temps ?

Je levais le ton.

– Il y a deux mois, peut-être. Je ne me souviens pas.

– Tu rigoles ? Tu sais depuis plusieurs mois qu'il m'a trompée ? Et tu n'as rien dit ? Comment as-tu pu ne rien me dire ?

– Je ne voulais pas te bouleverser. Et c'était une rumeur.

– Je m'en fous, que ce soit une rumeur ! Tu aurais dû me le dire !

Elle fondit en larmes.

– Je suis désolée ! J'y avais pensé mais...

– Est-ce que tu l'avais appris avant que je couche avec lui ?

Elle ne répondit pas.

– Tu le savais ! Comment as-tu pu ne rien me dire ? Pourquoi ne m'en as-tu pas empêchée ?

– J'ai essayé ! Rappelle-toi, au cinéma ! Mais tu voulais absolument le faire. Tu ne pensais qu'à ça !

– Je ne pensais pas qu'à ça. Je voulais faire l'amour avec mon copain, dont j'étais amoureuse. Et qui, je le croyais, était amoureux de moi. Je pensais que tu étais coincée, si tu veux le savoir. Je me disais que tu ne voulais pas que je le fasse parce que toi, tu n'étais pas prête.

– April, voyons...

– J'ai envie de te tuer, hurlai-je.

– Tu n'es pas vraiment en colère après moi, dit-elle. Tu en veux à Noah et tu t'en prends à moi parce que je suis assise ici.

– Non, je suis en colère parce que tu es une mauvaise amie.

Elle tressaillit.

– Excuse-moi. J'aurais dû te le dire. J'étais juste...

– Une mauvaise amie ?

– Non. Oui. (Elle s'essuya les yeux d'un revers de main.) Et aussi, j'avais peur. Je craignais que si je te le disais, tu ne rompes avec lui...

– Oui.

– Et que tu partes dans l'Ohio.

Super. Génial. Tout le monde croyait donc que je ne restais que pour lui.

– Donc tu t'es arrangée pour que je reste.

– Excuse-moi, répéta-t-elle, tête basse. Je suis désolée.

– Moi aussi, dis-je. Tu peux descendre, maintenant ?

– April...

– Je parle sérieusement. Descends. Il faut que j'appelle Noah.

– Je suis là si tu as besoin de parler. Et je te demande pardon. Je suis ton amie, tu le sais. Et je te jure, je croyais que ce n'était pas vrai. Je ne pensais pas que c'était possible. Noah est nul.

Elle descendit de la voiture et referma doucement la portière.

Au lieu d'attendre qu'elle rentre chez elle, comme je le faisais d'habitude, je démarrai en trombe.

La vérité

Cinq minutes plus tard, j'étais devant chez Noah. Je garai la voiture et traversai la rue pour aller dans le parc en face.

Je l'appelai pour lui demander de sortir me rejoindre et raccrochai immédiatement. Je n'arrivais pas à croire qu'il ne m'avait pas dit la vérité quand je l'avais interrogé aujourd'hui. Comment pouvait-il me mentir ainsi ? Il avait également menti pendant le jeu « Je n'ai jamais... ». Il n'avait jamais fait l'amour ? Tu parles !

Étais-je la seule à avoir dit la vérité pendant le jeu ?

Noah aurait pu me le dire. Peut-être pas à ce moment-là, devant tout le monde. Mais plus tard.

Ou avant qu'on ne fasse l'amour, la première fois.

C'est vrai que j'avais trouvé son attitude bizarre. Je lui avais même demandé s'il y avait un problème. Il aurait pu me l'avouer. Je lui en avais donné l'occasion. Tout ce qu'il avait trouvé à me dire, c'est qu'il n'avait jamais fait l'amour. Crétin. Menteur.

Je tournais le dos à sa maison, mais j'entendis le bruit de ses pas dans les graviers derrière moi.

– Salut, lança-t-il.

J'étais assise sur le banc vert. Je ne me retournai pas. C'est lui qui vint se mettre devant moi.

– J'ai quelque chose à te dire, commença-t-il.

– Tu crois ?

Je croisai les bras sur la poitrine en me demandant si je ne ferais pas mieux de lui envoyer un coup de poing.

– J'ai couché avec quelqu'un d'autre.

Tout en moi était douloureux. Je hochai la tête.

– Continue.

– Pendant les vacances de Noël.

J'avais envie de m'enfouir dans la terre, sous le gazon, mais je m'efforçai de me tenir droite.

– Et il y a quelques heures, tu m'as menti pour quelle raison... ?

– Parce que je flippais. Je ne sais pas. Je regrette. Je n'aurais pas dû.

– Et tu as couché avec quelqu'un d'autre pour quelle raison… ?

Il ne répondit rien.

Je frappai le sol du pied.

– Dis quelque chose ! Je ne comprends pas ! Explique-moi !

– Je ne sais pas. C'est arrivé, c'est tout.

– Quelle connerie ! hurlai-je. (Ma voix portait jusqu'à l'autre bout du parc.) Ça n'arrive pas par hasard ! On décide de le faire !

Je pensais à la nuit précédente avec Hudson. Ça aurait pu arriver. Facilement. Mais on ne l'avait pas fait.

Il se tut un instant et dit :

– Je suis idiot. Ça ne s'est passé qu'une fois. J'étais soûl.

– Ce n'est pas une excuse.

– Je ne prétends pas que c'en est une ! se hâta-t-il de répondre. Je te dis simplement la vérité.

– Un peu tard.

Il avait les joues cramoisies.

– Je sais. J'aurais dû te le dire.

– Tu aurais dû me le dire. Tu aurais dû utiliser un préservatif. Avec elle. Avec moi.

– Je sais ! Mais je n'avais rien prémédité… rien du tout.

Il se frappa la paume avec le poing.

– Alors, tu la connaissais, cette fille ?

– Oui, son grand-père habite à côté du mien, en Floride.

– Et où avez-vous fait ça ? Sur la plage ?

Il regardait par terre.

– Tu n'as pas vraiment besoin de savoir.

Maintenant, j'avais envie de le taper.

– Tu vas peut-être me dire ce que j'ai besoin de savoir ou pas ? Tu n'as pas le droit de dire ça. Tu n'as plus aucun droit. Je veux connaître les détails. Tous les détails. Allez, vas-y.

Il reprit sa respiration.

– On était sur la plage. Et on a juste...

Sa voix s'éteignit.

– ... juste couché ensemble.

Je lui crachai les mots à la figure.

– Ouais.

Toute la scène se déroulait dans ma tête et je ne pouvais pas l'arrêter. Je voyais ses yeux, l'air qu'il avait juste avant de m'embrasser. La façon dont il me touchait. Il l'avait touchée de la même façon. Cette fille de hasard. Pourquoi avais-je demandé les détails ? Je n'avais pas envie de les connaître. Est-ce que j'avais compris, cette fois ?

Je me sentais mal. Vide. Ahurie. À côté de mes pompes. Ivre. Sonnée. À vif.

– Si tu ne voulais pas te faire prendre, il fallait mettre un préservatif. Et au moins dire à ta pétasse de ne pas tout raconter à ses copains. Oui. Le monde est petit. Et je sais tout de Lily.

Il tressaillit quand je prononçai son nom.

– Je te demande pardon, April. Vraiment. Je t'aime.

– Épargne-moi ça. Je ne comprends pas, dis-je à nouveau. Tu ne pouvais pas patienter ? Tu n'avais plus longtemps à attendre.

– Ce n'était pas une question d'attente.

– Je croyais que nous étions bien ensemble, dis-je doucement. Ce n'était pas bien ? Pourquoi fallait-il que tu couches avec quelqu'un d'autre ?

– C'était bien. C'est bien.

J'avais mal à la tête.

– Tu n'aurais pas couché avec elle si c'était bien entre nous. Ce n'est pas comme ça que ça marche.

– Je suppose... que j'avais la trouille, en fait. Tes parents déménageaient. Et tu avais décidé de rester. Encore une fois.

– Et alors ?

– C'était super important. Et simplement... je ne sais pas. Ta mère est partie en France. Tu es restée. Ton père déménage. Tu restes. C'était trop de pression. Sur moi.

– Attends, attends. Ce n'est pas pour toi que j'ai fait ça !

J'avais la tête qui tournait.

– Allons, voyons... Pourquoi est-ce que tu serais restée, sinon ? Quand je t'ai demandé pourquoi tu ne partais pas dans l'Ohio avec ton père, tu m'as dit que c'était à cause de moi !

Je repensai à notre conversation ce soir-là dans la voiture.

Je n'avais pas cessé de lui répéter que je l'aimais parce que j'avais peur qu'il soit vexé que nous ne faisions pas l'amour. Mais pendant tout ce temps-là, il était terrorisé parce que je l'aimais trop !

« Je suis toute à toi », avais-je dit.

Franchement !

– J'essayais de te réconforter.

J'avais prononcé ces paroles parce que j'essayais de lui faire sentir qu'il était important, qu'il était aimé.

– Ce n'était pas de toi qu'il était question.

C'était un tout. Le lycée. Lui. Marissa. Vi. Ma vie. Déménager dans l'Ohio, ça signifiait dire adieu à tout et j'en étais incapable.

J'avais la trouille de quitter Westport. Tous les autres étaient partis, avaient tourné la page. Mais moi, je ne pouvais pas.

– Ce n'était pas uniquement toi, répetai-je. Je crois que j'avais peur d'aller de l'avant.

En le disant, je me rendais compte que c'était vrai. Peut-être que ma peur de partir n'avait rien à voir avec Noah, ni avec Marissa, ni Vi, ni le lycée. C'était peut-être plutôt à cause de tout ce qui s'était passé ces quelques dernières années. Tout ne venait sans doute que de moi, qui ne voulais plus accepter aucun changement.

– J'ai cru que c'était à cause de nous, dit-il. Et j'avais envie que tu restes. J'avais envie d'être avec toi. Mais ça me paraissait énorme… Lourd. Je me sentais pris au piège. Si tu me choisissais plutôt que ta famille… ça m'obligeait à en être digne.

Je le regardai.

– Alors tu as décidé de prouver ta valeur en couchant avec quelqu'un d'autre ?

– J'ai pété les plombs. Avec Lily, ça n'avait pas vraiment d'importance. J'aurais dû te le dire avant qu'on fasse l'amour. Je voulais te le dire. Mais ça se passait si bien entre nous, je me suis imaginé que je pouvais simplement oublier que ça s'était passé.

– Sauf que tu m'as refilé ce sale truc.

– C'était idiot. Je ne sais pas pourquoi j'ai fait ça. J'avais l'impression qu'entre nous, les choses étaient compliquées et là… ça semblait facile.

– C'est elle qui était facile, crachai-je.

Je regrettai immédiatement d'avoir dit ça. Elle n'y était pour rien. Enfin, si, évidemment, mais elle, elle ne me devait rien. Lui si, au contraire.

– Non, je retire ce que je viens de dire. Ce n'était pas sa faute. Mais la tienne.

– Je sais que c'était ma faute. Est-ce que tu pourras me pardonner ?

Je levai les yeux vers lui. Le type que j'avais aimé. Plus que tout. Il avait pris peur. S'était senti coincé. Avait rué dans les brancards. Est-ce que je pouvais lui pardonner ? Dans ce cas, rien ne serait obligé de changer.

Il avait les joues rouge vif. Les yeux mouillés.

Peut-être que s'il m'en avait parlé tout de suite après. Avant que nous ne fassions l'amour. Mais c'était trop tard.

– Non, dis-je. Je ne peux pas.

Je me levai du banc et m'éloignai.

Sur la route

Je tournai la clé de contact et démarrai. Tournai à gauche. Puis encore à droite. J'arrêtai la voiture au milieu de la rue. Où est-ce que je pouvais aller ? Mon copain était un nul et m'avait trompée. Ma colocataire me prenait pour une idiote et une traînée. Ma meilleure amie m'avait menti.

Je n'avais plus rien. Plus personne.

Comment allais-je faire pour retourner au lycée ? Comment pourrais-je les regarder en face ? Hudson était au courant pour la chlamydia. Corinne aussi sans doute, maintenant, après avoir reconstitué les pièces de mon discours. Je regrettais de ne pas être partie dans l'Ohio.

Peut-être avais-je tort depuis le début ?

Peut-être aurais-je dû partir.

Peut-être serais-je bien mieux à Cleveland.

Je fixais le panneau stop devant la voiture. Oui. Cleveland. Voilà ce qu'il fallait que je fasse. Partir. Partir tout de suite. Je n'étais même pas obligée de dire au revoir à qui que ce soit. Je n'avais qu'à partir. Je prendrais l'avion avec mon père demain. Je pourrais commencer les cours à Cleveland dès lundi. Qui avait besoin de Westport ? Pas moi.

Mon cœur commençait à battre la chamade. Ce n'était même pas si dingue que ça. La plupart de mes cours étaient de niveau supérieur. Le transfert ne poserait aucun problème.

Je sortis mon portable.

– Papa, dis-je. Papa, il faut que je te parle. C'est important. Où es-tu ?

Au moins, il y aurait une personne qui serait contente de ce que j'avais à dire. Il serait ravi de m'avoir. De m'avoir à Cleveland.

– Coucou, princesse ! Je viens de déposer Penny au salon de coiffure. Je vais faire quelques courses à Westport avant de repasser la prendre pour rentrer à New York.

– Papa, écoute-moi. J'ai changé d'avis. Je veux partir à Cleveland avec toi.

Il éclata de rire.

– Quoi ?

– Je veux rentrer avec toi. Maintenant. Demain. Je ne veux plus rester à Westport.

J'attendais sa réponse enthousiaste.

– April, tu as presque fini l'année.

Quoi ? Ce n'était pas de l'enthousiasme, ça.

– Je sais. Et je veux la finir à Cleveland.

Ma voix avait une sonorité bizarre.

– Mais tu es si heureuse chez Suzanne ! Je ne comprends pas.

– Je ne suis pas heureuse chez Suzanne, dis-je. Non. Je veux partir. Il faut que je parte.

– Allons... Tu ne peux pas partir *maintenant.*

– Pourquoi pas ?

– En plein milieu du semestre !

– Mais tu voulais me faire déménager au milieu de l'année il y a quelques mois !

– En janvier, ce n'est pas la même chose qu'en avril. Tu n'as plus que deux mois et demi d'école.

Quel était son problème ?

– Écoute, princesse, c'est une grave décision. Pourquoi ne pas attendre demain ? La nuit porte conseil. Je parie que ça ira mieux.

Mon cœur commençait à s'affoler. Pourquoi avais-je l'impression que mon père ne voulait pas de moi ? Je serrai le téléphone de toutes mes forces.

Parce qu'il ne voulait pas de moi.

Il était heureux dans sa nouvelle vie. Juste avec Penny. Pas de risque d'ado maussade qui vous gâche l'ambiance ou vous encombre. Il avait finalement une page blanche à réécrire.

Et j'avais passé les trois derniers mois à l'empêcher de me ramener de force à Cleveland... alors qu'il n'en avait pas la moindre intention.

Bon. Joyeux anniversaire !

– Je ne comprends pas... (Ma voix se brisa.) Je croyais que tu voulais que je vienne.

– Mais je veux que tu viennes. Bien sûr que oui. Mais Penny vient de transformer la deuxième chambre en atelier. Elle a recommencé à peindre, tu sais.

Je ne pouvais pas revenir habiter avec eux parce que ma belle-mère avait besoin d'un atelier pour peindre.

– Mais vous avez bien trois chambres ?

– Oui, mais dans la chambre d'amis, il n'y a qu'un canapé convertible et tout notre matériel de gym...

– Où est le lit à baldaquin ? demandai-je.

– Nous n'avions pas de place pour le mettre. Alors on l'a donné à la nièce de Penny. (Mon père toussa.) April, on va te prendre un appartement. C'est ce que tu souhaitais.

– C'est vrai, dis-je.

C'est ce que j'avais souhaité. Non ? Je ne savais pas ce que je voulais. Tout ce que je savais, c'est que je ne voulais pas me sentir comme ça.

Abandonnée.

Souillée.

Non désirée.

Mise au rencart.

On aurait dit que tout le monde avait une vie. Une vie dans laquelle je n'avais pas de place.

– Alors tu ne veux pas que je vienne à Cleveland ? demandai-je.

– Bien sûr que si, dit-il. Mais pour le moment, ce n'est pas très... réaliste.

J'avais les joues ruisselantes. Je n'avais que faire de son réalisme. J'avais envie de l'entendre me dire qu'il voulait que je vive avec lui. Qu'il ne pouvait pas vivre sans moi. Mais je savais qu'il ne le dirait pas. Il pouvait vivre sans moi. Il pouvait vivre sans ma mère. Sans mon frère. Sans moi. Tout le monde pouvait vivre sans moi.

– Si tu veux encore habiter avec nous quand l'année sera finie, nous trouverons une solution.

Klaxon.

– C'est ça, oui, dis-je en ravalant mes larmes.

– On pourra peut-être trouver un atelier à louer pour Penny. Ou alors... nous avons songé aussi à rénover le sous-sol.

Re-klaxon.

– Il faut que j'y aille.

Je raccrochai et appuyai sur l'accélérateur. Je ne savais pas où aller, mais il fallait que je parte d'ici.

Retour à la maison

La clé était encore sous le paillasson. Était-ce considéré comme une effraction si j'utilisais une clé pour rentrer ? Et si, en plus, la maison était inhabitée ? J'avais tourné en rond jusqu'à presque sept heures et j'avais fini par atterrir ici, sans savoir comment. La pancarte À VENDRE était toujours plantée dans la pelouse devant la maison.

Je n'avais nulle part où aller ? Tant pis. J'allais vivre ici. Le seul endroit où j'avais l'impression d'être bien. 32, rue Oakbrook. Je tournai la clé dans la serrure et ouvris.

– Il y a quelqu'un ? lançai-je, au cas où.

L'écho de ma voix se répercuta dans toute la maison. Personne ne répondit. Le salon semblait plus petit que dans mon souvenir. Il était un temps où ici, tous les quatre, nous regardions la télé, assis sur un canapé vert recouvert d'un plaid avec des ronds blancs. Aujourd'hui, la pièce était vide.

Les murs étaient jaune pâle. Avaient-ils toujours été jaunes ? Je n'en avais pas l'impression. Je ne me souvenais plus. Je montai dans ma chambre. Ma chambre vide. Mon papier peint cerise avait disparu. Mon lit aussi. La moquette avait été changée. Mais c'était toujours ma chambre quand même.

Je m'assis par terre, appuyai la tête contre le mur et regardai par *ma* fenêtre.

Mon téléphone sonna. Je jetai un coup d'œil à l'écran.

Ma mère. Super.

– Heureux anniversaire ! Heureux anniversaire ! Heureux anniversaire, April...

– Maman, je t'en prie, arrête.

– Pourquoi ? Qu'est-ce qui ne va pas ? C'est ton anniversaire !

– La journée a été très mauvaise.

– Pourquoi ? Que s'est-il passé ?

– Je n'ai pas envie d'en parler.

– *Okaaay.* April, tu as regardé les dates pour cet été ? Il faut qu'on prenne ton billet avant...

– Je ne viens pas en France ! hurlai-je.

L'écho de ma voix se répandit dans la pièce vide. Même si je n'avais nulle part où aller, je ne voulais pas aller en France.

Silence.

– Tu veux dire cet été ?

– Je veux dire jamais.

– Tu es folle.

Peut-être. Mais je lui en voulais toujours.

– Ce n'est pas comme si tu tenais vraiment à ce que je vienne.

– Bien sûr que j'y tiens !

– Si tu voulais que je sois là, tu n'avais qu'à me faire déménager dès le début.

Elle reprit sa respiration.

– Tu ne voulais pas venir. Tu voulais rester avec tes amis. Avec Noah. Je voulais que tu sois heureuse, c'est tout.

– Bon, ça va...

– Tu m'en voulais déjà affreusement... qu'est-ce que j'étais censée faire ? T'obliger à venir ?

Oui. Non. Je ne savais pas ce que je voulais. Je voulais qu'elle dise qu'il fallait que je vienne avec elle, quoi qu'il en soit. Qu'elle ne pouvait pas se passer de moi. Je voulais être avec mon père. J'avais envie d'être avec mes amis. Avec Noah. Avec Hudson. Avec Matthew. Je voulais que ma mère soit ici. Dans cette maison. Je voulais être avec eux en France. Je voulais un million de choses complètement embrouillées et contradictoires.

– C'est peut-être ce que j'aurais dû faire, continua-t-elle doucement. Te forcer à venir.

– Plutôt que de me laisser toute seule, lançai-je sèchement.

– Je t'ai laissée avec ton père. Tu étais censée rester avec ton père. (On aurait dit qu'elle pleurait.) Je voulais que tu sois heureuse, c'est tout, répéta-t-elle.

– Je ne suis pas heureuse.

– Alors viens. Je t'en prie. Je t'aime. Je te demande pardon.

– C'est trop tard, dis-je. Il faut que j'y aille.

Je raccrochai. J'éteignis mon téléphone et le lançai à l'autre bout de la pièce.

Deuxième délit d'effraction

Il était deux heures du matin. J'étais dans une maison étrangère, couchée sur la moquette, et je fixais le plafond. Après avoir exploré la maison, j'étais revenue dans ma chambre, allongée par terre, les yeux ouverts. Puis je m'étais endormie en pleurant.

Je n'avais pas mangé depuis le petit déjeuner tardif, mais je n'avais pas faim. J'étais fatiguée. Lasse et triste. Et déprimée.

Le trou noir sans fond m'attirait, menaçant. Et j'avais vraiment besoin d'aller aux toilettes.

Mais si ça recommençait à me brûler ?

Je sais que j'étais idiote d'attendre là, couchée par terre, mais je voulais voir combien de temps je pourrais tenir. Si j'en étais capable. Si je pouvais disparaître, tout simplement. Sombrer dans le trou noir. Un agent immobilier me retrouverait peut-être d'ici un mois ou deux, rongée par les souris.

Toc, toc. Toc, toc.

Y avait-il quelqu'un à la porte ? Évidemment, je ne pouvais pas aller ouvrir. Mais pourquoi quelqu'un frapperait-il à la porte d'une maison vide en plein milieu de la nuit ? C'était probablement une branche. Ou un chat. Ou mon imagination. Ça suffit, les bruits imaginaires ! Arrêtez !

Le bruit cessa.

Il ne restait plus que ma maison et moi. Toutes seules. C'était très bien comme ça. Je fermai les yeux. Mais il fallait absolument que je fasse pipi. La lune éclairait la pièce, mais le reste de la maison allait être dans l'obscurité. Est-ce que je saurais retrouver les toilettes ? Est-ce que j'avais des mouchoirs en papier dans mon sac ? Je me mis debout, étirai les bras au-dessus de ma tête. En arrivant à la porte, je suivis le couloir en tâtonnant les murs dans le noir. Plus j'avançais, et plus l'obscurité m'engloutissait. Je serrais mon sac contre moi pour garder l'équilibre. Je crois que la salle de bain n'était plus qu'à quelques pas... Il y avait bien une fenêtre dans la salle de bain, non ? Il y aurait la lumière de la lune ?

J'entendis un nouveau craquement au rez-de-chaussée. Et ce qui ressemblait à un bruit de porte qu'on ouvre. Y avait-il quelqu'un d'autre dans la maison ? Comment était-ce possible ? Qui d'autre savait, pour la clé ? Personne. La clé était dans ma poche. Mais est-ce que j'avais refermé derrière moi ? Je ne m'en souvenais pas. Je ne me revoyais pas en train de tourner la clé après être entrée. Oh, non ! Mon cœur se mit à battre la chamade. Est-ce que d'autres utilisaient cette maison comme squat, pour dormir gratuitement ? Est-ce qu'un malade mental m'avait vue entrer et allait me tuer ? J'entendis des chuchotements. Des chuchotements partout. C'était forcément mon imagination. Il y a toujours des bruits dans une maison. Surtout dans une vieille maison, non ? J'aurais quand même bien voulu qu'il fasse moins sombre.

Crac. Nouveaux chuchotements. Si seulement je n'avais pas regardé tant d'épisodes de *La Nuit des vampires.* C'était peut-être Zelda. Qui m'avait suivie jusqu'ici. Coucou, Zelda !

Visiblement, je perdais la tête. Est-ce que la folie n'était pas un des effets secondaires de la chlamydia, au fait ? Je me souvenais d'avoir entendu un truc comme ça en cours de bio. Non, je crois que ça concernait plutôt la syphilis.

Peut-être que j'avais ça aussi.

Maintenant, c'était l'escalier qui craquait. Qu'est-ce que je faisais dans une maison abandonnée au milieu de la nuit ? Je cherchais à me faire assassiner ? Si seulement j'avais eu une lampe électrique. Mais qui se baladait avec une lampe électrique dans son sac à main ? J'en avais une dans ma voiture. Ce qui me faisait une belle jambe. Merci, papa. Tu as failli me sauver la vie. Mon téléphone ! J'avais mon téléphone. Il suffisait que je l'allume et j'aurais de la lumière et les bruits s'arrêteraient ! Je fouillai dans mon sac et appuyai sur le bouton. Et voilà !

Un visage apparut dans la lumière juste devant moi.

Je hurlai.

Elle hurla.

– Seigneur ! dit la voix. Ce n'est que moi.

Vi.

La lumière s'alluma au rez-de-chaussée.

– Ah, dit Marissa. C'est quand même mieux.

Je clignai des yeux.

– Qu'est-ce que vous faites là ?

– On vient te chercher, déclara Lucy en sortant de la cuisine.

– Mais... mais comment saviez-vous où j'étais ? balbutiai-je.

– Arrête, tu n'es pas si compliquée que ça, dit Vi en levant les yeux au ciel.

Embrassade collective, y compris Lucy

Assises par terre dans mon ancienne chambre, nous mangions des donuts. Le mien était garni de sucre glace. Je ne m'étais pas rendu compte à quel point je mourais de faim avant d'avoir mordu dans la pâte délicieusement moelleuse.

– J'ai rompu avec lui, leur dis-je. Il l'a reconnu. Il a couché avec quelqu'un d'autre. Et il m'a menti. Mon anniversaire a été officiellement le pire de tous ! Et vous savez quoi ? J'ai découvert que ce qui est pire que les horreurs des lendemains d'anniversaire, c'est quand les horreurs arrivent le jour même !

– C'est vrai, dit Marissa. Mais tu sais ce que ça signifie ?

– Quoi ?

– Que la malédiction des lendemains d'anniversaire est brisée, continua Lucy.

Je haussai les épaules.

– La journée n'est pas encore finie. Elle ne fait que commencer.

– Non, déclara Vi. La malédiction est conjurée.

– Je suis d'accord, dit Lucy. Tu n'as plus rien à craindre.

Je mordis une deuxième bouchée. Elles avaient peut-être raison.

– Je n'arrive pas à croire que vous m'ayez trouvée, les filles.

– Vi et moi, on y a pensé en même temps, dit Marissa.

– Mais pourquoi n'étiez-vous pas couchées ?

Vi ricana.

– On n'allait quand même pas aller dormir alors que tu avais disparu. On a failli lancer une alerte orange.

– Je suis allée chez vous tout de suite après que tu m'as quittée, mais Vi m'a dit que tu n'étais pas rentrée, expliqua Marissa. Alors j'ai décidé de t'attendre.

– On t'a appelée un million de fois, intervint Lucy. Hudson et Dean sont venus, eux aussi. Ils pensent que Noah est un crétin de première.

– Je crois qu'ils l'ont toujours pensé, dit Vi.

Marissa hocha la tête.

– En fait, on aurait dit qu'Hudson était prêt à aller chez Noah et à l'écrabouiller.

– Dean a entendu la rumeur pendant la soirée, poursuivit Vi. Je suppose que Brett l'a dit à quelqu'un qui l'a répété à quelqu'un qui... enfin, voilà. Dean n'arrêtait pas de râler en disant que Noah ne te méritait pas, mais je suppose que c'était parce que tu plais à son frère. Je lui ai passé un savon parce qu'il ne m'en avait pas parlé immédiatement, mais il ne voulait pas gâcher ton anniversaire.

Je me souvins tout à coup de la façon dont Hudson avait été interrompu ce matin.

– Je crois qu'Hudson a essayé de me le dire.

– Hudson était très inquiet à ton sujet, ajouta Vi. Il tient vraiment à toi.

– Comme nous toutes, dit Marissa. Ta mère était super inquiète aussi. Elle a appelé *cinq* fois sur le fixe.

Vraiment ?

J'allumai mon téléphone. J'avais plein de messages. Y compris des textos de Marissa, d'Hudson et de Vi.

Je levai les yeux vers Vi.

– Tu avais raison ce matin. Je me racontais des histoires. Et je regrette ce que je t'ai dit.

Elle haussa les épaules.

– Ouais, enfin, tu avais raison aussi. Ma mère est complètement barge. (Elle regarda Lucy, puis Marissa.) Et il faut que j'arrête de jouer avec Dean. Avant de le perdre pour de bon. Et je suis une maniaque du contrôle, c'est vrai.

– On peut parler des exercices de gym au milieu de la nuit ? demanda Marissa. Parce que je crois que ça ne doit pas être pris à la légère.

Vi se cogna la tête contre le mur.

– Je suis dingue, c'est ça ?

– Nous sommes toutes dingues, dis-je. Je suis rentrée par effraction dans mon ancienne maison et j'ai failli faire pipi par terre. Mais je me demande quand même pourquoi tu éprouves le besoin de faire de la muscu à trois heures du matin.

– Je ne sais pas, répondit Vi en haussant les épaules. Je crois que ça diminue mon angoisse.

– L'effet serait le même si tu dormais, dit Lucy.

– Je crois que vous devriez parler à la mère de Lucy, suggéra Marissa en s'adressant à Vi et moi. Toutes les deux.

Lucy gémit.

– Tu parles sérieusement ? Ma mère ?

– Elle est conseillère d'éducation, non ? dit Marissa. Je suppose qu'elle sait comment traiter ce genre de comportement.

– Sans doute, soupira Lucy. Mais c'est juste qu'elle est tellement... sérieuse. Et chiante.

– Tu l'as dit ! lançai-je. C'est grâce à elle que je suis obligée de rentrer à dix heures du soir. (Je pointai le doigt vers Lucy.) Grâce à toi !

Lucy se couvrit le visage avec les deux mains.

– Je sais, je sais. Je te demande pardon. J'étais complètement idiote, mais je ne faisais pas ça pour te dénoncer. J'essayais de la convaincre de repartir à New York. Elle était tellement persuadée que les jeunes d'ici étaient clean que j'ai pris la vidéo pour lui filer la trouille et l'obliger à retourner là-bas. Ce qui n'a pas marché, évidemment.

Je me disais que la mère de Lucy avait fait exactement ce que mes parents n'avaient pas fait. Elle l'avait obligée à la suivre. « Désolée que tu ne sois pas ravie de cette décision, ma petite, mais tant pis, je m'installe à Westport et toi aussi. »

Je repensais à ma conversation avec ma mère. En quelque sorte, je regrettais que mes parents ne m'aient pas dit la même chose.

Je regardai Lucy en avalant ma salive. J'avais honte. J'avais peut-être été abandonnée, mais elle, elle avait perdu son père. C'était une perte que je ne pouvais même pas imaginer. Je laissai retomber ma tête contre le mur.

– Je suis désolée de t'avoir prise pour une malade.

– Je ne suis pas dingue, dit-elle. Je voulais juste retourner chez moi.

– Mais le chantage, quand même ? demanda Vi. Laissez-moi

venir me baigner avec vous dans le jacuzzi, sinon je raconte tout à ma mère. C'était limite psychopathe, non?

Lucy leva les bras au ciel.

– Vous aviez un jacuzzi trop génial, franchement! Il fallait que je trouve une solution pour en profiter! Et vous aviez l'air trop cool, les filles.

– Nous sommes cool, répondit Vi.

– Excusez-moi, souffla Lucy, en se mordant la lèvre.

– Et je te demande pardon de ne pas t'avoir prévenue pour Noah, me dit Marissa, rouge comme une pivoine. J'aurais dû le faire.

– Excuse-moi d'avoir passé ma colère sur toi, reconnus-je.

– Il y a un tas d'excuses et de regrets dans l'air, on dirait, lança Vi. J'ai une idée, on va jouer à «Je n'ai jamais...» en remplaçant par «Je suis désolée». Si on est désolée d'avoir fait quelque chose, on est obligée de manger une bouchée de donut.

Éclat de rire général.

Je pris un donut.

– Je suis désolée que Noah m'ait trompée. Après... que j'ai décidé de rester à Westport.

– Deux fois, dit Vi.

– Ce qui veut dire deux bouchées, ajouta Lucy. Et des grosses.

– Est-ce que tu es vraiment restée pour lui? demanda Marissa.

– Un peu. Et pour vous aussi. Et j'avais surtout la trouille d'essayer quelque chose de nouveau.

– Mais pourquoi n'as-tu pas suivi ta mère? demanda Lucy.

Peut-être que je ne serais pas venue ici si j'avais eu le choix, mais... c'est ma mère, quand même.

– Je ne voulais pas changer de vie. Ni quitter mon père. Et je lui en voulais vraiment trop. Je crois que je lui en veux encore beaucoup.

– Elle était vraiment dans tous ses états quand elle a appelé, dit Vi. Tu lui manques.

– Je sais, avouai-je.

Je pensais à Vi, à moi, à ma mère, à Marissa, à Noah, à mon père. Aucun n'était parfait. Mais nous faisions du mieux que nous pouvions. Je me disais qu'on devait pardonner quand c'était possible, ou alors tourner la page, et aimer sa famille et ses amis pour ce qu'ils étaient au lieu de les punir pour ce qu'ils n'étaient pas.

– Elle me manque aussi, dis-je.

– Vous savez ce qui serait génial ? lança Lucy en prenant un autre donut.

– Non, quoi ? demandai-je, en pensant toujours à ma mère.

Elle mordit une énorme bouchée, mâcha et avala.

– Finir cette conversation en se baignant dans le jacuzzi.

Il revient

Nous faisions trempette avec délices en regardant le soleil se lever. Le bras du détroit de Long Island vira au blanc, puis au jaune, puis au rose, puis au bleu. Quand nos estomacs se mirent à gargouiller, on s'est fait des omelettes. Vers huit heures, on a décidé que la matinée était finie. J'étais sur le point de me glisser sous les couvertures quand...

PINponPINponPINpon !

J'envisageai de laisser sonner. Quelle différence ? Que se passerait-il si je ne répondais pas ? De toute façon, il n'allait pas m'obliger à repartir avec lui.

PINponPINponPINpon !

Ah, et puis flûte !

– Papa ?

– Bonjour ma chérie. Je te réveille ?

– Non.

Cette fois au moins, je ne mentais pas.

– Bon. Je suis devant chez Vi. On peut se parler ?

Je m'assis dans le lit.

– Et ton brunch avec les invités qui devaient repartir ?

– Je n'y vais pas. Je voulais te voir.

– D'accord. Donne-moi deux secondes, j'arrive.

Quelques minutes plus tard, j'ouvrais la portière côté passager de sa voiture de location. Il y avait un bouquet de tulipes sur le siège.

– C'est pour Penny ?

– Non, pour toi, répondit-il.

– Oh ! (Je les pris et les posai sur mes genoux.) En quel honneur ?

– Pour m'excuser. De ce que je t'ai dit hier. J'aurai toujours une chambre pour toi. Si tu veux déménager au milieu d'un semestre, tu peux le faire.

Mes yeux se remplirent de larmes.

– Ce n'est pas ce que tu pensais hier. On aurait dit que tu ne voulais pas du tout de moi.

– Je... Tu m'as surpris. Et j'étais tellement fier de toi ! De la façon dont tu avais organisé ta vie toute seule. Je ne pensais qu'au côté pratique. Ce qui était stupide de ma part. Si tu n'es pas heureuse ici, alors viens vivre avec moi. On trouvera une solution. Et s'il n'y a pas de place dans notre maison, on déménagera. Il y aura toujours de la place pour Matthew et toi.

Je hochai la tête.

– Merci, papa.

Hier, je voulais partir. Mais aujourd'hui... bon, aujourd'hui, mes amies m'avaient retrouvée. Et de toute façon, je ne savais pas exactement ce que je voulais, mais je savais que si je quittais Westport, ce ne serait pas vraiment pour aller dans l'Ohio, mais simplement pour partir d'ici. Et ce n'était pas pour moi une bonne raison de partir.

– Papa ? Tu es heureux ?

Il cligna des yeux.

– Que veux-tu dire ?

– Après tout ce qui s'est passé avec maman. Tu as surmonté le choc, je crois ? Tu es heureux ?

Il hocha la tête.

– Je suis heureux. Très heureux.

Je pensais au coup de foudre, mais je ne voulais pas en parler. Il me répondit quand même, comme s'il avait lu dans mes pensées.

– Tu sais, April, parfois, on n'a pas besoin de la foudre pour allumer un feu. Parfois, le feu brûle tout seul.

J'acquiesçai. J'avais la gorge serrée.

– Je serais ravi si tu voulais venir à Cleveland, dit-il. Mais je ne serai pas vexé si tu préfères rester ici.

J'acquiesçai de nouveau.

– Pour l'instant... Je crois que je vais rester ici.

Il m'embrassa sur le front.

– Reste ici. Réfléchis. Et dis-moi ce que tu veux faire l'an prochain. Si tu veux un appartement. Ou venir habiter avec nous. Ou si tu veux rester chez Suzanne. Rien ne presse.

– Vi finit le lycée cette année, admis-je.

– Je sais. Mais Suzanne est d'accord pour que tu restes. Elle m'a écrit ce matin pour me le dire, en fait.

Ah. Vraiment ? Je me demandai si je devais lui dire la vérité. Lui révéler que les e-mails de Suzanne provenaient en réalité de Vi.

Mais...

Rien ne pressait.

Un mois plus tard

Je frappai. Deux fois. Mon cœur tressaillait en même temps.

– Qui est là ? demanda la voix.

– J'ai appris que tu faisais une soirée, dis-je.

Mon cœur tressaillit une nouvelle fois. Étais-je vraiment en train de faire ça ? Est-ce que j'allais vraiment tenter quelque chose de nouveau ? Essayer de faire confiance à une nouvelle personne ? Je me redressai en m'efforçant de penser à Vi. Si elle pouvait faire confiance à quelqu'un, moi aussi.

Hudson ouvrit la porte en souriant.

– Comment as-tu su où j'étais ?

– Dean est chez nous. Je lui ai extorqué l'information.

– Dean est toujours fourré chez vous, dit-il en sortant sur le perron.

C'était vrai. Dean et Vi vivaient enfermés dans la chambre de Vi depuis un mois, depuis mon anniversaire plus exactement. Et il ne semblait pas qu'ils se séparent de sitôt. Vi avait obtenu une bourse complète à Columbia, et Dean avait décidé d'aller à l'université de New York. « Les filles de New York sont les plus jolies du monde », avait-il proclamé. « C'est sur elles qu'on devrait écrire une chanson. »

– Bienvenue chez Mme Franklin, dit Hudson. Je suis content que tu t'y sois enfin décidée.

– Moi aussi.

– J'espère que tu as compris que si je ne suis pas venu vous voir depuis un mois, c'est que je voulais te laisser un peu d'air.

– Je sais, dis-je. Merci. Tout est réglé.

Noah, c'était désormais de l'histoire ancienne. Il y avait eu pas mal de pleurs, de bains dans le jacuzzi, et une visite de contrôle chez le docteur Rosini. Mais c'était fini. La page était tournée.

– Et je sais que nous avons beaucoup de choses à nous dire.

– Comme les petits sont dans le living-room, est-ce que je peux juste faire quelque chose avant que nous rentrions ?

J'acquiesçai.

Il posa sa main contre ma joue et se pencha vers moi. Au moment où nos lèvres se touchèrent, mon corps tout entier frémit.

L'éclair de la foudre.

Ce que j'ai fait (et aurais probablement dû faire depuis longtemps)

J'ai pris l'avion

Les trois gamins de la rangée quinze bougeaient à peu près aussi vite qu'un glacier. J'aurais cent ans d'ici qu'ils soient sortis. Et nous, nous étions dans le fond, à la rangée vingt-quatre.

Au fait, quelle heure était-il ? Pauvre Donut ! Elle était dans la soute à bagages. Dingue, la quantité de paperasserie qu'il avait fallu remplir pour l'amener, mais ça en valait la peine.

Je rallumai mon téléphone. Sept heures du matin, heure locale. Un texto apparut :

Comment va la plus jolie fille de Paris ?

Hudson. Je souris. Et répondis :

Elle est encore dans l'avion.

Marissa me prit la main.

– Ça bouge ! Tu es prête ?

J'acquiesçai. Oui. Je me sentais prête. À explorer Paris. À revoir Matthew. À renouer des relations solides avec ma mère. Je fourrai mon téléphone dans mon sac. Mon cœur bondit dans ma poitrine. Je fis un grand sourire à Marissa. Elle serait avec moi pendant tout l'été. Et ensuite... Je resterais pour l'année de terminale.

J'étais un peu inquiète. Un peu effrayée, même. Mais c'était le moment ou jamais de se montrer courageuse.

– Ça va être génial ! s'écria-t-elle. On peut aller voir la tour Eiffel aujourd'hui ? Et ensuite, demain, la Seine ? Je veux absolument croquer dans une baguette. Et boire un expresso. (Elle me serra le bras.) Tu reviendras pour la fac, c'est sûr ?

Je fis oui de la tête. Sans doute. Je me levai de mon siège. La rangée vingt-trois commençait à avancer. Je pris mon sac. Passai la bandoulière sur mon épaule. J'étais prête pour l'expédition.

– Allons-y, dis-je.

J'avançai.

J'ai dit la vérité à mon père

– Alors, qu'est-ce que vous avez prévu de faire aujourd'hui ? demandai-je à mon père un soir de novembre.

J'étais installée sur le canapé, à mon emplacement favori, et je bavardais au téléphone tandis que Matthew faisait ses devoirs sur le plancher du living-room et que ma mère et Daniel préparaient le dîner dans la cuisine. C'était déjà le soir ici, mais dans l'Ohio il n'était que midi. Je venais de parler avec Hudson, à Brown. Nous avions mis au point son voyage. Il venait passer le Nouvel An avec moi.

– Penny nous a pris des billets pour aller voir *Mary Poppins* ! C'est une production nationale qui passe à Cleveland pendant deux semaines. C'était son film préféré quand elle était petite et la pièce a d'excellentes critiques.

Je faillis en laisser tomber le téléphone. Je réprimai un rire nerveux. Qu'est-ce qu'il allait faire ? M'obliger à rentrer à neuf heures du soir ?

– Papa ? Euh... Tu sais, j'ai une histoire dingue à te raconter...

Cinquante-huit personnes que je voudrais remercier (plus sans doute quelques-unes que j'oublie)

Laura Dail, mon agent d'exception.

Tamar Rydzinsky, la reine des droits étrangers.

L'excellente équipe de HarperTeen : Farrin Jacobs (toujours aussi brillante), Kari Sutherland (merci, merci Kari), Elise Howard, Catherine Wallace, Allison Verost, Christina Colangelo, Kristina Radke, Sasha Illingworth, Melinda Weigel, Amy Vinchesi et Rosanne Lauer.

Joel Gotler et Brian Lipson pour tout leur travail à Hollywood.

Elissa Ambrose, ma mère, pour son affection, sa bonne volonté pour lire, corriger et discuter sur commande.

Lauren Myracle et E. Lockhart : je me demande comment j'aurais fait sans vous. Vous êtes à la fois mes supporters, mes éditeurs et mes complices. Merci pour tout.

Emily Bender pour ses remarquables suggestions.

Tricia Ready pour son aide exceptionnelle.

Jessica Braun, comme toujours.

Bennet Madison, qui m'a aidée à intituler ce livre et à le mettre en forme.

Alison Pace, pour ses remarques et son amitié.

Allie Costa, alias Little Willow, pour ses idées géniales.

Le docteur vétérinaire Lindsay Norman pour toutes ses suggestions concernant Donut. (S'il y a des erreurs, elles ne viennent évidemment que de moi.)

Pierrette C. Silverman du planning familial de Southern New England, pour avoir pris le temps de tout m'expliquer. (Là encore, toute erreur me sera imputable.)

Susan Finkelberg-Sohmer pour son expertise médicale. (Même chose pour les erreurs.)

Targia Clarke pour s'être si bien occupée de mon bébé.

Ronit Avni, qui m'a hébergée dans son sous-sol quand j'avais dix-sept ans.

Shobie Riff et Judy Batalion dont l'amitié m'a sauvée pendant l'année du futon (ainsi que Todd, mais j'en parlerai plus loin).

Aviva Mlynowski, ma petite sœur, qui m'a présentée à tous les cinéastes (et parce que je l'aime et que je suis très fière d'elle).

Larry Mlynowski, mon père, pour son soutien constant, et qui m'a toujours fait confiance (même quand il n'aurait probablement pas dû).

Je remercie affectueusement ma famille et mes amis : John et Vickie Swidler, Louise Weiss, Robert Ambrose, Jen Dalven, Gary Swidler, Darren Swidler, Ryan et Jack Swidler, Shari et Heather Endleman, Leslie Margolis, Bonnie Altro, David Levithan, Avery Carmichael, Tara Altebrando, Ally Carter, Maryrose Wood, Jennifer Barnes, Alan Gratz, Sara Zarr, Maggie Marr et Jen Calonita.

Et, bien entendu, merci mille fois aux amours de ma vie, mon mari Todd et notre fille Chloe.

D'autres livres

wiz Albin Michel

Jodi Lynn ANDERSON, *Peau de pêche*
Jodi Lynn ANDERSON, *Secrets de pêches*
Jodi Lynn ANDERSON, *Un amour de pêche*
Jay ASHER, *Treize Raisons*
Meg CABOT, *Une (irrésistible) envie de sucré*
Meg CABOT, *Une (irrésistible) envie d'aimer*
Meg CABOT, *Une (irrésistible) envie de dire oui*
Susane COLASANTI, *La pluie, les garçons et autres choses mystérieuses*
Fabrice COLIN, *Bal de Givre à New York*
Elizabeth CRAFT et Sarah FAIN, *Comme des sœurs*
Elizabeth CRAFT et Sarah FAIN, *Amies pour la vie*
Cath CROWLEY, *Graffiti Moon*
Melissa DE LA CRUZ, *Un été pour tout changer*
Melissa DE LA CRUZ, *Fabuleux bains de minuit*
Melissa DE LA CRUZ, *Une saison en bikini*
Melissa DE LA CRUZ, *Glamour toujours*
Francisco DE PAULA FERNÁNDEZ, *Dis-moi que tu m'aimes*
Claudine DESMARTEAU, *Troubles*
Sharon DOGAR, *Si tu m'entends*
Norma FOX MAZER, *Le Courage du papillon*
Gregory GALLOWAY, *La Disparition d'Anastasia Cayne*
Jenny HAN, *L'Été où je suis devenue jolie*
Jenny HAN, *L'Été où je t'ai retrouvé*
Jenny HAN, *L'Été devant nous*
Mandy HUBBARD, *Prada & Préjugés*
Alice KUIPERS, *Deux filles sur le toit*
Joyce Carol OATES, *Un endroit où se cacher*
Joanna PHILBIN, *Manhattan Girls*
Joanna PHILBIN, *Manhattan Girls : Les filles relèvent le défi*
Yvonne PRINZ, *Princesse Vinyle*
Meg ROSOFF, *Maintenant, c'est ma vie*
Meg ROSOFF, *La Balade de Pell Ridley*
Adam SELZER, *J'ai embrassé un zombie (et j'ai adoré)*
Lauren STRASNICK, *La toute première fois*

Polly SHULMAN, *La fille qui voulait être Jane Austen*
Gabrielle ZEVIN, *Une vie ailleurs*
Gabrielle ZEVIN, *Je ne sais plus pourquoi je t'aime*
Gabrielle ZEVIN, *La Mafia du chocolat*

www.wiz.fr
Logo Wiz : Cédric Gatillon

Composition IGS-CP
Impression CPI Bussière en janvier 2013
à Saint-Amand-Montrond (Cher)
Éditions Albin Michel
22, rue Huyghens, 75014 Paris
ISBN : 978-2-226-24591-5
ISSN : 1637-0236
N° d'édition : 19764/01. – N° d'impression : 124623/4.
Dépôt légal : février 2013.
Loi n° 49-956 du 16 juillet 1949 sur les publications destinées à la jeunesse.
Imprimé en France.